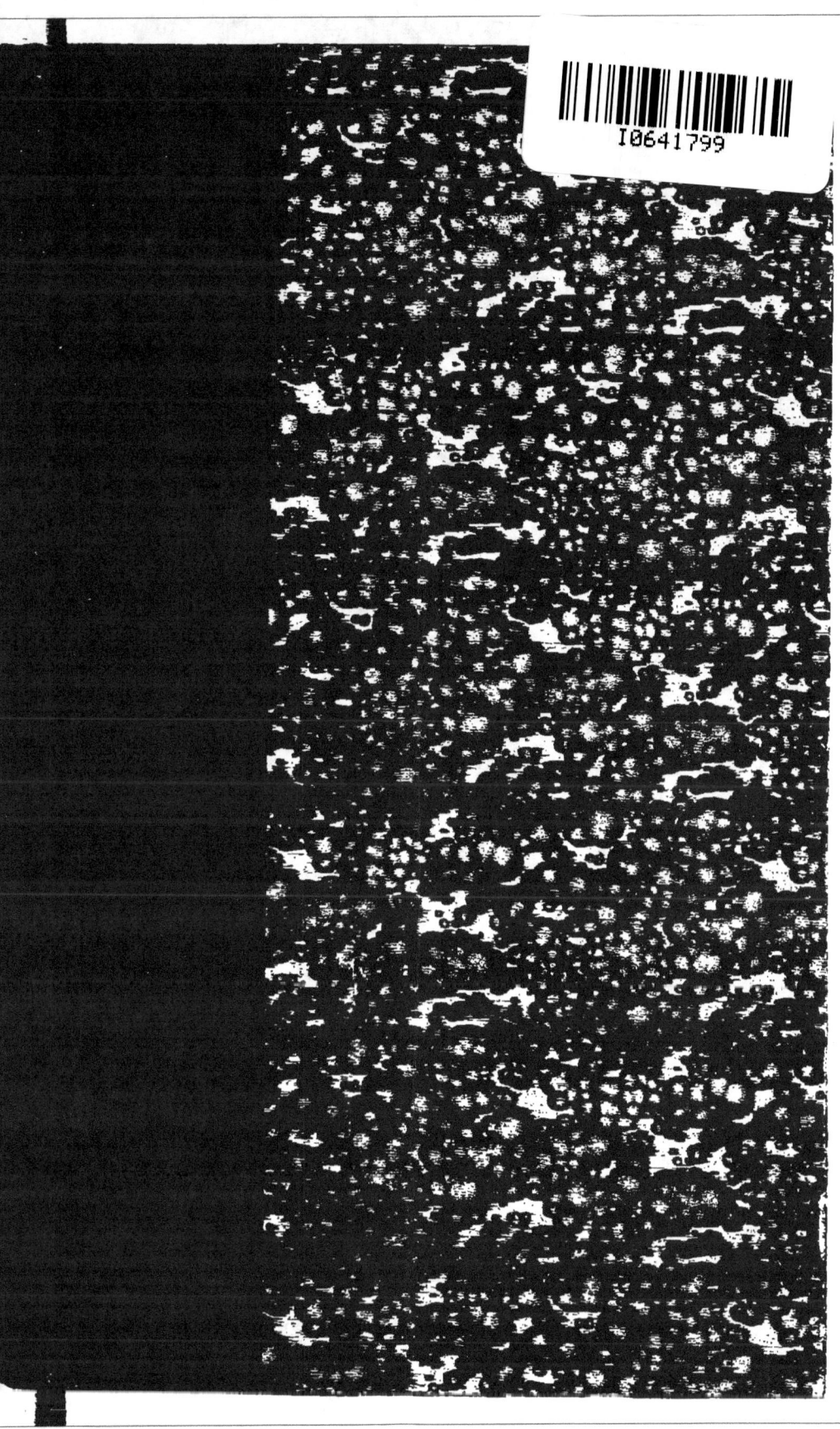

BIBLIOTHÈQUE DES MÈRES DE FAMILLE

LES
RÊVES DE MARTHE

PAR

M. MARYAN

PARIS

LIBRAIRIE DE FIRMIN-DIDOT ET Cⁱᵉ

IMPRIMEURS DE L'INSTITUT, RUE JACOB, 56

BIBLIOTHÈQUE DES MÈRES DE FAMILLE

LES

RÊVES DE MARTHE

TYPOGRAPHIE FIRMIN-DIDOT. — MESNIL (EURE).

LES

RÊVES DE MARTHE

PAR

M. MARYAN

PARIS

LIBRAIRIE DE FIRMIN-DIDOT ET CIE

IMPRIMEURS DE L'INSTITUT, RUE JACOB, 56

1879

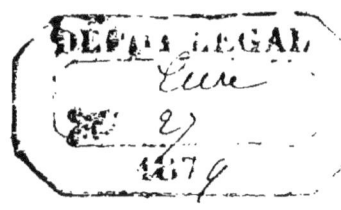

LES

RÊVES DE MARTHE

I.

Le soleil se couchait derrière les grands
arbres du couvent de..., et la sainte maison
retombait peu à peu dans le silence qu'a-
vaient troublé, ce jour-là, la distribution des
prix et le départ bruyant et joyeux des pensionnaires. Il n'était resté qu'un très petit
nombre de jeunes filles, orphelines, ou trop
éloignées de leur famille pour aller en va-
cances; et, bien qu'elles sussent par expérience que les bonnes religieuses mettraient
autant de zèle à les amuser et à les distraire
qu'elles en avaient mis à les instruire pen-

1

dant l'année, elles ne pouvaient se défendre d'un sentiment de regret et d'envie en voyant leurs compagnes plus privilégiées franchir le seuil, pourtant aimé, et aller se retremper dans cette délicieuse vie de famille dont elles décrivaient les charmes sans songer à celles qui en étaient privées momentanément — ou pour toujours.

La cloche du souper tinta comme à l'ordinaire, et le petit noyau de pensionnaires se groupa au bout de la longue table du réfectoire. La sœur cuisinière avait, ce jour-là, servi un gâteau doré et des beignets, friandises fort appréciées des élèves. Le silence fut rompu, et la lecture qu'on faisait d'habitude remplacée par le babillage des jeunes convives. Leur tristesse ne put tenir devant tous ces *extra*, et bientôt la vaste salle s'anima d'une gaieté bien franche. Seule, une jeune fille d'environ dix-huit ans resta sérieuse, et mêla à peine quelques mots aux causeries de ses compagnes. Quand on se leva de table pour faire une promenade dans le jardin, chose aussi inusitée qu'agréable par cette chaude soirée, elle se dirigea vers la chapelle, et alla s'agenouiller contre la balustrade du chœur.

Une obscurité presque complète s'était répandue dans l'élégant petit édifice ; à la lueur des trois lampes qui brûlaient devant l'autel et des cierges allumés deux heures auparavant par les pensionnaires qui partaient, on distinguait cependant les grandes statues sur leurs piédestaux entourés de fleurs, et, dans les stalles, les longues robes blanches de deux ou trois religieuses. Il y avait dans cette pieuse retraite un parfum de recueillement et de tranquillité suprême qui pénétrait immédiatement le cœur. La jeune fille était pieuse, un peu poète comme on l'est à cet âge, et, sous le charme de cette heure bénie, ses yeux se mouillaient de larmes tandis que, à la fois confiante et effrayée, elle recommandait à la Vierge Marie sa jeune existence, prématurément isolée, car elle avait perdu ses parents dès son enfance, et elle allait entrer dans le vaste monde, sans ressources, et à peu près sans affections.

Elle tressaillit en entendant près d'elle une voix douce et basse ; se retournant aussitôt, elle reconnut le calme visage d'une novice,

qui, l'annéé précédente, avait quitté le pensionnat pour la cellule étroite de la religieuse.

« La mère supérieure vous demande, Marthe, » répéta-t-elle.

La jeune fille se leva, et, s'étant profondément inclinée devant l'autel, elle suivit sa
compagne hors de la chapelle, puis dans un
long corridor de chaque côté duquel s'ouvraient les chambres des religieuses. Çà et là,
une petite lampe accrochée au mur laissait
entrevoir les pieuses images qui décoraient
chacune des portes. Marthe ouvrit la bouche
pour parler, mais la novice mit en souriant
un doigt sur ses lèvres.

« Chut! » murmura-t-elle; « quelques-
unes de nos mères prient, il ne faut point les
troubler. »

Arrivées au bout du corridor, elles s'arrêtèrent, et frappèrent à une porte.

« Entrez! » dit une voix harmonieuse.

La novice souleva le loquet grossier, et,
laissant passer Marthe, elle se tint en silence
sur le seuil.

« Vous pouvez nous laisser, sœur Rose, »
dit avec douceur la même voix pure et grave.

Et la jeune fille se trouva seule avec la supérieure.

Elle était rarement entrée dans les cellules des religieuses, et son regard parcourut avec une certaine curiosité l'humble réduit, éclairé par une lampe.

Le couvent de..., l'un des plus célèbres pensionnats de Paris, comptait parmi ses élèves un grand nombre de jeunes filles riches. Mais, si les bâtiments destinés aux pensionnaires étaient vastes et beaux malgré leur simplicité, si les jardins étaient renommés pour leur étendue, leurs fleurs magnifiques et leurs plantes rares destinées à l'autel, si la chapelle était une merveille d'architecture et de goût, et enfin si, chaque jour, d'abondantes aumônes étaient distribuées aux indigents, les religieuses, fidèles à leur vœu de pauvreté, ne retenaient pour elles aucune part de la richesse, du luxe ou du confort qui pouvaient régner dans la maison. Elles avaient choisi pour leurs cellules les plus humbles mansardes; leur nourriture était simple, leur vêtement grossier. Il y avait parmi elles de grandes dames; mais toutes s'étaient courbées sous le niveau de cette sainte égalité, qui ne peut réaliser son mystérieux problème que dans la religion du Christ. Elles avaient renoncé à tout, jusqu'à leur nom, et, dépouillées de ce qui dissipe l'esprit, de ce qui obscurcit le jugement, détachées d'elles-mêmes comme du monde extérieur, elles s'entouraient de ces privations, de cette austérité qui, enrichissant l'esprit de ce qu'elles ôtent à la chair, développent la vie surnaturelle, rendent les lumières plus vives, et augmentent le dévouement à autrui de toute la part enlevée à l'égoïsme.

La supérieure du couvent de... appartenait à l'une des premières familles de France. Sa jeunesse s'était passée au sein du monde le plus brillant, jusqu'au jour où, dédaignant les joies humaines, elle avait aspiré au bonheur divin qui est seulement, sur cette terre, le partage du petit nombre.

Jeune encore, et toujours belle sous ses bandeaux et son voile noir, elle avait été choisie d'un commun accord pour diriger la nombreuse famille dont elle était tant aimée; mais cette dignité ne lui avait conféré d'autre

privilège qu'un surcroît de soucis, de travaux
et de prières. Sa cellule était aussi pauvre que
les autres; un lit grossier, où nul oreiller
moelleux n'invitait à la paresse, une table,
une chaise, un prie-Dieu, et, sur les murs
blanchis à la chaux, les images saintes des
modèles qu'elle s'efforçait d'imiter, voilà tout
ce qui s'offrait aux yeux de Marthe.

La·supérieure prit la parole la première.

« Je viens de lire une lettre que m'écrit
votre oncle, ma chère petite, » dit-elle ; « il
désire que vous partiez demain soir, et c'est
pour cela que j'ai tenu à vous parler aujour-
d'hui, malgré l'heure avancée. »

Une espèce d'effroi se peignit sur les traits
de Marthe.

« Est-ce qu'il viendra me chercher, ma
mère? » demanda-t-elle vivement.

« Non, » répondit doucement la religieuse ;
« il me dit franchement que sa situation ne
lui permet pas une double dépense. Il m'envoie l'argent nécessaire pour votre voyage ;
mais, ma pauvre enfant, je n'ai pas le temps,
d'ici à demain, de vous trouver une occasion :
il vous faudra partir seule. Notre bonne tou-

rière vous accompagnera à la gare, et vous
recommandera aux employés qui doivent suivre le train. »

Marthe ne répondit rien ; sa gorge était serrée, et elle cherchait avec peine à retenir ses
larmes.

Certes, elle n'éprouvait aucune crainte pué-
rile ; mais quelque chose la choquait et la
blessait douloureusement à l'idée de faire
toute seule un long voyage. Des pleurs silencieux mouillèrent bientôt ses joues. La supérieure, qui épiait l'expression de sa physionomie, lui prit la main et l'attira à elle.

« Voyons, » dit-elle avec une affectueuse
douceur, « ne soyez pas déraisonnable. Je
comprends le sentiment que vous éprouvez,
mais il faut le vaincre. Hélas ! mon enfant,
nous avons essayé de vous préparer aux difficultés de la vie, car nous avons toujours
craint que l'existence qui vous est destinée
ne soit un peu pénible. Votre pauvre cousine
(que Dieu ait son âme, c'était une sainte religieuse !) ne nous avait pas dissimulé qu'en
obtenant votre admission dans notre maison,
elle avait pour but, non seulement de pro-

téger les premières années d'une orpheline sans ressources, mais encore de vous donner une éducation pieuse et forte, et une instruction qui, plus tard, vous permît de gagner votre vie. Nous avons cru longtemps que vous étiez destinée à être institutrice. Le mariage de votre oncle a changé votre situation, puisque, depuis quelques années, il est convenu que lui et sa femme vous recevront chez eux à votre sortie de pension....

— Mais eux-mêmes sont des étrangers pour moi! » s'écria douloureusement la jeune fille, l'interrompant. « Je connais à peine mon oncle, et je n'ai jamais vu ma tante!

— C'est une des nécessités de votre situation, ma pauvre enfant, de vous accommoder de toute chose. Songez, d'ailleurs, que vos parents sont disposés à vous aimer, puisqu'ils vous ouvrent leur maison avec tant d'empressement.

— J'aurais mieux aimé être institutrice! » murmura Marthe avec une douleur contenue. « Il est si dur d'être à la charge d'autrui!

— Ah! voilà un grand mot, » dit en souriant la religieuse, « et je retrouve ici votre

1.

ancien défaut; vous êtes donc encore orgueilleuse, ma chère fille? Allons, soyez mieux
disposée à tous les sacrifices; ce n'est pas pour
vous que la reconnaissance sera jamais un
fardeau trop lourd; les petites âmes seules
répugnent à recevoir un bienfait, parce
qu'elles ne comprennent pas qu'il y a de la
grandeur dans la gratitude. D'ailleurs, con-
solez-vous; pour un cœur généreux comme le
vôtre il y a mille manières de s'acquitter
d'une dette, et je n'ai pas besoin de vous les
indiquer. Je suis sûre qu'avant peu on vous
aimera là-bas autant qu'ici. »

La voix de l'excellente femme tremblait
légèrement en prononçant ces dernières paroles, et la pauvre fille éclata en sanglots.

« Oh! » dit-elle, « si j'avais pu toujours
rester enfant! ou bien s'il m'avait été donné
de me consacrer à Dieu dans cette chère maison! Ma mère, ne pouvez-vous pas me garder
ici?

— A chacun sa voie, ma chère petite. La
vôtre n'est point tracée au milieu de nous. Je
vous ai étudiée dès votre enfance, et j'ai acquis
la conviction que Dieu ne vous appelle pas à la

vie religieuse. La discipline facile et le joug
léger du pensionnat ne vous pesaient guère,
il est vrai; mais vous ne sauriez soutenir le
poids de nos obligations. Ce qui vous séduit
dans notre saint état, c'est ce que je pourrais
appeler le côté poétique : les prières psalmo-
diées à la première heure du jour, quand le
soleil levant inonde la chapelle, ou la médita-
tion du soir, à l'heure paisible où le recueillement semble naître de lui-même; c'est encore le calme de notre retraite, l'absence de
lutte extérieure, l'éloignement d'un monde
auquel la pauvreté est en horreur; c'est...
Mais peu importe : vous verriez bien vite que,
dans notre vie de recluses, il y a plus de sévères réalités que de saints enthousiasmes; et
ce repos de l'*esprit* (remarquez que je ne
parle pas du repos de l'*âme*), ce repos de l'*esprit*, après lequel vous soupirez parce que
vous avez peur de la vie, vous ne le trouve-
riez pas chez nous. Non, il faut lutter partout
et toujours; tout en nous doit souffrir, ici
comme dans le monde, et les joies qui nous
sont données, à nous autres, filles du cloître,
n'excluent pas les épreuves auxquelles vous ne

sauriez nulle part vous soustraire. N'y pensons donc plus, ma chère fille, et parlons de vos nouveaux devoirs. J'éprouve toujours une émotion profonde en laissant aller une de mes enfants. Que deviendrez-vous?... Je suis trop votre mère pour ne pas vous souhaiter ardemment une part de ce bonheur terrestre qui s'accorde avec les saints devoirs de la piété. Mais, triste ou joyeuse, soyez chrétienne, et n'essayez point de vous soustraire à la tâche qui vous sera montrée. Sachez accepter la pauvreté; ne vous faites jamais une idée exagérée des biens et des plaisirs de ce monde; ils sont si creux!... Pauvre enfant! combien je vais prier pour vous!... »

Une cloche retentit à ce moment. La religieuse se leva, et, pour cacher ses larmes, se tourna vers la petite fenêtre ouverte, cadre modeste où apparaisait un ciel constellé d'étoiles. Elle domina rapidement son émotion, et sa main traça sur le front de la jeune fille le signe de la croix.

« Allez en paix, » dit-elle, « et que votre dernière nuit sous ce toit soit bénie. Je vous reverrai demain. »

Marthe embrassa d'un regard d'adieu l'humble cellule, la forme imposante de la religieuse, le ciel étoilé, et cette vision de paix se grava au fond de son âme, comme un calmant suprême pour les agitations de la vie.

Une demi-heure après, elle était couchée dans son blanc petit lit de pensionnaire, ne pouvant cependant s'endormir, et cherchant avec angoisse à se représenter les visages inconnus en face desquels elle allait vivre. Ce ne fut que bien avant dans la nuit que ses yeux fatigués se fermèrent enfin, et qu'elle tomba dans un profond sommeil.

Quand la cloche matinale l'éveilla, le soleil entrait à flots dans le long dortoir, des figures roses et encore endormies se montraient derrière les rideaux soulevés, et l'influence réconfortante du matin dissipa dans l'esprit de la jeune fille les terreurs de la veille.

Après tout, si faible que soit le jeune oiseau prêt à s'élancer dans le monde immense, l'espace et l'inconnu l'attirent, et ses ailes palpitent de joie autant que de peur.

II.

Marthe avait perdu sa mère quand elle était encore trop petite pour comprendre l'étendue de ce malheur. Elle gardait un souvenir aussi doux qu'il était vague des yeux noirs qui se mouillaient de larmes en la regardant, et du visage pâle depuis si longtemps appuyé contre de grands oreillers.

Son père était peintre. Il avait fait un mariage d'amour, et sa jeune femme l'avait vaillamment soutenu dans ses luttes et ses efforts. Quand elle mourut, la réputation commençait à naître; mais, privé de son plus cher appui, le pauvre artiste céda au découragement. La beauté enfantine de sa petite Marthe n'était pour lui qu'une torture de plus, car elle lui rappelait sa mère; et sa naïve gaieté, son insouciance heureuse lui faisaient mal. Un an ne s'était pas écoulé qu'il succombait à une maladie de cœur dont ses douloureuses émotions avaient hâté le développement. La vente des tableaux dont il n'avait pu se défaire pendant sa vie paya les dettes contractées dans ses an-

nées de gêne et d'insuccès ; mais il ne resta à
sa fille qu'une somme complètement insigni-
fiante.

Marthe fut recueillie par une cousine, religieuse au couvent de... Celle-ci mourut peu
après, recommandant à ses sœurs la pauvre
petite orpheline. Mais point n'était besoin de
ce vœu suprême : Marthe était déjà l'enfant
de la maison, et tout le monde l'aimait, — les
vieilles religieuses dont le visage ridé s'é-
clairait devant son sourire, comme les belles
novices gaies et ferventes auxquelles elle rappelait les petites sœurs restées au logis.

C'était vraiment une séduisante créature. Sa
mère lui avait légué sa beauté brune, son teint
mat, ses yeux brillants, et aussi sa douceur
et son caractère égal et facile. A son père, elle
avait emprunté cette sensibilité ardente, cet
enthousiasme, cette sorte de seconde vue qui
perçoit des beautés cachées dans les choses d'ici-
bas, et qui fait l'artiste et le poète. Peut-être,
même était-elle trop portée à aimer ce qui
est beau, doux et facile ; ses compagnes disaient
en riant qu'elle était née duchesse.

Douée d'une vive intelligence, les labeurs de

l'esprit avaient pour elle un charme extrême.
Elle s'oubliait devant ses livres; ses yeux se
mouillaient de pleurs en lisant les vers suaves
et touchants de Racine, ou s'animaient d'une
expression profonde aux pensées merveilleuses
de Bossuet ou de Pascal. Mais, si l'ardeur de
cette nature d'élite inquiétait parfois ses sages
maîtresses, elles se sentaient rassurées en constatant chaque jour le développement d'une
qualité précieuse entre toutes, l'énergie. Marthe était courageuse, déterminée, et la grande
idée du devoir avait été trop profondément
incrustée dans son cœur pour ne pas triompher
tôt ou tard des entraînements de son imagination, pour ne pas dominer les voix contraires
qui pourraient s'élever en elle. L'éducation
qu'elle avait reçue en avait fait, en un mot,
une chrétienne, — une femme, non pas parfaite, mais travaillant à le devenir, non pas
impeccable, mais plus en état qu'une autre
d'éviter les erreurs ou du moins de les réparer.

Elle passa vite, la dernière journée de Marthe
au couvent.

Dès le matin, elle revêtit sa robe noire des

dimanches ; mais elle plia et serra avec un soupir le ruban blanc de la première classe, qui,
d'ordinaire, décorait son uniforme.

La coiffure enfantine imposée aux pensionnaires dut être également abandonnée. Elle tor-
dit ses épais cheveux noirs en un nœud opulent
retenu par un petit peigne de buffle ; cet arrangement presque sévère et d'un genre clas-
sique lui seyait pourtant à merveille. Elle avait
un type aquilin, d'une grande distinction et
d'une extrême finesse, auquel eussent moins
convenu les recherches modernes, les frisures
ou les ondulations.

Elle suivit tout le jour, quoiqu'on l'en eût
dispensée, les exercices de ses compagnes, et,
les yeux en larmes, parcourut toute la maison,
disant un triste adieu à tant de lieux chéris.

Quand le soir arriva, elle reçut les témoignages d'affection et les vœux sincères de
toutes celles qu'elle laissait derrière elle.

« C'est une de nos peines les plus vives de
quitter des enfants si chères, » disait avec émotion la bonne supérieure. « Nous les élevons,
nous leur prodiguons nos soins, notre tendresse ; puis, quand nous sommes sur le point

de recueillir le fruit de nos efforts, il faut, hélas! nous en séparer... »

Au milieu des pleurs, des embrassements, des promesses échangées, Marthe mit son chapeau orné d'un ruban blanc et d'une branche d'aubépine, puis elle passa le seuil chéri...

C'en était fait : le monde s'ouvrait devant elle, « la grande bataille de la vie » allait commencer, et, comme début, elle partait pour une province lointaine, la Bretagne, le pays de son père, où elle-même était née, mais dont sa mémoire enfantine n'avait gardé nul souvenir.

La tourière l'attendait à la porte, et l'on hissa sur un fiacre sa modeste petite malle.

Marthe était très jeune, elle avait l'esprit mobile, et, bien que ses larmes continuassent à couler par intervalles, elle ne put s'empêcher de regarder par la portière ce Paris si mouvant et si remuant dont elle s'éloignait peut-être pour toujours.

La voiture traversa une partie du quartier Saint-Honoré, puis le Palais-Royal et la place du Carrousel. On passa la Seine, et bientôt ce fut un autre tableau, un autre Paris, les rues

étroites de la rive gauche, Saint-Germain-
des-Prés, si vénérable dans son austère an-
tiquité, la rue de Rennes, et enfin la gare
Montparnasse, où Marthe se sentit tout à
fait dépaysée et effrayée.

Sa compagne prit un billet de seconde, le
lui remit avec son bulletin de bagages, en lui
faisant mille recommandations qui, vraiment,
n'étaient pas superflues, puis, voyant deux
Petites Sœurs des pauvres se disposer à entrer
dans le wagon des dames seules, elle les pria
de se charger de Marthe, ce à quoi les excellentes filles consentirent de bon cœur.

Il était temps de monter en voiture. Les
larmes de la jeune fille coulèrent de nouveau
en se séparant de la bonne tourière, dont la
présence lui semblait le dernier lien qui la
rattachât au passé; le coup de sifflet retentit,
le train se mit en marche, et, après avoir fait
quelques efforts pour la distraire et la faire
causer, les deux bonnes sœurs comprirent
que ce pauvre cœur avait surtout besoin de
silence et de repos.

Appuyée contre la portière, Marthe avait relevé son voile, et une douce brise rafraîchissait

son front brûlant. Le ciel était pur; des nuages
d'or et de pourpre flottaient vers le couchant;
et, sous ce chaud reflet, la campagne coquette
et gracieuse étalait ses blanches maisons, ses
riants jardinets et ses parcs en miniature. Puis,
le paysage devint moins artificiel; de *vrais* bois
passèrent rapidement sous le regard de la
jeune voyageuse, et l'horizon qui se déploya
devant elle lui parut encore agrandi par l'effet
de la brume légère du crépuscule, qui, au
loin, rendait les contours vagues et adoucis.

Ses compagnes se préparèrent bientôt à
goûter du repos; mais Marthe n'avait pas sommeil, et elle tint ses yeux fixés sur la campagne qu'envahissaient peu à peu les ombres
du soir, jusqu'à ce que régnât une obscurité
complète, sur laquelle se détachèrent seules
les noires silhouettes des grands arbres ou des
maisons isolées.

La nuit s'écoula lentement, ramenant avec
elle toutes les terreurs d'un avenir inconnu.
Enfin, après de longues heures d'insomnie et
d'anxiété, l'aurore parut, puis un jour terne
et pâle. Mais bientôt une vapeur légère, se
dégageant de tous les cours d'eau, plana sur

a campagne encore endormie, le ciel se teignit richement, et tout à coup un rayon de soleil pénétra dans le wagon comme une flèche d'or, réchauffant aussi bien le cœur attristé de la jeune fille que ses membres engourdis par la fraîcheur de la nuit.

Elle regardait avidement cette nature bretonne, si riche et si belle aux environs de Vitré, de Rennes, de Montfort. Voici Lamballe avec sa vieille église de Notre-Dame, dont la tour massive s'encadre si bien dans la verdure; puis le paysage se dénude sans devenir moins fertile; les collines arrondies, privées de bois, offrent l'apparence d'une heureuse moisson. On approche de Saint-Brieuc; voilà le Légué, dans sa vallée pittoresque, et là-bas... c'est la mer!

Le cœur de Marthe se met à battre bien fort. Elle regarde, sans se lasser, cette mer lointaine, ces plages étendues. Que n'y est-elle! Ce doit être si bon, la brise saline et le bruit des vagues!

Encore un changement de tableau : des champs fertiles, des cours d'eau bordés de hauts peupliers, et, gracieusement assise au milieu de cette campagne fertile, une ville à l'aspect coquet et riant présente son amas de maisons et de jardins, surmontés d'un clocher grisâtre. C'est Guingamp, le terme du voyage de Marthe.

Peu à peu les autres voyageuses se sont disséminées ; les Petites Sœurs elles-mêmes l'ont quittée à Saint-Brieuc, et maintenant la jeune fille voudrait presque reculer le moment de son arrivée, tant telle est effrayée et tremblante.

Mais le train s'arrête, il faut descendre.

Elle cherche la figure de son oncle, deux ou trois fois entrevue au couvent..... Personne ne semble l'attendre, et, toute désolée, elle s'assied près de la petite malle sur laquelle elle a écrit en grandes lettres bien lisibles :

Mademoiselle
Marthe Desbarres, chez Monsieur Desbarres,
juge de paix (Guingamp).

III.

Quelques minutes s'écoulèrent, longues comme un siècle pour la pauvre Marthe.

Depuis longtemps elle s'était retracé le moment de l'arrivée, groupant en imagination autour de son oncle ses jeunes enfants, qu'elle aimait d'avance, et qu'elle se figurait sautant joyeusement au cou de la grande cousine de Paris. Elle avait si bien compté voir venir au-devant d'elle la famille au complet, qu'elle avait gardé dans son sac les bonbons qu'elle leur destinait, et dont elle était redevable à une attention de l'excellente supérieure. Était-elle donc si indifférente à ces parents inconnus, qu'ils oubliassent l'heure de son arrivée? Qui sait?... Peut-être la voyaient-ils à regret s'implanter dans leur intérieur, et ajouter à leur budget une nouvelle charge !...

Une foule de pensées cruelles traversèrent l'esprit de la pauvre enfant. Pour la première fois, elle sentait l'amertume de la pauvreté, de l'isolement; et les voyageurs qui en sortant regardaient avec étonnement son costume de pensionnaire, ou échangeaient entre eux quelques paroles sur son attitude désolée, ne se doutaient pas du mal que lui causait leur curiosité, si innocente ou même si bienveillante qu'elle fût.

La gare fut bientôt vide. Seules, deux personnes s'attardaient devant une affiche jaune annonçant un voyage à Londres à prix réduit.

L'une d'elles était une dame âgée, d'un extérieur distingué, quoique vêtue avec une simplicité presque austère. L'autre était un homme d'un peu plus de trente ans, que Marthe avait vu par hasard descendre du même train qu'elle, et dont le costume de voyage dessinait la haute taille et les formes vigoureuses. Une forêt de cheveux châtains, courts et légèrement frisés, couvrait sa tête, fière et bien posée ; son teint, un peu hâlé, témoignait d'une santé parfaite et d'une vie passée en partie au grand air ; ses traits, sans être beaux, étaient d'un dessin énergique ; mais son regard, qui possédait une singulière attraction, eût suffi à le faire remarquer partout : il avait de grands yeux gris, extraordinairement clairs, qui dénotaient, non seulement la profondeur de la pensée, mais encore une extrême puissance de pénétration.

« Comme les voyages deviennent abordables ! » dit la dame, ôtant en souriant le lorgnon qu'elle avait porté à ses yeux.

« Ne me parlez pas de ces voyages-là ! »
répondit son compagnon d'une voix joyeuse,
dont le timbre était ferme, sonore, presque métallique, sans cependant aucune inflexion de
dureté. « Je ne comprends aucun plaisir sans
la fantaisie. La pensée que ma curiosité, mon
intérêt, mon enthousiasme sont mesurés à
l'heure, glacerait en moi tout désir de profiter de cet avantage pécuniaire.

— Vous trouvez le temps assigné à ces excursions trop limité ?

— Ce n'est pas précisément cela ; ce que
j'ai en horreur, c'est de voir fixé d'avance le
nombre d'heures consacré à chacune des villes
que l'on visite. Vous savez que je suis flâneur.
Jadis, parti pour Vienne, je n'ai jamais pu aller
au delà de Strasbourg. J'aime à céder à l'attraction du moment.

— Quoi ! vous, si méthodique ! » remarqua
sa compagne en riant.

« C'est peut-être parce que le genre de mes
occupations et la nature de ma profession m'o-
bligent à être ponctuel, ordonné et réglé en
tout, que je n'entends le repos et le plaisir,

ainsi que je vous le disais, que dans la fantaisie.

— Mais peu de gens peuvent voyager en touristes, sans avoir égard au temps et à l'argent.

— Aussi préféré-je beaucoup une de ces excursions pédestres, comme j'en ai souvent entreprises; nos environs mêmes peuvent offrir de vives jouissances, qu'on soit peintre, archéologue ou poète.

— Mon cher Raymond! » s'écria la vieille dame en riant, « il y a vraiment deux hommes en vous. Qui se douterait, en vous voyant dans votre étude, que vous êtes, après tout, un rêveur ? »

Le jeune homme passa sa main gantée sur son front, et détourna la conversation.

« Nous oublions mon oncle, » dit-il; « allons, partons, nous causerons aussi bien chez vous.

— Sans doute, et je vais être grondée par M. de Kerfaun, car c'est moi qui serai accusée de votre retard, et nous vous voyons si rarement ! »

Elle prit son bras, et elle l'entraînait déjà vers la porte de sortie, lorsque, se penchant vers elle, il lui dit quelques mots à voix basse en désignant Marthe, qui, se levant et s'asseyant tour à tour, jetait au dehors des regards anxieux.

La vieille dame s'avança vers elle, et lui toucha doucement l'épaule.

Marthe tressaillit, et rougit d'émotion.

« Puis-je demander si vous attendez quelqu'un, mademoiselle? Le dernier omnibus vient de partir.

— J'attends un parent, madame, » répondit la jeune fille, dont les yeux se remplirent de larmes de reconnaissance, car elle était dans un de ces moments où un témoignage d'intérêt, même banal, semble doublement précieux. « Il était prévenu du jour de mon arrivée, et je ne sais à quelle cause attribuer son absence.

—Il vaudrait peut-être mieux vous rendre chez lui. Vous ne connaissez pas Guingamp ? Si vous vouliez me dire le nom de votre parent?...

— M. Desbarres, madame.

—Le juge de paix ? Oh ! je le connais très bien ; il y a audience aujourd'hui, et il aura été retardé. »

Elle reprit son lorgnon, fit quelques pas du côté de la porte, puis se retourna en souriant vers Marthe.

« Le voilà qui accourt, » dit-elle ; « voyez-vous ? Ce monsieur en pardessus gris... »

Et tandis que la jeune fille la remerciait avec effusion, elle reprit le bras de son parent, qui s'était tenu à l'écart pendant cette petite scène, et s'éloigna avec lui, en adressant à Marthe un salut bienveillant.

Celle-ci sentit son cœur battre bien fort, car elle reconnaissait son oncle qui lui adressait de loin des signes empressés. Il était à peu près le même qu'à son dernier voyage à Paris, — un peu plus courbé, un peu amaigri seulement ; mais elle tressaillit de joie en voyant le bon sourire qui animait ses traits.

Elle s'avança rapidement au-devant de lui, et lui rendit chaleureusement son étreinte.

« Là, recule-toi un peu que je te voie ! Tu ressembles à ta mère, mon enfant ; mais tu as la bouche et le sourire de mon pauvre frère...

Qu'as-tu pensé de moi en me trouvant si peu
exact? J'espérais être libre plus tôt... Quant à
ta tante, elle n'a pu venir; le baby n'est pas
très bien, et d'ailleurs notre bonne ne peut
guère se passer d'elle. Allons, rentrons vite...
Quoi! les omnibus sont déjà partis ? Eh bien!
nous laisserons ta malle en gare, on te l'appor-
tera dans une heure. »

Il passa le bras de Marthe sous le sien, et ils
descendirent la large voie qui donne accès
à la gare, s'engageant ensuite dans une rue
étroite, dont la laideur était toutefois rachetée
en partie par un certain aspect pittoresque.
Plusieurs vieilles maisons présentaient aux
yeux leur pignon traversé de poutrelles et
leurs étages se surpomblant d'une manière
assez inexplicable quant aux lois de l'équilibre.

Marthe jetait autour d'elle des regards étonnés, et, de leur côté, les passants, après avoir
salué le juge, l'examinaient curieusement.
Enfin, l'on s'arrêta devant une petite maison
assez sombre, dont la façade était irrégulière-
ment percée de fenêtres étroites, et dont l'an-
cienneté évidente n'offrait que de la laideur
sans aucune originalité.

2.

M. Desbarres tira une clef de sa poche.

« Nous voici arrivés, mon enfant, » dit-il.
« Tu es chez toi. »

Un regard de reconnaissance le paya de
cette parole affectueuse.

Cependant la porte s'était ouverte, et Marthe
se trouva dans un large corridor donnant, à
l'autre extrémité, sur une petite cour, où quelques poules gloussaient en se promenant gravement.

A droite, il y avait une vaste cuisine, et ce
fut de ce côté que se dirigea M. Desbarres.

« Fanny ! » s'écria-t-il. « Voici Marthe ! »

La jeune fille, interdite et n'osant avancer,
restait dans le corridor : le cœur lui battait
bien vite en attendant l'apparition de ce nouveau visage.

« Reprenez ce tablier, Marie-Jeanne, et
tournez doucement, jusqu'à ce que la crème
soit épaissie ; surtout, ne la laissez pas bouil-
lir ! »

Ces mots furent prononcés par une voix fortement empreinte de l'accent traînant du pays,
un peu choquant, il faut l'avouer, pour des
oreilles parisiennes.

Au même instant une femme de taille
moyenne, beaucoup plus jeune que ne s'y
était attendue Marthe, apparut à la porte de
la cuisine, la main tendue vers la voyageuse,
qu'elle embrassa cordialement.

Sans être jolie, elle avait le charme insé-
parable d'un beau teint, d'une abondante chevelure blonde, et d'un air de santé et de force.
Une expression de franchise et de bienveillance était répandue sur son visage, ses yeux
bleus avaient un regard clair; on sentait à
première vue qu'elle était bonne, et qu'elle
était *vraie*, — vraie dans chacune de ses paroles,
qui étaient l'écho de son cœur, vraie et solide
dans ses affections, dans ses sentiments. Il n'y
avait en elle, en revanche, rien de raffiné,
rien d'élégant. Sa robe grise, faite sans art et
sans goût, sa coiffure peu seyante, ses mains
elles-mêmes, blanches, mais rudes, tout témoignait de ses habitudes de simplicité poussée
jusqu'à l'extrême, et du rôle qu'elle remplissait dans son intérieur, rôle évidemment laborieux, et l'absorbant aux dépens de soins et de
recherches considérés par elle comme bien
secondaires.

Marthe n'eut pas tout d'abord le temps de l'étudier, ni même de regarder en détail sa physionomie, car Mme Desbarres la serra dans ses bras à plusieurs reprises.

« Nous sommes heureux de te voir, » dit-elle, employant le tutoiement amical d'une proche parenté ; « viens te reposer dans le salon, tu dois être fatiguée. »

Elle entraîna la jeune fille dans une pièce un peu sombre, un peu nue, meublée de quelques tables anciennes et de sièges de paille ou de velours d'Utrecht, mais dont la propreté eût pu rivaliser avec celle d'un parloir de couvent, dont elle rappelait le style.

Elle la fit asseoir près d'elle, et la regarda quelque temps sans parler ; puis, se tournant vers son mari, qui épiait d'un air triomphant l'impression produite sur elle par cette nièce inconnue :

« Elle ressemble au portrait de sa mère, » dit-elle ; « seulement, Dieu merci ! elle a plus de couleurs sur les joues.

— Et elle a le sourire de son père, Fanny ; je t'assure qu'elle me rappelle aussi le pauvre Édouard.

— Bien ! bien ! J'espère bientôt voir ton sourire, Marthe ; malheureusement je ne pourrai pas, comme ton oncle, rappeler avec toi le souvenir de tes parents. Il les aimait bien, et je voudrais les avoir connus.

— Que vous êtes bonne ! » s'écria la jeune fille, émue. « Je suis si reconnaissante de votre accueil, si heureuse d'être reçue chez vous !

— Entre parents on ne se doit pas de reconnaissance, » dit M. Desbarres en riant, « mais seulement de l'affection. C'était notre devoir de te prendre chez nous...

— Et comment eût-il pu en être autrement ? » interrompit sa femme. « Nous étions, je t'assure, bien pressés de te voir. »

Marthe l'embrassa, puis demanda où étaient les enfants.

« Le petit Paul dort, et les autres sont dans le jardin. Veux-tu les appeler, Émile ? »

M. Desbarres sortit aussitôt, et Marthe, tout en répondant aux questions de sa tante sur son voyage, put l'examiner à son aise.

Bien que portée naturellement vers ce qui est beau, poétique, idéal, la jeune fille était dans une de ces dispositions où la bonté, de toutes les qualités, nous paraît la plus douce, la plus inappréciable ; l'accueil dont elle était l'objet de la part de cette parente, hier encore inconnue, lui fit presque oublier ce qu'il y avait de vulgaire dans ses manières et de désagréable dans son accent. En ce moment elle avait surtout besoin de sympathie, et tout, dans cette maison, semblait lui promettre la tendresse dont son jeune cœur était avide.

M. Desbarres rentra bientôt, amenant, un peu contre leur gré, deux beaux enfants joufflus, de quatre à six ans. Avec leurs yeux étonnés, leur petit air sauvage et timide, leur mine fraîche et rose et leur simple blouse de cotonnade, ils différaient étrangement des babies que Marthe avait vus au parloir du couvent. Ceux-ci étaient plus frêles, plus distingués, et plus développés sous le rapport des manières et du langage. A Paris, les enfants sont précoces ; à la campagne, au contraire, on les laisse librement vivre au grand air, et les jeux prolongés, l'exercice, tout ce qui, en un mot, fortifie le corps, nuit peut-être provisoirement à la croissance intellectuelle. Le temps perdu se rattrape plus tard, si l'on peut toutefois appeler du *temps perdu* la liberté qu'on laisse à l'enfance d'être elle-même, et de ne pas s'immiscer trop tôt dans les préoccupations d'un autre âge.

Les enfants de M. Desbarres n'étaient point, à coup sûr, de hâtives plantes de serre, mais de vraies fleurs des champs. Ils faisaient l'orgueil de leur père, qui entreprit de les faire causer et de les montrer à leur cousine sous leur meilleur jour; ses efforts furent enfin couronnés de succès, grâce, peut-être, au sac de bonbons apporté à leur intention.

« Allons, » dit enfin la mère en souriant, « nous nous occupons des enfants quand il ne faudrait penser qu'à notre voyageuse... Viens dans ta chambre, Marthe; on va t'y apporter un peu de café, car nous ne dînons qu'à midi, et tu pourras te reposer à ton aise. »

Tout en causant joyeusement, la famille entière s'achemina vers la chambre destinée à la jeune fille, au premier étage. C'était une petite pièce proprette, tapissée d'un papier commun, blanc et bleu, avec de simples rideaux de calicot à la fenêtre et au lit. Une vieille commode à poignées de cuivre servait de toi-

lette; un étroit tapis devant le lit, deux chaises
de paille et un petit miroir accroché au-dessus
de la commode complétaient l'ameublement.

« Te trouveras-tu bien ici ? » demanda
M. Desbarres avec une affectueuse sollicitude.

« Oh! très bien !... »

Marthe s'interrompit tout à coup, et poussa
une exclamation. Elle venait d'apercevoir, de
chaque côté de la cheminée, deux petites
peintures à l'huile simplement encadrées dans
des médaillons de bois noir. L'une représentait
un homme dont le visage reproduisait, plus
jeunes et idéalisés, les traits de M. Desbarres;
l'autre, une délicieuse figure, fine, pâle et
brune, empreinte de ce sourire mélancolique
qu'on remarque chez les personnes souffran-
tes et destinées à mourir jeunes. Une rose du
Bengale, placée dans ses cheveux, contrastait par ses délicates couleurs avec la nuance
foncée des larges bandeaux.

Marthe resta absorbée dans une contemplation silencieuse. Quand elle se retourna, des
larmes brillaient dans ses yeux, et elle tendit
la main à son oncle.

« Je n'avais d'*eux* que quelques esquisses

au crayon, » dit-elle. « Comme ils étaient beaux !...

— Oui, quoique mon pauvre frère rappelât surtout notre père, sa mère, qui était Italienne, lui avait donné quelque chose de sa beauté idéale. Je me rappelle l'admiration enfantine que j'éprouvai quand mon père amena chez nous sa seconde femme ; et je me souviens aussi de mon orgueil le jour où, m'appelant près de son lit, elle me montra le cher petit qu'elle venait de mettre au monde et dont elle me demandait d'être l'ami. J'étais bien jeune ; mais je promis sérieusement de remplir mon rôle de frère aîné, et j'aime à penser que j'ai tenu parole... Pauvre Édouard ! Oui, Marthè, ton père était beau...

— Vous lui ressemblez, » dit-elle.

« Peut-être, mais comme une pâle copie à un splendide original. Il était la poésie, et moi la prose. Ce qui rayonnait en lui, c'était son génie... Ces portraits sont à toi, mon enfant ; il me les avait donnés, mais ils doivent être ton héritage. »

Marthe, qui s'était remise à regarder ces

3

chères images, s'arracha enfin à cet examen
prolongé, si triste et si doux.

« Montrez-moi le petit Paul avant de me
quitter, » dit-elle à sa tante.

Celle-ci, souriant, fit signe à son mari et
aux enfants de ne pas l'accompagner ; et, marchant sans bruit, elle conduisit Marthe à une
chambre voisine, où un enfant de quelques
mois dormait d'un calme sommeil.

La jeune fille paya à sa beauté un sincère
tribut d'admiration, et acheva ainsi de se
gagner le cœur de la mère.

Ayant fait connaissance avec tous les membres de la famille, elle fut enfin laissée seule.
Sa malle avait été apportée, et une tasse de
café au lait fumait sur la cheminée.

IV.

S'il est des circonstances où la solitude nous
semble désirable, nous n'en éprouvons jamais
plus vivement le besoin qu'au moment où,
un grand changement s'étant produit dans
notre vie, nous nous trouvons transplantés
dans un milieu nouveau, en face de person-

nages qui, étrangers hier, sont destinés à se
mêler intimement à notre existence.

Marthe croyait avoir vécu un siècle depuis
la veille. Tant d'émotions et d'événements
en vingt-quatre heures, était-ce donc possible ?

Elle ouvrit sa fenêtre et s'y accouda, aussitôt qu'elle eut réparé le désordre de sa toilette,
et achevé de dissiper la fatigue du voyage
par de fraîches ablutions.

Une impression de satisfaction s'empara
d'elle, en constatant que sa chambre ne donnait pas sur la rue étroite et sombre, mais
sur la petite cour et le jardin situé au delà.
La vue qu'on découvrait de la fenêtre n'était
pourtant pas brillante; les poules grises ou
blanches parcouraient d'un air ennuyé les
quelques pieds carrés qui composaient leur
domaine, et le jardin, entièrement sacrifié aux
besoins domestiques, n'offrait au regard que
des pommiers et des poiriers au feuillage terne
et poussiéreux, et des carrés de légumes soigneusement entretenus. Quelques capucines
et des touffes de thym et de lavande avaient
seules été tolérées dans ce milieu essentielle-

ment productif, et ces plantes modestes ne s'y trouvaient sans doute qu'en vertu de leur utilité incontestable. N'importe, c'était de la verdure; le ciel de Dieu s'étendait librement au-dessus, sans que de hautes cheminées et des pans de mur vinssent l'emprisonner dans leur sombre cadre, et Marthe se réjouit à la pensée que, ainsi qu'au couvent, elle entendrait le chant matinal des oiseaux.

Les yeux vaguement fixés sur les allées droites et régulières du jardin, elle chercha à définir, d'une manière plus précise, le caractère, les dispositions, les manières de son oncle et de sa tante, et rêva longtemps au genre de vie qui l'attendait.

La vision du passé, de la maison paternelle, vint la hanter, au milieu de ce chaos d'impressions et de pensées confuses. Dans sa mémoire enfantine s'était incrusté le souvenir doux et riant de cette chère demeure.

C'était un vieux pavillon, situé dans la rue de Babylone, qui comptait alors plus de jardins que de maisons. Cette petite construction humble, exiguë, silencieuse et si éloignée du centre bruyant de Paris, avait dû naître

de la fantaisie d'un grand seigneur artiste,
car elle faisait partie des dépendances d'un
vaste hôtel. Le rez-de-chaussée avait été di-
visé en quatre petites pièces que rendait encore plus sombres l'épais feuillage des arbres
voisins. Mais l'atelier, qui occupait la totalité du
premier et unique étage, était élevé, joyeux,
éclairé par trois larges fenêtres qui ouvraient
à l'est, au midi et au couchant. Un lierre vi-
vace voilait la fenêtre du midi, et, à l'intérieur, de belles plantes de serre, des aloès,
des cactus aux fleurs éclatantes et diverses
variétés de palmiers étaient cultivés avec
amour par la jeune femme du peintre.

C'était là qu'elle passait ses journées presque entières, car elle frissonnait dans les petites chambres sombres du rez-de-chaussée.

Marthe, qui était douce et paisible, comme
le sont généralement les enfants élevés seuls,
recevait fréquemment aussi la permission de
se tenir dans l'atelier, et d'y installer le ber-
ceau de sa poupée dans son petit coin favori,
derrière une vieille tenture de cuir gaufré.

L'atelier offrait alors un aspect qu'elle n'a-
vait jamais oublié. Quand elle revenait du

Luxembourg avec sa bonne, c'était là qu'elle accourait ; et quelles douces caresses, quelles tendres paroles l'y accueillaient ! Le soleil éclairait les fleurs, les tableaux, les plâtres, les draperies de couleurs vives, les armes anciennes et les vieilles amphores qui constituaient un désordre original et pittoresque ; il colorait et animait les esquisses indécises tracées sur les grandes toiles ; il réchauffait la pauvre jeune femme malade, et ramenait des teintes délicates sur ses joues...

Plus tard, un voile de tristesse s'était répandu sur ce lieu chéri. La chaise longue était restée là, mais privée de la forme gracieuse qui s'y affaissait ; les fleurs s'étaient fanées une à une ; la poussière avait terni le vieux bouclier gaulois et les faïences de Rouen ; et Marthe, immobile dans son petit coin, avait pleuré tout bas en voyant des larmes amères brûler les yeux de son père, tandis que, pâle, sombre, découragé, il essayait d'achever son dernier tableau, pour lequel elle avait posé sur les genoux de sa mère.

Enfin, le jeune peintre avait succombé au chagrin morne et silencieux qui le dévorait.

L'atelier avait été fermé ; Marthe avait erré comme une étrangère dans le petit rez-de-chaussée où agonisait son unique protecteur. Un jour, on l'avait emmenée, lui disant que son père était au ciel, et sa douleur enfantine s'était vite adoucie parmi les petites compagnes de son âge. Cependant, le cher vieux pavillon n'était pas sorti de sa mémoire. Lors d'une de ses rares sorties chez la mère d'une pensionnaire, elle recueillit tout son courage, et demanda à être conduite rue de Babylone, pour revoir les murs qui avaient abrité son enfance, et les grandes fenêtres de l'atelier. Hélas ! elle les chercha en vain. On parcourut la rue dans son entier : le pavillon avait disparu. A sa place s'élevait un petit hôtel, dont les constructions et l'élégante cour sablée avaient aussi englobé une partie du jardin voisin. Tout avait fui; les traces de son enfance joyeuse et de la maison paternelle n'existaient plus que dans son souvenir.

. . . .

. . . .

Marthe songeait à tout cela, tandis que son regard flottait vaguement sur le petit jardin

de son oncle. Que sa vie eût été différente si
ses parents eussent vécu ! Au lieu de la pauvreté et de la dépendance qui étaient deve-
nues son lot, elle eût joui de la célébrité de
son père et partagé la fortune à laquelle il
n'eût pas manqué d'atteindre. N'avait-elle
pas pleuré d'orgueil, un jour, au musée du
Luxembourg, en voyant un groupe nombreux
rassemblé devant un tableau de chevalet signé
Desbarres ? — Mais surtout, oh ! surtout comme
elle eût été fêtée, chérie, en retournant dans
la maison paternelle ! Avoir un chez soi ! Être
aimée ! Vivre d'une vie lumineuse, idéal du
cœur et de l'esprit, composé de tendresse,
d'art et de poésie !... Oh ! pourquoi le passé
a-t-il été si impitoyablement, si irrévocable-
ment détruit ? Pourquoi, s'éveillant de ce terrible rêve qui s'appelle la vie réelle, ne se re-
trouve-t-elle pas dans le petit pavillon de la
rue de Babylone, entre son père, le grand artiste, et cette créature pétrie de douceur et
d'énergie qui le soutenait dans ses défaillances,
apaisait ses révoltes et inspirait son génie ?

Pourquoi ?... Ah ! pauvre Marthe ! Elle éprouvait cette surprise douloureuse qu'inspire la

souffrance à toute âme jeune et avide de bonheur ; elle n'avait pas encore compris le mot de la vie ; ses aspirations tendaient à faire de ce monde, non le Calvaire, degré mystérieux et sanglant d'une existence meilleure, mais le Thabor, où il ferait bon dresser sa tente. Profondément chrétienne, elle se résignait à la part qui lui était faite ici-bas ; mais de sourds frémissements agitaient son cœur, et elle frissonnait à l'idée de poursuivre la voie aride et austère qui s'ouvrait devant elle, — la voie de la pauvreté, la vie chez les autres, l'éloignement du milieu artistique vers lequel l'entraînaient ses aspirations.

Par des pentes insensibles, sa pensée revint au présent et à la nouvelle famille qu'elle avait trouvée. Son imagination avait naturellement, longtemps avant ce jour, cherché à pressentir les types qui venaient de lui apparaître ; mais, ainsi qu'il arrive presque toujours, la réalité se montrait toute différente de ce à quoi elle s'attendait. Elle s'était figuré son oncle comme devant retracer l'idée qu'elle se faisait de son père, et elle le trouvait aussi bon qu'elle l'espérait, mais beaucoup plus

3.

calme, plus *terre-à-terre*. Sa tante... Ici elle
soupira involontairement. Tout d'abord, la
bienveillance qui rayonnait en elle et son accueil affectueux avaient conquis le cœur de
Marthe, et atténué ce que ses manières offraient
de vulgaire. Mais, maintenant que le charme
de la première impression s'était dissipé devant les souvenirs poignants et les pensées
amères que la jeune fille venait d'évoquer, la
vulgarité de Mme Desbarres l'emportait, et
prenait à ses yeux les proportions d'un défaut
impardonnable.

Marthe était encore dans cette phase de la
jeunesse où les sentiments sont exclusifs, et
où il semble que l'amitié même ne puisse se
soutenir si elle n'est étayée d'admiration et
d'enthousiasme.

Autant qu'elle pouvait le constater à prè-
mière vue, les facultés intellectuelles de
Mme Desbarres manquaient de culture, comme
sa personne de distinction. Elle n'en éprouvait
pas moins pour sa tante une vive reconnaissance et même une certaine tendresse ; mais,
faute d'un écho qui lui semblait impossible,
son jeune cœur exigeant se fermait à l'*amitié*,

ce sentiment fait de confiance et d'épanchement.

Elle secoua avec peine les pensées qui envahissaient ainsi son imagination, et qui déjà couvraient d'un voile de tristesse ou tout au moins d'ennui les murailles de sa petite chambre, et, ouvrant précipitamment sa malle, qu'on lui avait apportée, elle rangea dans les tiroirs de la commode les objets qui la remplissaient, sans laisser à sa mémoire le loisir de s'appesantir sur le passé, qu'elle regrettait instinctivement, et de ranimer les souvenirs attachés aux livres, aux cahiers, aux vêtements même qu'elle déballait.

L'avoir de Marthe, presque uniquement représenté par le contenu de sa malle, était fort peu de chose, et tout eut bientôt pris place dans le meuble antique. Comme elle restait immobile, hésitante, ne sachant si elle devait descendre ou attendre dans sa chambre l'heure du dîner, un bruit de vaisselle retentit à l'étage inférieur, et, d'après les paroles qu'elle entendit sa tante échanger avec la servante, elle comprit qu'on mettait le couvert, et que c'était Mme Desbarres qui se chargeait de ce soin.

Pressée par le désir de se rendre utile aussi bien que par le besoin de se familiariser avec les habitudes de la maison, elle descendit, et trouva, en effet, sa tante dans la salle à manger, portant d'un bras le baby, qui s'était réveillé, et disposant de l'autre main les assiettes sur la table.

Marthe courut à elle, et lui enleva, en souriant, son cher fardeau. C'était une joyeuse petite créature que ce baby ; et il fit preuve, en cette circonstance, d'une pénétration fort remarquable, car, après avoir attaché sur sa nouvelle connaissance un regard sérieux et prolongé, il éclata de rire, et lui fit une caresse, devinant avec ce mystérieux instinct, si sûr chez les enfants, que le joli visage qui lui souriait était un visage ami. En effet, Marthe, comme toutes les âmes expansives, aimait passionnément les *babies*, et, tout en amusant son petit cousin, elle sut rendre tant de services à la mère, que celle-ci, la remerciant avec effusion, déclara qu'elle n'avait jamais rencontré un plus aimable caractère, ni une telle promptitude à se mettre au fait des habitudes d'un ménage.

V.

Comme les cloches de l'église sonnaient l'*Angelus* de midi, la servante déposa sur la table une soupière fumante, et M. Desbarres entra en même temps par la porte du jardin, tenant ses deux enfants par la main. Le baby fut installé sur sa grande chaise, et sa mère, après lui avoir taillé une longue croûte dont il s'empara joyeusement, commença à servir le potage.

Le repas était simple, bien qu'on eût fait quelques *extra* en l'honneur de la nouvelle arrivée; le service se faisait imparfaitement, et la petite bonne était fort inexpérimentée. Mais Marthe éprouva, en face de ces bons visages souriants, une impression d'un grand charme, le sentiment, plein de douceur, qu'elle était vraiment chez elle. Il y avait là un homme aux traits doux et intelligents, qui lui offrait une protection toute paternelle, une femme bonne et dévouée, qui l'accueillait en sœur, de joyeux enfants, encore un peu timides, mais qui, à la dérobée, répondaient à ses sourires ; enfin, c'était la *famille,* et les liens du sang lui faisaient, pour la première fois, sentir leur force mysté- rieuse.

Son oncle la mit tout d'abord sur un terrain familier ; il lui parla du couvent, de ses études, et Marthe, voyant dans son regard un reflet sympathique, entama avec lui une conver- sation où l'un et l'autre trouvèrent un vif plai- sir.

Ce fut M. Desbarres qui, au bout de quelque temps, laissa doucement tomber l'entretien, puis aborda des sujets moins élevés, et arriva peu à peu à la discussion d'événements locaux et de principes minuscules d'économie domes- tique, que sa femme se mit aussitôt à dévelop- per avec autant de volubilité que de bon sens.

La jeune fille se rendit compte, alors, que sa tante était restée étrangère à la première partie de leur conversation. Bien qu'elle sem- blât écouter attentivement, elle avait gardé un silence complet, qui prouvait évidemment son incompétence.

Marthe se sentit tout d'abord disposée à s'enthousiasmer de l'affection délicate et clair- voyante de M. Desbarres, et à le plaindre

d'être uni à une femme incapable de le suivre dans les choses de l'esprit ; mais elle dut
s'interdire toute compassion en constatant, avec
toute la surprise d'une âme jeune et pour
ainsi dire tout d'une pièce, que si son oncle
avait fait de fines remarques sur la méthode
du couvent, et avait causé littérature avec un
goût exquis, il ne prenait pas un moindre intérêt aux petites nouvelles de diverses sortes
que lui annonçait sa femme.

Comment pouvait-il discuter avec tant de
feu la probabilité du mariage de M. X... avec
Mlle Z..., et le chiffre de la dot de la petite
mercière d'en face ? Comment ses beaux yeux
sérieux, à la nouvelle de la diminution du
beurre, ou de l'achat fait par la jeune ménagère d'une douzaine de serviettes, s'animaient-
ils de la même vivacité qu'elle y avait vue
lorsque, cinq minutes auparavant, il soutenait
en termes éloquents et originaux sa préfé-
rence pour Racine, ou développait le caractère de sombre et injuste misanthropie des
Maximes de la Rochefoucauld ?

Cependant les anomalies qu'offrait le caractère de M. Desbarres n'étaient ni rares ni

extraordinaires. Possédant des dispositions calmes et douces, il avait dépassé l'âge de l'enthousiasme aussi bien que celui de l'exclusi-
visme. Après avoir essayé de plusieurs carriè-
res où son peu d'entente des affaires l'avait
empêché de réussir, il avait obtenu une place
de juge de paix, et avait accepté, avec une
sensation de repos, la vie monotone d'une
petite ville. La femme qu'il épousa était
beaucoup plus jeune que lui; il la choisit
pour les qualités pratiques qui lui manquaient,
à lui, aussi bien que pour les vertus qu'elle
avait montrées dans l'intérieur de sa famille.
Leur union fut vraiment bénie. Mme Desbarres
n'avait sur le mariage et l'amour aucune théorie fantaisiste ou romanesque, et elle se trouva
heureuse de l'affection dévouée et profonde
de cet homme déjà mûr, qui lui savait gré
de sa jeunesse, de sa gaieté, de l'activité
bien entendue qu'elle déployait dans la maison. Elle lui avait donné un foyer ; — il l'aima
encore davantage quand il vit autour de lui
de beaux enfants pour lesquels s'ouvraient
dans son cœur des sources de tendresse inconnues jusque-là. Rien ne lui manquait, et

ne songeait nullement à déplorer que le
niveau de l'instruction de sa femme ne fût
point en proportion avec le sien. C'est une
erreur de croire que les hommes considèrent
comme *essentiel* le besoin d'avoir à leurs côtés une compagne *très* spirituelle ou *très* sa-
vante. L'homme et la femme sont faits pour
se compléter mutuellement, et ils cherchent
l'un en l'autre les qualités qu'ils possèdent
personnellement à un moindre degré. La
femme, plus faible, demande à son mari la
protection, la force, l'esprit de décision, tandis que l'homme aspire surtout à se retremper dans la tendresse d'un cœur féminin. Cette
loi mystérieuse et indéniable ne doit point
empêcher la femme de cultiver son esprit;
heureux le mari dont l'intelligence, aussi bien
que le cœur, trouve un sûr écho chez celle
qui lui est unie, et dont toutes les aspirations
peuvent être pleinement satisfaites sans sortir
des limites intimes et sacrées de son foyer!
Mais il n'en est pas moins vrai que l'empire
des femmes s'exerce surtout par la tendresse,
l'abnégation, le bon sens, les vertus domestiques et féminines.

M. Desbarres avait continué à donner à son esprit la pâture quotidienne d'études toujours chères, de lectures toujours intéressantes. Mais il faisait pour ainsi dire deux parts de sa vie; et cette nature souple et douce, subissant l'influence du milieu dans lequel elle se trouvait, et ramenée au niveau de sa compagne par cette affection profonde qui confond tous les plaisirs, toutes les contrariétés, tous les intérêts, en était arrivée, sans rien perdre de sa délicatesse ni de sa culture, à s'identifier à tout ce qui occupait l'active Fanny, et à prendre part à chacun des événements qui se déroulaient dans son entourage modeste.

Faut-il s'en étonner? Blâmerons-nous cet excellent homme? Ah! chère lectrice, avez-vous taxé votre mari de petitesse dans les idées parce qu'il s'est intéressé aux combinaisons de toilette qui devaient vous rendre plus jolie, ou qu'il a choisi pour vous la nuance d'une fleur ou d'un ruban? Qui donc, parmi les plus sérieux, n'a ses moments de préoccupations futiles ou d'amusements mesquins? Après tout, le cœur humain est toujours le même, et la vie, dans un cadre plus ou moins restreint, plus ou moins brillant, se ressemble partout. Dans ce Paris superbe, même dans cette ville-reine des choses de l'intelligence et de l'art, les hommes sur lesquels la société européenne a les yeux fixés comme sur des types de science, d'esprit, d'élégance, d'élévation dans leurs goûts, n'ont-ils pas, dans un coin de leur pensée, des soucis, des désirs, des curiosités qu'on pourrait qualifier de petitesses? Les uns accorderont aux courses de chevaux un intérêt plein d'une inexplicable passion; les autres seront à l'affût des on-dit, des grandes et des petites intrigues, et tiendront à honneur d'être les premiers informés du nouvel engagement d'une actrice en vogue, ou des démêlés de tel ménage aussi brillant que mal assorti; mais, après tout, que le *commérage* (car il faut lui donner son nom) s'exerce sur une échelle plus ou moins élevée, et qu'il concerne des gens plus ou moins célèbres, il n'en reste pas moins le commérage; heureux quand il est aussi innocent que celui qui occupe notre ami M. Desbarres!

Le repas s'acheva sans incidents; seulement,

comme on se levait de table, l'aîné des enfants ouvrit de grands yeux.

« Mais, maman, » s'écria-t-il, « Marie-Jeanne oublie le café de papa ! »

M. Desbarres parut embarrassé. Sa femme se pencha, et embrassa l'enfant terrible.

« Papa ne veut plus en prendre, » murmura-t-elle.

« Mais hier il en avait! » dit à son tour la petite fille.

« Est-ce que le café vous fait mal, mon oncle? » demanda Marthe, éprouvant un vague malaise, et sentant le besoin de dire quelque chose.

— « N...., oui, j'ai reconnu qu'il excite mes nerfs. »

Et l'excellent homme, qui semblait bien l'être du monde le moins nerveux, se mit à jouer avec le baby, qui, à part quelques cris de joie intempestifs, s'était fort bien conduit pendant le repas.

« Que faisons-nous, Fanny ? » demanda M. Desbarres, quand il eut replacé l'enfant sur un tapis.

Sa femme qui, aidée de Marthe, desservait la table, se retourna en souriant.

« Si notre voyageuse n'est pas fatiguée, » dit-elle, « il faut la promener un peu. Notre église vaut bien la peine d'être admirée; et puis, il y a la chapelle de Notre-Dame-de-Bon-Secours.

— Très volontiers! » s'écria joyeusement M. Desbarres. « Tu viendras avec nous, n'est-ce pas, mon amie?

— Oh! c'est impossible, » répondit-elle avec douceur. « Il faut que je termine pour dimanche quelques ouvrages pressés.

— Mais si vous vouliez sortir aujourd'hui, je vous aiderais demain, et le temps perdu serait réparé, » dit Marthe avec empressement.

« Non, ma chère, merci; je ne dis pas que je refuse tes bons offices pour demain, mais j'ai absolument affaire tantôt. »

Elle sourit à M. Desbarres, tout en secouant les miettes de pain restées sur la nappe, et Marthe fut touchée de l'union et de la sympathie que révélaient le regard clair et joyeux de la femme, et le coup d'œil plein de regret et d'admiration du mari.

« Eh bien, va mettre ton chapeau, ma chère, » dit ce dernier, « puisque nous ne pouvons décider ta tante à nous accompagner. J'ai toute l'après-midi à moi, et je vais te faire voir en détail notre petite ville. Où sont mes gants ? » ajouta-t-il, après avoir vainement cherché dans ses poches.

Mme Desbarres se retourna, et les prit dans une corbeille à ouvrage placée sur la fenêtre.

« Les voilà, » dit-elle en souriant, « avec des boutons bien solides.

— Merci, ma chère !... Voilà comme est ta tante, Marthe ; elle prévoit tout, elle veille à tout ; je n'ai plus le temps de former un désir ni d'exprimer un besoin. Ah ! comment ai-je pu rester garçon si longtemps ? »

Et son beau regard aimant rencontra de nouveau celui de sa femme.

« Mais, mon oncle, c'est au contraire très heureux, » dit Marthe gaiement ; « si vous vous étiez marié plus tôt, ce n'eût certes pas été avec ma tante ; il n'y a pas bien des années qu'elle n'était encore qu'une petite fille. »

Mme Desbarres rit, tandis qu'une belle couleur vive s'étendait sur ses joues fraîches, et le visage de son mari rayonna de satisfaction, car, sans le savoir, Marthe avait caressé une de ses innocentes faiblesses : il était fier de la jeunesse de sa femme.

« Allons, monte, ma chère, » dit Mme Desbarres; « il faut profiter de ce beau temps. A propos, tu as un placard dans ta chambre; l'as-tu vu?

— Oui, ma tante; j'y ai pendu ma robe *de tous les jours,* » dit Marthe en riant. « Elle est trop vaste pour moi, votre armoire; nous ne sommes pas élégantes au couvent, vous savez! »

Comme elle allait sortir, elle se ravisa.

« Si nous emmenions les enfants ? » dit-elle à demi-voix, caressant tout en parlant la tête frisée de Charles, qui se trouvait près d'elle.

L'enfant avait de petites oreilles bien fines; il tressaillit, et courant se suspendre au cou de sa mère :

« Oh! oui, maman, oh! je t'en prie! » s'écria-t-il d'un air suppliant.

« Ils ne vous gêneront pas trop? » dit

Mme Desbarres, dont le front semblait radieux.

« Oh! pas du tout, n'est-ce pas, mon oncle?

— Certes non, mon enfant! Ce sont mes
compagnons ordinaires, et ils ont déjà de
bonnes petites jambes, je t'en réponds!

— Laissez-moi vous aider à les habiller, » dit
Marthe, suivant sa tante.

« C'est moi qui te donnerai la main, veux-
tu ? » balbutia Anna, toute rouge, se glissant
près d'elle.

« Je veux bien. Tu m'aimes donc un peu
déjà? »

Et la grande cousine, se baissant, enleva
dans ses bras la petite fille, ravie d'être portée
dans l'escalier, et défiant son frère de l'atteindre, avec ces joyeux éclats de rire de l'enfance,
si frais et si purs qu'ils charment même l'oreille
des indifférents.

Un quart d'heure après, Marthe s'éloignait
au bras de son oncle, les enfants sautant gaiement autour d'elle et se disputant à qui lui
tiendrait la main.

VI.

Guingamp n'offre aux étrangers rien de particulièrement remarquable; mais cette petite
ville devait forcément intéresser notre amie,
ne fût-ce que parce qu'on pouvait lui appli-
quer le double qualificatif de *vieille* et de
bretonne.

Vous rappelez-vous votre premier voyage?

Peut-être rougiriez-vous aujourd'hui des
transports d'enthousiasme qu'il fit naître en
vous. Peut-être ne s'agissait-il nullement de
visiter une grande ville, ni une ville cu-
rieuse. Peut-être alliez-vous simplement à
la campagne. Mais vos yeux ravis n'étaient-ils
pas disposés à admirer tout ce qui vous offrait
le plaisir de la nouveauté? Votre jeune imagination, non encore blasée par les enthousiasmes de convention et les impressions fac-
tices, ne prêtait-elle pas à chaque objet, fût-
il vulgaire, le charme inénarrable de cet
âge heureux vers lequel, hélas! nos pensées
se reportent à travers l'abîme qui nous en sépare? La jeunesse est un fleuve merveilleux

qui déborde largement et transforme en pays enchantés les rives qu'il parcourt. Ne pourrait-elle être représentée par la vieille allégorie de ce roi trop heureux qui changeait en or tout ce qu'il touchait? — A elle le pouvoir magique de peupler les déserts et de se faire une solitude idéale au milieu de la foule; à elle l'art mystérieux de rebâtir les ruines, châteaux ou chaumières, d'évoquer le passé sur un indice insaisissable, de rêver l'avenir, et, — ce qui est autrement précieux, — de jouir du présent. Pour elle, les arbres sont plus verts, le ciel plus bleu, les nuages plus légers, le soleil plus éclatant. Elle a cette intelligence de la nature, inconnue aux autres âges. Ses yeux peuvent encore, à la vue d'une fleur, d'une feuille qui tombe, d'un ruisseau qui coule, se mouiller de ces larmes si pures, si douces, qui ne viennent plus humecter les paupières brûlées par les pleurs amers de la déception et des douleurs humaines. Son esprit tout neuf trouve en tout un aliment pour sa naïve curiosité; elle sait rire, elle sait jouir... Oui, c'est dans la jeunesse qu'il faut voyager.

Marthe goûtait donc pleinement le plaisir
d'être libre et de voir de nouveaux objets.
Elle quittait Paris, la ville des merveilles;
mais son esprit était plus que tout autre ac-
cessible au pittoresque, au charme des souvenirs, des traditions, et au mystérieux attrait
de ces vestiges du passé que la civilisation
moderne, niveleuse impitoyable, tend trop,
peut-être, à faire disparaître de la vieille Lu-
tèce. Au grand amusement de son oncle, elle
se passionnait pour chacune des maisons antiques qu'elle apercevait, et dont son imagination fertile recomposait l'histoire plus
ou moins vraisemblable. Je ne jurerais point
qu'elle ne portât envie à leurs habitants, malgré l'incommodité évidente de pareilles de-
meures, l'étroitesse de l'escalier enfermé dans
une mince tourelle, l'humidité des vieux corridors dallés, et l'obscurité relative des chambres auxquelles les petits carreaux encadrés de
grossiers châssis versaient un jour insuffisant,
encore affaibli par le projettement de l'étage
supérieur s'avançant en saillie. Puis, à chaque instant, au détour d'une rue, elle voyait
des arbres, de la verdure, une route blanche et

sinueuse, — la campagne, enfin ; et qui ne sait
la magie de ce mot pour tout Parisien? Elle
admira tout ce que la ville pouvait offrir de
pittoresque, surtout les vieux remparts en belles
pierres larges et moussues, que couronnent aujourd'hui les jardins des Sœurs de la Sagesse,
et la jolie église gothique dont les constructions, bien que de dates et de styles divers,
offrent un ensemble élégant et des restaurations
intelligentes. Elle s'arrêta longtemps sous le
porche profond qui abrite la statue miracu-
leuse de Notre-Dame-de-Bon-Secours.

De nombreux fidèles étaient agenouillés devant l'antique madone, des cierges brûlaient
à ses pieds, et lorsque Marthe eut prié avec la
ferveur et l'émotion qu'inspire toujours un
lieu de pèlerinage consacré par tant de mira-
cles, elle promena un regard recueilli sur les
ex-voto qui, tapissant les murailles, racon-
taient l'histoire éloquente des faveurs obte-
nues dans ce lieu béni.

Ses yeux s'arrêtèrent tout à coup sur un
homme de haute stature, qu'elle s'imaginait
avoir vu quelque part. Il était debout contre
le petit autel ; une expression grave et émue

était répandue sur ses traits, et il semblait absorbé par une prière fervente.

Bientôt la jeune fille sortit de la chapelle, passant la première avec les enfants. Comme elle répondait à une question de la petite Anna, elle entendit derrière elle la voix de son oncle.

« Quand donc êtes-vous arrivé, mon cher Raymond ? » disait-il. « Il est si rare de vous voir ici !

— Vous savez combien je suis occupé ; en outre de mes affaires personnelles, je suis très nécessaire à mon père et à ma tante. »

La voix qui prononçait ces mots avait un timbre si remarquable, si ferme et si clair, que Marthe se retourna instinctivement. Son oncle descendait les degrés de la chapelle, accompagné du jeune homme dont l'attitude respectueuse devant l'autel l'avait frappée un instant auparavant. Ses souvenirs lui revinrent aussitôt : elle avait voyagé dans le même train que lui, et à la gare il avait rejoint l'aimable vieille dame qui s'était émue de son embarras.

« Marthe, je te présente un cousin, » dit en riant M. Desbarres, « Raymond du Vaulquier ;

4.

— mon cher ami, c'est ma nièce, la fille de mon pauvre frère. »

Le regard pénétrant de M. du Vaulquier enveloppa rapidement la jeune fille, puis il lui tendit la main avec une cordialité pleine de grâce.

« Notre parenté se perd dans la nuit des temps, » reprit en souriant M. Desbarres; « ni Raymond ni moi ne pourrions, je crois, la définir sans une longue recherche; mais en Bretagne, vois-tu, il suffit qu'on ait dans les veines une goutte du même sang pour perpétuer les vieilles traditions et la bonne amitié.

— Et j'aime beaucoup cet usage, » dit Marthe avec chaleur; « le mot de *famille* sonne si bien à l'oreille, surtout lorsque, comme moi, on n'est pas habitué à l'entendre!

— J'espère que toutes les coutumes de notre chère Bretagne vous paraîtront aussi louables, » dit à son tour M. du Vaulquier, « et que vous apprécierez vite notre pays, que vous ne connaissez pas encore, je crois?

— Non, mais je l'aimais d'instinct. J'ai toujours été fière d'être Bretonne; et, jusqu'ici, tout ce que j'ai vu a répondu, et au-delà, à ce que j'avais rêvé. Il est vrai, » ajouta-t-elle, se tournant vers son oncle, « que l'accueil que j'y reçois est bien fait pour me disposer favorablement. »

M. Desbarres lui sourit d'un air affectueux.

« Oui, » dit-il, « Marthe est ravie de notre campagne, de notre église, voire même de nos vieilles bicoques. Vous vous entendriez très bien à ce sujet, car je ne connais pas de Breton plus amoureux que vous ne l'êtes de notre sol natal.

— C'est vrai. Mais il ne faudra pas limiter à Guingamp les facultés admiratives de ma cousine. J'espère que vous lui montrerez la mer.

— Oh! la mer! » s'écria involontairement la jeune fille, « comme je voudrais la voir!

—Eh bien, eh bien, on la verra! Peut-être pourrai-je prendre un congé le mois prochain, et alors nous tâcherons de décider Fanny à venir à Saint-Quay.

— Est-ce loin d'ici? » demanda vivement Marthe.

« Non, mon enfant; mais, même dans nos

petites villes, les moyens de locomotion ne sont pas à la portée de toutes les bourses. Je n'ai pas à te le dissimuler, ma chère, car tu t'en apercevras toi-même, nous ne sommes pas riches, et ce n'est qu'à force d'ordre, d'économie, mais aussi, hélas! de privations, que ta tante, qui est l'habileté et le dévouement personnifiés, peut gérer nos finances. »

Un trait aigu s'enfonça dans le cœur de Marthe. Sans le vouloir et en toute naïveté, M. Desbarres lui avait fait voir sa propre situation sous un jour pénible : elle allait être pour lui et sa femme une charge onéreuse, c'était évident. L'incident qui avait terminé le dîner lui revint à la mémoire et prit à ses yeux des proportions gigantesques. C'était *à cause d'elle* que son oncle avait renoncé au café, une vieille habitude, — et une bien petite économie, dont la nature même prouvait la gêne qui existait dans la maison.

En proie à ces pensées douloureuses, elle ne prêta qu'une oreille distraite à la conversation. Bientôt M. du Vaulquier s'inclina devant elle.

« Je regrette profondément de ne pas faire

votre connaissance d'une manière plus complète, ma cousine, » dit-il; « mais je repars ce soir; d'ici là, mon temps est pris par plusieurs affaires, et il me sera impossible de faire la moindre visite. J'espère, à mon prochain voyage à Guingamp, pouvoir consacrer quelques heures au plaisir de voir mes amis, plaisir, » ajouta-t-il en serrant la main d M. Desbarres, « que j'apprécie plus vivement à mesure que je prends des années.

— Oh!... des années!... Elles ne vous pèsent pas encore.

— Ni à vous, » répliqua en souriant M. du Vaulquier; « il est vrai que vous avez en partage le bonheur qui ne m'a pas encore été donné : vous avez une femme aimable et douce, de beaux enfants, — un foyer domestique enfin! »

Bien qu'il s'efforçât de parler gaiement, il y avait dans ce mot : *un foyer*, une inflexion douloureuse qui frappa même M. Desbarres.

« Pourquoi ne suivez-vous pas mon exemple, mon cher Raymond? » demanda-t-il. » Ou plutôt, il n'est pas bon à suivre, en ce sens que je me suis marié trop tard, et que j'ai ainsi perdu des années de paisible bonheur. »

En ce moment, Marthe se retourna pour ramener près d'elle le petit Charles, qui donnait des signes d'impatience, et elle entendit imparfaitement cette réponse, faite à voix basse :

« Vous oubliez ma situation, mon ami ; à quelle femme vraiment forte oserais-je offrir un intérieur aussi triste et des devoirs aussi laborieux ? »

M. Desbarres ne répondit pas, et son jeune parent, ayant de nouveau salué Marthe, s'éloigna rapidement.

« Veux-tu mon bras, ma chère ? Nous pourrions terminer la journée par une petite promenade en dehors de la ville, si toutefois tu n'es pas fatiguée.

— Oh ! pas du tout ! »

On prit une route fraîche et agréable, d'où l'on découvrait un horizon vaste et riant, et, après avoir marché quelque temps en silence, M. Desbarres murmura :

« Pauvre Raymond ! Le bonheur n'est pas

de ce monde ; mais Dieu a réservé cependant
à notre exil des joies véritablement pures, des
consolations ineffables : celles de la famille ;
et je fais des vœux ardents pour qu'il les accorde à mon jeune ami, si bien fait pour les
goûter ! »

. Les beaux yeux de Marthe se levèrent sur
son oncle, comme pour l'interroger.

« L'homme que tu viens de voir est un
noble cœur, » reprit-il d'une voix émue ;
« il n'a jamais vécu que pour les autres, et rien
n'est beau ici-bas comme l'abnégation. Ses
goûts, ses tendances, le portaient vers le bar-
reau. A vingt-cinq ans, secrétaire d'un de nos
grands avocats, tout lui présageait un brillant avenir. Mais le malheur fondit sur sa famille. Sa sœur et son beau-frère moururent
presque en même temps, victimes d'une épi-
démie violente, et laissant deux jeunes garçons — et des affaires très embarrassées. Cette
calamité arriva comme un coup de foudre
dans le vieux manoir où le père de Raymond
vivait avec sa sœur. Il fut frappé d'une atta-
que d'apoplexie qui le mit aux portes de la
mort. Quand il revint à lui, ce fut pour trai-

ner une existence languissante, car ses jambes
restèrent paralysées. Sa sœur, d'une santé
délicate, d'une intelligence un peu faible et
timide, n'était guère en état de s'occuper de
lui, et réclamait elle-même des soins conti-
nuels. Raymond apprit, à l'âge où la plupart
des jeunes gens ne songent qu'au plaisir, à
connaître les soucis et les responsabilités de
la vie. A lui incombaient la charge de ses
neveux, orphelins sans ressources, et le soin
de son père infirme. Pouvait-il rester à Paris,
loin des deux pauvres vieillards, et imposer à
M. du Vaulquier, fort peu riche, le double
fardeau de l'éducation des enfants et de son
propre entretien à lui-même, dont la fortune
était encore à l'état de germe et d'espérance?
Il dut souffrir cruellement, je n'en doute pas;
cependant il renonça sans hésiter à une carrière qu'il aimait. Un an plus tard, il était...
notaire de campagne; les panonceaux dorés
étaient posés sur la grille rouillée de la Herrandière, le vieux père avait un garde-malade attentif et dévoué, et, grâce à la position modeste mais sûre qu'il avait choisie, l'étude fut
bientôt complètement payée et l'éducation des

neveux assurée. Mais il n'est pas encore con-
solé du naufrage de ses espérances, et, de
plus, sa situation particulière lui rend difficile le choix d'une femme. Oh ! c'est un noble
cœur ! » répéta M. Desbarres avec énergie.

Marthe inclina la tête ; ses yeux étaient humides, mais son cœur était serré. Il était dans
sa nature d'éprouver un sentiment pénible au
contact de chaque souffrance ; et, il faut bien
l'avouer, ce sentiment ne prenait pas uniquement sa source dans une généreuse sympathie, mais encore dans le froissement un peu
égoïste que ce contact faisait subir à ses espérances, joyeuses malgré tout, et à la confiance imprudente qu'elle avait dans la vie.

VII.

La journée était avancée lorsque, après une
halte sous un bouquet de bois, on reprit le
chemin du logis.

Mme Desbarres, assise dans la salle à manger, raccommodait du linge, tandis que le
baby jouait à ses pieds, sur des coussins. Elle
accueillit les arrivants avec un bon sourire

se fit raconter en détail toute la promenade, et parut ravie de la chaleur avec laquelle Marthe peignait tout ce qui l'avait frappée.

Elle emmena bientôt les enfants pour changer leurs toilettes, et Marthe se retira aussi dans sa chambre. Malgré la vigueur et l'entrain de sa belle jeunesse, elle se sentait fatiguée, et, prenant un livre, elle alla s'asseoir près de la fenêtre ouverte. A peine avait-elle commencé à s'absorber dans sa lecture, qu'elle entendit à sa porte une suite de petits coups incertains. Elle se leva, ouvrit, et aperçut la figure rose d'Anna, émergeant de la longue blouse de cotonnade dont sa mère, en femme soigneuse, s'était hâtée de la revêtir. Les jolis yeux de l'enfant étaient encore plus brillants qu'à l'ordinaire.

« C'est maman qui demande si elle peut entrer, » dit-elle avec vivacité. « Tu verras ! Tu vas être bien contente ! Elle peut venir ?

— Oui, sans doute, » répondit Marthe étonnée.

Et, retenant dans ses bras la petite fille, pressée d'aller reporter sa réponse, elle lui dit en l'embrassant :

« Pourquoi vais-je être contente?

— Ah! c'est une surprise! » fit l'enfant avec un joli petit air mystérieux; « mais laisse-moi aller, c'est moi qui t'apporterai ta belle robe!

— Ma belle robe! Que veux-tu dire? »

Mais Anna s'était échappée, et Marthe entendit sa voix joyeuse au bout du long corridor.

« Oui, oui, maman! » criait-elle, « elle a dit oui, tu peux venir! Et elle aurait bien voulu savoir, mais je ne lui ai rien dit! »

Quelques minutes s'étaient à peine écoulées que les petits pas pressés des enfants se rapprochèrent. Puis Mᵐᵉ Desbarres entra en souriant, soutenant une jupe de mérinos bleu dans les plis de laquelle Charles trébuchait à chaque instant, tandis qu'Anna, toute fière, portait sur son bras un corsage encore sillonné de longs fils blancs qui se croisaient en tous sens.

« La voilà, ta robe! » s'écria-t-elle; « n'est-ce pas qu'elle est jolie?

— Et c'est moi qui ai porté la jupe, » dit Charles à son tour.

Marthe, toute surprise, regarda Mme Desbarres, pour lui demander l'explication de cette scène. Le visage de la jeune femme rayonnait de joie à la pensée du plaisir qu'elle comptait faire.

Elle inclina la tête, en réponse au regard interrogateur de sa nièce.

« Oui, » dit-elle, « c'est pour toi. Tu ne peux pas toujours être en noir, c'est trop sévère pour ton âge. Il y a déjà quelques jours que j'avais acheté cette étoffe, qui sera d'un bon usage, je t'en réponds; pendant que tu étais sortie, je me suis permis de prendre une de tes robes, sur le modèle de laquelle j'ai taillé et bâti celle-ci. Veux-tu l'essayer? »

Marthe était combattue entre la reconnaissance la plus vive pour une attention si délicate, et un autre sentiment moins généreux, mais très féminin, pour lequel mes lectrices se montreront peut-être indulgentes : quelque excellente que fût, en effet, l'intention de Mme Desbarres, le choix de son cadeau laissait infiniment à désirer. Rien n'était plus cru, plus vulgaire, plus *démodé*, s'il faut le dire, que la nuance de bleu sur laquelle elle avait jeté son dévolu. Marthe avait un goût inné, et la pensée de porter cette toilette la consternait.

Elle possédait néanmoins un sens trop délicat pour ne pas apprécier la bonté de sa tante, et elle était elle-même trop bonne et trop accoutumée à dominer ses petites contrariétés pour ne pas accueillir le présent avec toute la gratitude qu'il méritait. Elle embrassa à plusieurs reprises l'excellente créature qui s'était privée d'une promenade agréable dans le but de la surprendre et de lui faire plaisir, et elle loua la finesse de l'étoffe et l'habileté avec laquelle sa tante avait taillé la robe, qui lui allait fort bien.

Mme Desbarres était radieuse; elle tournait autour de sa nièce, reprenant une couture, mettant quelques épingles, tandis que les enfants sautaient de joie.

« Comme tu es jolie avec ta belle robe ! » s'écriait Charles, joignant ses petites mains avec admiration.

« Elle est tout à fait pareille à celle de la Vierge de Plouguern, » disait Anna; « seule-

ment tu n'as pas, comme elle, une belle jupe
de dentelle par-dessus.

— Nous y travaillerons demain toutes les
deux, » dit à son tour la mère, « et tu l'au-
ras dimanche, pour aller à la grand'messe,
et pour faire nos visites. Je suis bien aise de
t'avoir fait plaisir ; le bleu est une jolie couleur, qui plaît toujours aux jeunes filles. »

Tout en parlant, elle aidait Marthe à enlever la robe, et, suivie de ses enfants, elle
l'emporta triomphalement.

Marthe, toujours partagée entre la reconnaissance et l'ennui de paraître devant de nouvelles connaissances dans cet attirail, si peu
en harmonie avec les lois du bon goût et les
prescriptions de la mode actuelle, remit avec
un soupir sa robe de pensionnaire. Il lui
sembla que cette chère livrée ramenait avec
elle des idées plus sérieuses, et les leçons
qu'on lui avait inculquées pendant de longues
années. Qu'était-ce, après tout, qu'une toilette, fût-elle laide ? Le léger nuage qui obs-
curcissait son front s'effaça.

« Bah ! » se dit-elle, « après tout, je ne
mourrai pas pour être mal habillée, et notre

chère mère supérieure me trouverait heureuse d'avoir une petite vexation à offrir à Dieu. »

Quand elle descendit pour souper, toute la famille était réunie.

« Eh! bien, Marthe, » lui cria son oncle, « que faisais-tu donc, toute seule, là-haut?

— Je lisais, mon oncle.

— Ah! ah! tu aimes la lecture? Oui, oui, tu tiens cela de ton père. Lui aussi passait des heures entières absorbé dans ses livres; il disait qu'un peintre doit connaître l'histoire des peuples et leurs mœurs, le caractère des hommes comme leur anatomie, la nature morale comme la nature extérieure; et il lisait, et il méditait... Ah! il ne cherchait pas uniquement à gagner de l'argent! Je l'ai vu fouiller les musées anciens, faire vingt croquis dans les salles de Cluny, et étudier de vieux livres rongés des vers, avant de retracer sur une petite toile grande comme mes deux mains un *intérieur* du moyen âge. Mais aussi quelle exactitude! Quel bijou c'était! Et ses tableaux religieux! Quand il est mort, il y avait chez lui une *Pieta*, — ce n'était pas grand, et la tête seule de la Vierge était entièrement terminée..... J'aurais voulu la conserver pour toi, mon enfant, car, en la regardant, tu aurais compris l'âme de ton père. Mais un amateur en offrait un prix considérable, et mon pauvre frère laissait si peu de tableaux et des affaires si embarrassées, qu'il fallut la vendre. Oh! quel sentiment il y avait là! Je me rappelle que, lorsqu'il me montra cette ébauche, je me sentis remué jusqu'au fond du cœur. — Édouard, lui dis-je, où cette douleur divine t'a-t-elle été révélée? Où as-tu rêvé ce regard sublime? Il tourna vers moi son visage, déjà si pâle et si abattu, et me répondit simplement : — C'est en priant, un jour qu'écrasé sous le poids de mon chagrin, j'invoquais la Mère de douleurs. — Pauvre frère! Il avait la foi, sans laquelle on peut faire de la grande peinture, émouvoir le cerveau et les sens, mais non pas atteindre l'idéal, non pas aller jusqu'à l'*âme!* »

M. Desbarres passa rapidement la main sur ses yeux, et, voyant que des larmes coulaient sur les joues de la jeune fille, dont le regard était ardemment fixé sur le sien, il baissa le ton de sa voix, qui s'était involontairement élevé, et reprit, s'efforçant de sourire :

« Que disions-nous? Ah! oui, tu aimes la lecture. Bien, mon enfant, profite de tes belles années; plus tard, si tu as un ménage à conduire, il ne te restera pas grand temps pour t'amuser. Ma pauvre Fanny aussi aimerait à lire; n'est-il pas vrai, ma chère? » ajouta-t-il, souriant à la jeune femme avec une indicible affection.

« Oui, » dit-elle; « pas, cependant, des livres aussi sérieux que ceux que j'ai vus rangés sur la commode de Marthe. Mais il me faut m'occuper de la maison, aider à la cuisine; puis les enfants, et même toi, Émile, vous me créez trop de besogne. Enfin, notre linge, qui vient d'héritage, est vieux et usé, et je ne cesse jamais de repriser. Ce n'est pas que je me plaigne, au moins! » ajouta-t-elle gaiement. « Quand je tire l'aiguille, je songe à mes chers petits; je tâche, dans un esprit bien soumis, de soulever un petit coin de leur avenir; je dis mon chapelet; lorsque je suis fatiguée, je lis un chapitre de l'Évangile ou de l'Imitation, et alors je reprends mon ouvrage avec un nouvel aliment pour mes pensées.

— Et moi, » dit M. Desbarres, d'un ton de tristesse comique, « je suis oublié?

— Oublié! » répliqua-t-elle avec une simplicité qui émut la jeune fille, « oh! ce serait impossible! Je songe toujours à toi, et, même quand je prie, tu es au fond de mon cœur et de ma prière. Comment nos vies pourraient-elles se séparer un instant? Tu sais bien, d'ailleurs, avec quelle impatience je guette ton retour?

— Oui, je sais, » répondit-il d'une voix profonde et émue.

Puis, comme pour cacher le sentiment qui le possédait, il reprit, s'adressant à Marthe :

« Eh bien, il paraît que tu vas être belle, dimanche? »

Elle lui tendit la main, et regarda la jeune femme avec affection.

« Comme ma tante est bonne! » dit-elle de sa voix harmonieuse.

« Oui, habile et bonne. Tu ne l'aimeras jamais trop, Marthe. »

Un instant après, on apporta le souper. Il

était simple et fut bientôt terminé. On n'avait pas attendu ce moment pour coucher le baby, et, aussitôt qu'on eut quitté la table, les *grands*, comme ils s'intitulaient pompeusement, furent emmenés à leur tour. Marthe aida à les déshabiller ; elle s'unit du fond du cœur à leur prière enfantine et touchante, les borda dans leurs petits lits, et baisa leurs joues roses.

« Embrasse-moi encore, » dit Anna.

« Non ! » s'écria Charles, « à moi le dernier baiser ! Je suis le plus grand !

— Mais moi, je suis une petite fille ! » riposta sa sœur, se soulevant vivement sur son oreiller, « et papa dit qu'on doit toujours céder aux dames ! »

Mme Desbarres et Marthe rirent de cette revendication précoce des droits de la faiblesse, puis la mère déclara qu'elle allait emporter la lumière.

« Allons, » dit-elle, « dormez vite ; vous reverrez votre cousine demain.

— Bien vrai? » dit Anna, se soulevant de nouveau. « Tu seras encore ici demain, et toujours?

— Oui, toujours, » répondit Marthe, l'embrassant encore.

« Et tu feras une robe à ma poupée?

— Et tu rangeras tous mes soldats de plomb sur la grande table de la salle à manger?

— Je ferai tout ce que vous voudrez, à la condition que vous m'aimerez bien ! »

Et, s'arrachant aux petits bras qui se tendaient vers elle, elle suivit sa tante dans l'étroit escalier.

« Je crois que j'aurai bientôt lieu d'être jalouse, Marthe, » dit Mme Desbarres en riant. « Les enfants t'aimeront mieux que moi, si cela continue. Mais cela prouve en ta faveur, vois-tu, car ces petits innocents voient clair, et l'on peut en croire leurs sympathies. »

La lampe avait été allumée dans le salon. M. Desbarres, assis dans un grand fauteuil, lisait un ouvrage de chimie. Sa femme posa sur la table une pile de serviettes, et Marthe demanda instamment à l'aider. Tout en travaillant elles causaient, à voix basse cependant, pour ne pas troubler M. Desbarres. Mais il n'y avait entre elles ni les points de contact qui

naissent de la conformité de tendances et d'é-
ducation, ni ceux qui proviennent d'habitudes
identiques ou d'intérêts communs ; aussi l'entretien ne put manquer de languir un peu.
M. Desbarres ne s'y mêla en aucune façon ;
sa soirée était invariablement consacrée à une
lecture sérieuse, souvent même abstraite. De
temps en temps, en tournant une page, il
regardait les couseuses par-dessus ses lunettes,
leur faisait un petit signe de tête, et repor-
tait les yeux sur son livre.

Comme neuf heures sonnaient, il ferma le
gros traité de chimie.

« Marthe doit être fatiguée, » dit-il ; « il ne
faut pas la faire veiller davantage ce soir. »

Cinq minutes après, la jeune fille se trouvait seule dans sa chambre.

Elle éprouvait le besoin d'épancher son
jeune cœur, fût-ce sur du papier. Il n'y avait
point de table dans l'appartement ; debout à
l'angle de sa commode, elle écrivit quelques
lignes à la supérieure du couvent de..., puis
resta songeuse. La vie qui s'offrait à elle était
certes parée d'affection ; mais qu'elle était austère et... vulgaire !...

Marthe regarda ses livres et ses cahiers, et soupira. Hélas! elle non plus n'aurait guère de loisirs pour ses chères études, car elle était trop généreuse pour se borner au rôle de simple spectatrice dans cette maison occupée, et pour ne pas prendre sa part des humbles labeurs de sa tante !

Elle se mit à genoux pour faire sa prière. En commençant, elle pleurait; mais lorsqu'elle se releva, la sérénité était revenue sur son beau front, car elle sentait que, partout et toujours, Dieu serait avec elle.

VIII.

On était au commencement de mai, et le printemps brillait de tout son éclat. Dans son joyeux épanouissement, il ne se contentait pas de faire resplendir les belles campagnes riantes; en monarque prodigue, il laissait pénétrer quelques bribes de ses richesses et de sa douce influence, même parmi les amas de pierres, de murailles et de sombres cheminées où l'on ne s'occupe guère de ses joyeux dons, et où il semble que sa grande

voix harmonieuse ne puisse se faire entendre.
En dépit des maisons hautes et serrées que
l'on s'est dépêché de bâtir sur d'anciens et frais
jardins, en dépit des lourds pavés entre lesquels le plus humble brin d'herbe ne trouverait pas la place de croître, en dépit des
préoccupations matérielles, des inquiétudes ou
des joies souvent grossières qui absorbent la
foule affairée, le printemps rayonne à Paris,
il s'y établit en maître, et bientôt les visages,
sous sa bienfaisante influence, s'éclairent eux-
mêmes d'une expression plus riante.

Oui, il est venu, ce cher et doux printemps.
Il est là, se jouant dans les brillants rayons de
soleil; il envoie son souffle dans les chaudes
effluves et dans les brises rafraîchissantes; il
rit dans le ciel bleu; il plane dans les légers
nuages blancs qui, semblables à des plumes
vaporeuses, passent sur l'azur foncé; il a rendu
aux marronniers leur parure de neige ou d'é-
carlate; — ce feuillage vert et épais, c'est sa
livrée; et ses bouquets de fête, ses dons de
bienvenue, se glissent partout, épanouis derrière les vitres ou sur les éventaires, suspendus
aux balcons transformés en jardins aériens, à

votre ceinture, madame, à votre boutonnière,
monsieur.

Il est là, surtout, soufflant la joie et la vie
sur tous ceux qui souffrent. Ne calme-t-il pas
les douleurs des membres glacés par l'âge?
Ne ramène-t-il pas de délicates couleurs sur
les joues pâlies? Ne fait-il pas taire la toux
qui déchire les poitrines? Et les affligés eux-
mêmes ne sentent-ils pas leurs peines moins
amères quand revient le soleil dans le ciel
pur? Le printemps, dans ce monde où tout
est emblème, où la nature physique est pleine
de symboles mystérieux, ne leur parle-t-il
pas de la fête éternelle où leurs cœurs flétris
s'épanouiront à jamais?...

. . . .

Donc, un bien-être insaisissable était répandu dans Paris. On s'abordait avec un sourire, on se sentait joyeux. Quand on avait dit :
« Quel beau temps! » ce n'était pas là un
mot banal, mais le besoin d'exprimer un con-
tentement intime, et l'on était disposé à une
bienveillance universelle. L'ouvrière respirait, tout en cousant, les senteurs de son
rosier; les enfants étaient répandus dans les

squares et les jardins, les vieillards et les
convalescents se chauffaient au soleil, les tra-
vailleurs songeaient aux plaisirs du prochain
dimanche, et dans le *high-life*, comme la journée s'avançait, on se rendait au bois.

Le long des Champs-Élysées, sur une double rangée de chaises, des oisifs, de jeunes
mères, des gouvernantes regardaient passer la
longue, l'interminable file de voitures. Elles
se suivaient sans la moindre harmonie : le landau armorié et le coupé de remise, l'élégante
victoria, le léger panier, et le fiacre à l'heure,
dont le gros cocher bouffi fumait tranquille
ment sa pipe et laissait marcher à sa guise son
cheval efflanqué et poussif, tout en regardant d'un air goguenard ses confrères aristocratiques, raides et corrects sur leur siège, et
maintenant savamment leurs attelages pleins
de feu.

Tout cela se succédait comme une fantasma-
gorie sous les yeux des spectateurs, qui échangeaient leurs réflexions suivant leur humeur
ou leurs préférences, les uns s'occupant particulièrement des voitures et admirant les huit-
ressorts, d'autres examinant les chevaux en

connaisseurs, d'autres encore accordant aux gens une attention plus exclusive, et faisant des remarques, souvent amusantes, sur les femmes belles ou laides, vieilles ou jeunes, sur les Anglaises fraîches ou guindées, les cavaliers gauches ou élégants, et enfin les toilettes plus ou moins riches.

A la hauteur de la rue de Morny, une victoria attelée de deux chevaux bais passa lentement près d'un petit coupé vert, à la portière duquel s'encadrait un visage ennuyé, que toutes les ressources de l'art, de la frisure et du blanc de perles ne parvenaient pas à rendre beau. Sur les coussins de derrière de la victoria était assise une femme très élégante, assez jeune et jolie, tandis qu'en face d'elle deux petites filles frêles et pâles, à l'air déjà hautain et dédaigneux, se tenaient droites et raides, regardant avec curiosité les voitures, et toisant légèrement les gens qui passaient sur le trottoir.

Une double exclamation s'échappa de la victoria et du coupé. La dame au visage ennuyé enveloppa d'un coup d'œil rapide l'élégant équipage et les chevaux demi-sang, et peut-être aurait-on pu démêler une arrière-pensée d'envie ou de dépit dans le regard qu'elle reporta ensuite involontairement sur la jument grise qui traînait sa propre voiture. Cependant le plus gracieux sourire anima ses traits, comme elle répondait au bonjour empressé de l'autre dame.

« Que je suis ravie de vous voir ! » s'écria vivement cette dernière ; « je ne vous savais pas revenue de Nice..... Tenez, si vous étiez bien aimable, vous renverriez votre coupé et vous viendriez près de moi. Je déteste tant être seule ! Il fait d'ailleurs un temps superbe, et l'on est mieux en voiture ouverte, » ajouta-t-elle étourdiment.

La propriétaire du coupé serra légèrement les lèvres. Sur l'ordre de sa maîtresse, le valet de pied assis sur le siège de la victoria était descendu ouvrir les portières, et, quelques instants après, le coupé rebroussait chemin, tandis que les deux dames causaient avec vivacité, échangeant d'abord ces banalités ordinaires entre personnes qui se revoient d'une façon inopinée.

« Mais vous êtes revenue depuis peu, ma chère ?

— Pouvez-vous le demander? S'il en était autrement, vous auriez déjà reçu ma visite. Nice n'est plus tenable, nous l'avons quitté depuis un mois ; mais M. Marcelot a voulu faire un petit séjour dans les monts d'Auvergne, où il place l'action de sa nouvelle pièce ?

— Ah !... les décors seront-ils beaux ? Et pour quel théâtre ?

— Pour l'Odéon, à condition, toutefois, que le directeur fasse un sacrifice d'argent pour engager la Porelli..... Ces femmes-là n'ont pas de patriotisme, ma chère, et la Russie nous les prend toutes... Mais racontez-moi donc les nouvelles. Quand on a passé trois mois loin de Paris, il semble qu'on revienne du pôle, on ne sait plus rien... »

La conversation continua quelque temps entre les deux dames avec une verve moqueuse.

« Quel coup d'œil délicieux et vraiment parisien ! » s'écria tout à coup Mme Marcelot, comme le lac, riant et coquet, apparaissait encadré dans ses rives verdoyantes, les grands arbres se reflétant dans l'eau pure et calme, et les voitures se suivant, remplies de femmes élégantes, aux toilettes printanières.

Presque aussitôt, Mme de Lirieux poussa une brusque exclamation.

« Ah ! » s'écria-t-elle, « voilà encore cette femme si belle et si étrange que je vois depuis huit jours, sans que personne puisse me dire son nom. Regardez, devant nous... elle est en blanc, toute seule. »

En effet, une voiture venait de déboucher d'une allée et prenait la file, un peu en avant de la victoria. C'était un landau ouvert, d'une merveilleuse élégance, quoique d'une simplicité extrême, et traîné par deux chevaux bai-brun que maintenait avec peine un cocher entièrement vêtu de noir. Près de lui se trouvait un valet de pied, également en noir, et sur les coussins de maroquin brun était assise une femme, d'une taille évidemment élevée, très svelte, très gracieuse, portant une toilette simple, mais d'une grande distinction, en foulard blanc, ornée de nœuds marron. De dessous on élégant petit chapeau de paille, garni d'une touffe de roses blanches et d'une *traîne* de feuilles mortes, s'échappaient de grosses boucles d'une nuance fauve, plutôt cuivrées que dorées, et qui, tranchant sur la blancheur du corsage, rappelaient, suivant le jour qui les éclairait, les tons chauds tant admirés chez les Vénitiennes du Titien, ou la couleur ardente qu'une extrême partialité peut seule rattacher aux chevelures blondes.

Mme Marcelot laissa retomber son lorgnon avec étonnement.

« Mais, ma chère, » s'écria-t-elle, « elle a des cheveux rouges !

— Sont-ils rouges ? Tâchons de voir son visage, et vous conviendrez avec moi que, s'ils lui donnent quelque chose d'étrange, ainsi que je vous le disais, on peut presque les considérer comme une beauté de plus. Jean, suivez cette voiture, » ajouta-t-elle, s'adressant à son cocher, « ce landau où il y a une dame en blanc. »

Il était impossible, en ce moment, vu l'encombrement des équipages, de songer à dépasser l'inconnue. Le tour du lac s'acheva, puis le landau, se détachant de la file des voitures, s'engagea dans une allée peu fréquentée.

« Maintenant, Jean, passez lentement devant elle, » dit Mme de Lirieux.

Le cocher obéit, et les yeux des deux dames se fixèrent sur le landau. D'imperceptibles armoiries ornaient les portières. Comme la victoria le dépassait, celle qui était à son insu l'objet de cette petite manœuvre tourna négligemment son visage vers les curieuses.

Mme de Lirieux avait dit vrai; elle était admirablement belle, d'une beauté peut-être unique et tout à fait frappante. Son teint était d'une blancheur et d'une beauté merveilleuses, l'ovale de sa figure parfait, ses lèvres rouges comme une grenade, d'un dessin irréprochable, et son nez, légèrement aquilin, admirablement formé. Ce qui lui donnait un cachet d'originalité excessive, c'était que ses yeux, d'un noir de velours, étaient surmontés de sourcils bruns, fins et déliés, qui, avec ses longs cils également bruns, légèrement relevés et dorés à leur

extrémité, contrastaient d'une manière saisissante avec sa chevelure ardente, qui, sous
un rayon de soleil, prenait tour à tour des
teintes d'or bruni et de cuivre rouge. Malgré cet éclat et cette beauté incontestables,
elle n'était pas précisément sympathique;
que le fait tînt à l'étrangeté et aux contrastes de cette physionomie, où plutôt à
l'expression glaciale, hautaine et ennuyée
dont elle portait l'empreinte, elle étonnait
plutôt qu'elle ne charmait; et cependant, chose
bizarre, elle attirait autant qu'elle repoussait,
comme si l'on eût senti instinctivement qu'il
y avait des pensées sous ce front blanc et
uni, que ces yeux si calmes pouvaient s'a-
nimer et lancer des éclairs, et que ces lèvres légèrement serrées avaient des sourires
enchanteurs pour un petit nombre de pri-
vilégiés.

Mme Marcelot la regarda quelque temps en
silence, puis se retourna vers Mme de Lirieux.

« Je la connais, » dit-elle tranquillement,
« ou du moins je sais son nom; je l'ai vue
cet hiver à Nice. Qui supposez-vous qu'elle
soit?

— Elle ne ressemble à rien de ce qu'on voit d'ordinaire ; cependant, c'est une femme du monde ?

— Oui, et du meilleur. C'est la comtesse de Stumberg.

— Stumberg ! Mais je connais ce nom-là !...

— Sans doute ; j'ai rencontré chez vous le comte de Stumberg, il y a six ou sept ans ; — un Autrichien, Français du reste par les habitudes. Sa mère, qui était Belge, s'était trouvée veuve fort jeune, et s'était établie à Paris avec son fils.

— Oh ! je m'en souviens maintenant ! C'était un homme très grand, très blond, avec une physionomie étrangère et d'énormes moustaches. Il était très riche ; mais n'avait-il pas pour femme une Anglaise?

— Oui, une ravissante créature, blonde comme les blés, frêle et blanche comme une apparition. Je la vois encore, à un bal travesti chez Mme de Saint-André, vêtue en ondine. Elle est morte depuis quatre ou cinq ans.

— Quelle mémoire vous avez ! » s'écria

6

Mme de Lirieux avec admiration. « Pour moi, je vois tant de gens, que leur souvenir me sort bientôt de la tête. Et où a-t-il épousé cette splendide créature ? Elle est étrangère ? »

Mme Marcelot sourit à demi.

« Ah ! voilà le mystère ! » dit-elle. Elle est Française, j'en suis sûre ; mais je ne sais ce qu'elle est ni d'où elle vient. J'ai entendu dire une fois qu'elle est de la province. Mais je ne crois pas à l'existence, en province, de ces beautés superbes, doublées d'une aisance ou d'une dignité, d'un mélange d'indifférence et d'ardeur qu'on n'acquiert que dans la fréquentation d'une société brillante ou... sur la scène. »

Les deux petites filles ouvrirent de grands yeux, et Mme de Lirieux s'écria avec surprise :

« Quoi ! était-ce donc une actrice ?

— Je n'ai pas dit cela, je n'en sais rien. Mais si cette femme n'a pas vécu constamment dans le monde, elle possède un instinct bien merveilleux de ces riens qui forment la conversation des salons ; si elle n'est jamais montée sur les planches, elle a un aplomb bien surprenant, et surtout un talent de cantatrice vraiment inexplicable ; enfin, si elle n'a pas habité une capitale remplie de chefs-d'œuvre, elle a un goût étrange pour les arts ! En un mot, ce serait une créature exceptionnelle.

— Je ne comprends pas, » dit vivement Mme de Lirieux, très intéressée, « que vous ayez vécu dans la même ville qu'elle, et sans doute fréquenté la même société, sans avoir découvert ce que vous appelez un *mystère*. J'ai peine à croire que ce soit une actrice ; ce comte de Stumberg, que je me rappelle maintenant fort bien, était un homme très orgueilleux, tenant outre mesure à son titre et à son nom. Sa première femme était la fille d'un lord ; et, s'il ne bornait pas ses relations aux salons les plus aristocratiques et les plus exclusifs, où il était non seulement accueilli, mais recherché, c'est qu'il aimait passionnément le monde des artistes et des écrivains.

— Mon mari a essayé de savoir où il a épousé cette femme. Mais M. de Stumberg lui a répondu d'une manière si brève et si glaciale, qu'il se l'est tenu pour dit, étant seulement parvenu à découvrir, d'une manière indirecte, qu'elle est Flamande, mais concluant de la réserve de son mari que les circonstances de leur mariage, pour une raison ou pour une autre, ne lui sont pas agréables à rappeler.

— J'espère qu'il nous la présentera. Quelle chose singulière ! Ce n'est certes pas ainsi qu'on se représente une Flamande ! Est-elle *comme il faut ?*

— Oh ! irréprochable ! Et d'un entrain ! Elle se jetait corps et âme dans tout ce qu'il y avait de fêtes ; je vous assure qu'au milieu d'un bal il n'est plus question de l'air ennuyé que vous lui avez vu. Et quelles toilettes, quels bijoux ! Vous savez que son mari est riche à millions ?

— Pas d'enfants ?

— Une fille du premier mariage. Jusqu'à cette seconde union, elle ne quittait guère le comte, qui voyageait à cette époque et semblait *inconsolable.* Maintenant, l'enfant est en Angleterre, dans sa famille maternelle. Je suppose que son père aura pensé que cette lionne superbe ferait une belle-mère fort peu exemplaire.

— Quoi ! il a sacrifié son enfant ? Mais c'était donc une passion ?

— Une passion dans toute l'acception du mot, » répondit Mme Marcelot en riant, « sans en excepter, dit-on, de fréquents orages. »

Quelques instants après on sortait du bois, et les voitures commençaient à animer les longues avenues avoisinantes.

Les deux amies se séparèrent à la porte de Mme Marcelot, avec force protestations et promesses de se revoir.

IX.

Le landau erra encore quelque temps dans les allées étroites auxquelles mai prêtait une parure si douce, et dont la solitude habituelle ne fait guère honneur, il faut l'avouer, au goût des Parisiens. Il croisa cependant quelques voitures, et, en chacune de ces occasions, la comtesse de Stumberg excitait une curiosité et une admiration dont elle ne paraissait guère s'aper-

6.

cevoir. Elle était absorbée dans ses pensées, son beau front voilé d'un nuage d'ennui, ses grands yeux vaguement fixés devant elle ; mais tout à coup, s'arrachant à sa rêverie, et s'apercevant que l'heure s'avançait, elle donna l'ordre de rentrer.

La voiture sortit du bois, traversa la place de l'Étoile, et prit l'avenue de la Reine-Hortense pour arriver au parc Monceaux.

Il était environ six heures et demie, et les habitués de cette promenade disparaissaient les uns après les autres. Les ombres des chevaux s'allongeaient démesurément sur le sable des allées, de légers nuages empourprés annonçaient le coucher du soleil, les oiseaux gazouillaient bruyamment avant de se blottir dans leurs retraites de feuillage, et les corbeilles fleuries, semées sur les vastes pelouses, répandaient un vague parfum dans l'air transparent et calme.

Les passants se retournaient pour regarder cette femme si merveilleusement belle, et qui semblait si hautaine, si froide et si indifférente au milieu du luxe dont elle était entourée.

Comme la voiture allait s'engager dans une

des avenues d'accès du parc, Mme de Stumberg quitta son attitude nonchalante.

« Pierre, » dit-elle, « n'y a-t-il pas une église ou une chapelle près d'ici? »

Le valet de pied fut en un instant à la portière.

« Oui, madame la comtesse, » répondit-il respectueusement, tout près.

— Dites à André de m'y conduire, je vous prie. »

Le domestique remonta rapidement sur le siège, et, quelques instants après, la voiture s'arrêtait dans une des rues désertes qui avoisinent le parc, à la porte d'une chapelle de construction récente. La jeune femme descendit, et, soutenant la queue de sa longue robe, poussa la porte de chêne et se trouva dans le sanctuaire.

Aussitôt, une psalmodie lente et monotone vint frapper ses oreilles. Elle se retourna, et vit une grille en bois noir, derrière laquelle pendait un long rideau de serge, qui l'empêchait de rien distinguer, et même de deviner à quel ordre appartenaient les religieuses qui récitaient en ce moment l'office.

Il n'y avait personne dans la partie de la chapelle où elle se trouvait. Elle s'avança doucement, lentement, vers la balustrade du chœur, comme si elle eût craint de troubler les pieuses recluses par le petit bruit sec de ses fins talons ou le *frou-frou* de ses longues jupes, et elle s'agenouilla sur les marches.

Les yeux fixés sur la grille, elle écouta quelques instants la psalmodie, cherchant à distinguer les voix fraîches ou cassées, et se demandant quelles pensées, quels sentiments animaient la prière de ces âmes inconnues.

Il s'en exhalait un parfum de calme et de paix qui remua plus profondément le cœur de la comtesse de Stumberg que ne l'avaient jamais fait les chants les plus harmonieux et les plus savants. Peu à peu, son front s'inclina et se courba jusqu'à toucher la balustrade de cuivre; elle cacha son visage dans ses mains, et si quelqu'un fût entré à ce moment dans la chapelle, il eût compris, aux soulèvements convulsifs de ses épaules et aux tressaillements de sa taille, que cette femme pleurait.

Oui, ceux qui l'avaient admirée une demi-heure auparavant, ceux qui peut-être avaient dit, en voyant sa beauté, sa parure et son riche équipage, ce mot que nous associons d'une manière si banale avec la fortune et l'éclat : *Elle est bien heureuse!* — ceux-là n'eussent pas été peu surpris de la voir ainsi agenouillée sur la pierre, les flots soyeux de sa robe traînant autour d'elle, ses longues boucles fauves pendant en désordre, et son mouchoir de dentelle trempé de larmes, — non des larmes douces et bienfaisantes qu'une fervente prière peut amener aux yeux, mais de ces larmes amères et brûlantes qui, en coulant, laissent au cœur un sillon sanglant : des larmes de chagrin, de regret, de désespoir.

La psalmodie cessa. Une voix lente et grave pria seule; il y eut quelques *répons*, puis, l'office étant terminé, tout rentra dans le silence.

Alors les religieuses crurent entendre de l'autre côté de la grille quelque chose comme un sanglot; et de leurs âmes, libres des choses de la terre et ravies par une mort anticipée au-dessus des mesquines douleurs d'ici-bas, s'éleva une prière compatissante pour la pauvre créature qui, en dehors de leur clôture bénie, venait épancher ses douleurs, pour rentrer ensuite dans le monde triste et pervers.

L'obscurité se répandait dans le petit sanctuaire, le soir tombait. La jeune femme se releva, tint un instant les yeux attachés sur la grille sombre, et, laissant échapper un long soupir, elle sortit enfin pour remonter en voiture.

Quelques instants après, elle rentrait dans le vaste appartement qu'elle occupait, dans l'un des hôtels qui donnent sur le parc Monceaux.

La chambre à coucher où elle pénétra était remplie de tout ce que peuvent inventer le luxe le plus ingénieux et le goût le plus exquis. Les tentures de soie bleue relevaient la nuance délicate des boiseries, peintes en gris pâle, avec des filets d'or. De riches tapis, des sièges confortables, des étagères chargées de riens coûteux, quelques statuettes de marbre blanc d'une pureté presque transparente, une bibliothèque remplie de livres splendidement reliés, tout était réuni pour charmer le regard, satisfaire les goûts les plus délicats et nourrir la pensée.

Au bruit que fit la porte en se refermant,

une femme de chambre, qui travaillait dans un cabinet de toilette voisin, parut dans la chambre, et débarrassa sa maîtresse de son chapeau et de ses gants.

« N'y a-t-il pas de lettres, Reine?

« Non, madame. Recoifferai-je madame la comtesse? »

La jeune femme jeta un regard vers une haute glace de Venise.

— Non, » dit-elle brièvement, « c'est inutile. Mon mari est-il là?

— Monsieur le comte est venu deux fois pour savoir si madame était rentrée. Il m'a chargée de prévenir madame qu'il a des affaires im-périeuses qui l'empêcheront sans doute d'être ici pour sept heures, et de la prier de dîner sans s'occuper de lui. Voici des papiers que j'ai aussi l'ordre de remettre à madame la comtesse.

— C'est bien. Qu'on apporte des lumières dans le petit salon; mais auparavant donnez-moi une robe de chambre. »

Quelques minutes après, Mme de Stumberg, enveloppée dans un long peignoir d'un bleu pâle, orné de nœuds de rubans, entrait dans le boudoir en satin noir et or qui attenait à sa chambre. Des journaux et deux lampes avaient été disposés sur une table carrée, recouverte de velours. Elle poussa un siège auprès de cette table, et commença à regarder les papiers que lui avait fait remettre son mari.

La première enveloppe qui lui tomba sous la main était décachetée, mince et bleuâtre : c'était un télégramme adressé à M. de Stumberg. Elle le déplia avec cette espèce d'anxiété que l'usage aujourd'hui si fréquent de ce genre de communications n'a encore pu entièrement séparer de la réception d'une dépêche, et une certaine émotion se peignit sur son visage lorsqu'elle lut ces quelques mots :

« *Londres, 2 mai.* — Lady Glanville succombé à courte maladie. Vous attendons pour funérailles. Florence, vivement impressionnée. Est chez mistress Graham.

« GLANVILLE. »

Une seconde dépêche, suivant de quelques heures la première, annonçait que Florence (c'était l'enfant du comte de Stumberg) était prise d'un accès de fièvre sans gravité, mais assez violent, et que le médecin recommandait un prompt changement d'air et surtout de milieu.

Mme de Stumberg appuya son coude sur la table, et resta pensive, les yeux fixés sur les deux télégrammes qu'elle relisait machinalement. Qu'allait-on faire de la petite fille, maintenant que sa grand'mère n'était plus? Son oncle, lord Glanville, n'était pas encore marié; sa cousine, mistress Graham, avait une nombreuse famille, et le comte de Stumberg désirerait évidemment pour sa fille, fort délicate, des soins plus exclusifs. D'ailleurs, le médecin recommandait un changement d'air; l'enfant allait donc revenir avec son père, peut-être la garderait-il chez lui.

Le cœur de la jeune femme eut un battement violent, et une vive rougeur envahit subitement son visage et son cou de neige.

Elle ne connaissait point sa belle-fille. Quelque temps avant son mariage, M. de Stumberg avait cédé aux supplications de lady Glanville,

qui réclamait avec instance le droit d'élever
la fille de sa chère Grace. Il faut dire que
lorsque M^mo de Stumberg s'était mariée, il y
avait juste un an, elle était plus occupée de
jouir de sa nouvelle vie, de son voyage de
noces, d'un séjour en Allemagne et en Italie,
et enfin des fêtes brillantes dans lesquelles
elle recueillait des succès si enivrants, que de
la pensée de la petite Florence. Mais le temps,
en s'écoulant, lui avait ravi quelques-unes de
ses illusions, et avait dépouillé la vie qu'elle
menait d'une partie de son prestige. Une
nouvelle qui, un an auparavant, l'eût laissée
indifférente ou lui eût même causé un sentiment d'ennui, l'agitait aujourd'hui d'une
émotion inconnue.

Elle se leva, prit sur la cheminée une photographie posée sur un petit chevalet doré, et
l'apporta sous la lumière des lampes

C'était une tête d'enfant, expressive et ravissante à faire rêver. Ses yeux profonds étaient
presque trop grands pour son visage mignon;
ses longues boucles étaient rejetées en arrière
et retombaient sur ses épaules en dégageant

un front pur et large, et sa petite bouche, légèrement entr'ouverte, semblait faite pour le baiser.

Mme de Stumberg la contempla longtemps, puis la pressa sur ses lèvres avec un mouvement passionné. Un sentiment nouveau et plein de douceur se développait tout à coup en elle. Dieu, jusque-là, lui avait refusé un enfant. Eh bien, toutes les forces vives de tendresse maternelle qui sommeillaient dans son cœur, elle les concentrerait sur cette petite créature; elle remplacerait auprès d'elle la mère qu'elle avait perdue.

Elle reprit la photographie, et, saisissant une des lampes, elle souleva une portière et se trouva dans la bibliothèque de son mari, une vaste pièce meublée en chêne, avec de lourds rideaux vert foncé. Elle se dirigea vers un angle où se trouvait une table à écrire, y déposa la lampe, et, sur une étagère placée au-dessus, elle prit un écrin en maroquin noir, et l'ouvrit. Il contenait une miniature admirablement belle, le portrait d'une jeune femme frêle, blanche et blonde, d'un blond cendré qui semblait terne à côté des longues boucles ardentes qui l'effleuraient en ce moment. Mme de Stumberg rapprocha de la miniature la photographie de l'enfant, et, après avoir contemplé ces deux images, dont l'une semblait la reproduction de l'autre, sous des traits enfantins, elle baisa furtivement le portrait de la jeune morte; puis, essuyant ses beaux yeux humides, elle le replaça dans l'écrin et rentra dans le boudoir.

Elle y était à peine, qu'on lui annonça le dîner, retardé par son ordre, pour le comte de Stumberg. Il n'était pas rentré cependant, et elle passa dans la salle à manger, emportant la troisième lettre, qu'elle n'avait pas encore ouverte.

Elle était adressée à son mari, datée de Pléneuf, en Bretagne, et conçue en termes brefs et concis, — une vraie lettre d'homme d'affaires; en effet, elle était de Me du Vaulquier, notaire, et annonçait au comte de Stumberg que les réparations qu'il avait prescrites pour son pavillon de la Sapinière étaient terminées, et que l'habitation se trouvait en état de recevoir des hôtes.

Suivaient quelques détails au sujet de l'achat d'un terrain destiné à agrandir le parc.

Mme de Stumberg replia la lettre et commença son repas.

Tout, autour d'elle, respirait le repos, le calme, le luxe et le comfort. L'argenterie des grands dressoirs étincelait sous la lueur de la lampe admirablement ciselée suspendue au-dessus de la table. Deux domestiques la servaient avec empressement, s'efforçant de prévenir ses désirs, et devant elle étaient rassemblées les primeurs les plus délicates. Mais un repas solitaire semble toujours profondément triste. Mme de Stumberg toucha à peine aux mets qui lui étaient servis. Lorsqu'on apporta le dessert, elle prit deux ou trois fraises, puis se leva de table et rentra dans le salon.

Elle semblait en proie à une certaine agitation, qu'elle essaya de calmer par la lecture des journaux et des revues. Mais bientôt elle les repoussa avec impatience, se promena de long en large, et, ouvrant la fenêtre, regarda un instant les étoiles qui scintillaient à travers les arbres du parc. Il régnait au dehors une tranquillité suprême que faisait encore mieux sentir l'écho lointain de bruits affaiblis ou le roulement d'une voiture solitaire. Mais il est un état d'âme où l'on éprouve le besoin vague, indéfini, de trouver une sorte de sympathie dans les objets mêmes qui nous environnent. Cette calme soirée cadrait trop mal avec les impressions tumultueuses de la jeune femme pour qu'elle prolongeât sa contemplation. Elle reprit sa promenade sur l'épais tapis que frôlait silencieusement son long peignoir, et s'arrêta tout à coup devant un tableau de genre qui recevait, d'une manière aussi étrange que favorable, le reflet d'une des lampes. Il représentait une fenêtre largement coupée, encadrée dans le feuillage pourpre d'une vigne vierge mêlé au lierre d'un vert sombre, et à laquelle apparaissait une jeune femme, appuyée contre le rebord grisâtre et tenant une enfant sur ses genoux. C'étaient deux têtes brunes, avec les mêmes cheveux noirs, encadrant de bandeaux lisses et soyeux le visage allongé de la mère, et retombant en boucles autour de la figure plus ronde de la petite fille. Les yeux, du même brun velouté, étaient mélancoliques et doux chez la femme, riants et mutins chez l'enfant. Enfin, une fantaisie du peintre les avait toutes les deux vêtues de blanc, l'une portant un ample peignoir, remontant chastement jusqu'au col et attaché par une fleur de grenade, l'autre une élégante petite robe découvrant ses épaules mignonnes et ses bras potelés, et serrée à la taille par un ruban également écarlate.

Il y avait quelque chose de saisissant, comme contraste, comme difficulté vaincue, et surtout comme idée philosophique, dans la similitude des traits et des toilettes et dans la dissemblance des expressions. Mme de Stumberg avait souvent admiré ce petit tableau, que son mari lui avait dit être une des dernières œuvres d'un peintre de talent, disparu prématurément avant d'avoir joui de la célébrité, qui, hélas ! comme il arrive trop souvent, s'empara de son nom après sa mort.

Mais, ce soir-là, ce qui la frappait surtout, c'était l'expression de tendresse qui animait le traits de la jeune mère, et la confiance radieuse avec laquelle l'enfant s'appuyait contre son sein.

« Florence m'aimera-t-elle ainsi ? » se demanda-t-elle après une longue rêverie.

X.

La pendule sonnait neuf heures et demie lorsqu'un léger coup fut frappé à la porte de Mme de Stumberg.

Elle tressaillit et fit quelques pas en avant : un domestique entrait, apportant une lettre sur un plateau.

La jeune femme la prit vivement, et s'assit près de la table, sous la lumière des lampes. L'enveloppe, large et carrée, était d'une écriture un peu antique, haute, pleine et tranquille. Elle ne la déchira pas ; elle l'ouvrit avec précaution, bien que l'impatience fît trembler ses mains, car tout lui était précieux dans cette missive qu'elle avait attendue avec tant d'anxiété, et elle s'absorba enfin dans une lecture qui, à chaque instant, remplissait ses yeux de larmes.

Il y a tant de choses dans une lettre, surtout lorsque, comme celle-là, elle vient de la maison paternelle ! Il n'y a pas seulement ce

qui s'y trouve écrit, — les paroles de tendresse, les questions affectueuses, les pensées
envoyées en échange des vôtres; mais, entre
les lignes, que ne voyez-vous pas! Ce parfum
vague et léger est celui du sachet que votre
mère renferme dans son pupitre; ces pages
fines et serrées ont été remplies par elle; et,
devant cette grosse écriture, ne vous repré-
sentez-vous pas votre père, dans son fauteuil, à son vieux bureau? Vous fermez un
instant les yeux, et vous vous retrouvez dans
cette chère maison, calme et silencieuse,
hélas! depuis que vous n'y êtes plus, depuis
qu'on n'y entend plus votre pas sonore, votre
voix joyeuse. Votre enfance se dresse devant
vous, dans un coin de votre souvenir; même
si vous êtes heureux vous soupirez, car rien
ne surpasse les joies de nos premières années,
alors que nulle désillusion n'est venue gâter
nos plaisirs enfantins ou troubler nos rêves
naïfs. L'ardeur et l'éclat du soleil de midi
n'enlèvent rien au charme des lueurs humides de l'aurore, et aucun amour, si vif, si
doux, si pur qu'il soit, ne peut être pour nous
plus pur, plus ardent, plus dévoué surtout

7.

que celui dont nous avons été l'objet dans la
vieille maison de là-bas! Et si nous sommes
sevrés de tendresse, si la vie n'a pas répondu
à notre attente confiante, si la chaleur de
notre nouveau foyer ne rayonne pas jusqu'à
notre pauvre cœur glacé, — oh! qu'il est à
la fois doux et triste de nous réchauffer aux
lueurs anciennes dont une lettre nous rend le
reflet, et de nous absorber dans les souvenirs
qu'elle évoque en foule dans notre âme!...

Voici quelle était la missive que Mme de
Stumberg relisait pour la troisième ou qua-
trième fois :

« Dunkerque, 1er mai 18...

« Ma chère fille,

« Ton père souffre de la goutte et ne
pourra t'écrire aujourd'hui. Il a voulu cependant mettre ton adresse, ainsi qu'il en a l'habitude, craignant que tu n'éprouves quelque
inquiétude sur son compte. L'accès n'est pas
trop douloureux, et mon bien-aimé malade est
patient comme toujours. Je lui fais la lecture,
quoique ma voix soit moins agréable à entendre que celle qui s'élevait comme une mu-

sique à nos oreilles, quand notre chère fille
était près de nous. Ce qui l'afflige, c'est de
rester confiné dans le parloir du fond, qui est
un peu sombre. L'ami Van Butten suffit à la
besogne, mais le père est trop actif et tient
trop aux habitudes de toute sa vie pour ne
pas déplorer son inaction momentanée. Je
me convaincs chaque jour davantage, ma très
chère enfant, que les vieux arbres ne se trans-
plantent pas. Je ne parle pas de moi, quoique
j'aie maintenant plus de cheveux blancs que
de cheveux blonds, et que mon rhumatisme
m'ait fait souffrir cet hiver; les femmes n'ont
de racines ici-bas que dans le cœur de ceux
qu'elles aiment. Mais aux hommes, il faut le
milieu dans lequel ils ont toujours vécu, et les
occupations qui ont absorbé les trois quarts
de leur vie. Si j'appuie sur ce point, ma chère
fille, c'est pour que tu comprennes que la vie
même de ton père était en jeu dans la résolution que voulait lui faire prendre ton mari.
Crois bien que ce n'est pas par un vain enté-
tement qu'il reste dans cette situation modeste.
Je comprends qu'un gentilhomme comme le
comte von Stumberg ressente quelque humi-

liation de l'humble profession que nous exer-
çons; je crois qu'il nous en veut toujours. Le
père a remarqué qu'il ne lui a pas écrit pour
la Saint-Nicolas, ni à l'occasion de sa fête. —
Tel qui n'écrit pas n'en aime pas moins,
lui ai-je dit. Notre fille est heureuse, ses
rêves sont réalisés; voilà tout ce que nous pou-
vions demander à notre gendre. Et l'excellent
homme ne lui a pas gardé rancune, je t'assure. Je te dis tout ceci, ma très chère fille,
pour que tu ne t'affliges pas d'être dans un
autre monde que le nôtre. Tu l'avais désiré,
jouis de ton bonheur. Peut-être aurions-nous
trouvé plus de douceur à te voir la femme de
Jean Floos, le gros drapier de la rue du Port;
mais il ne faut pas penser à nous; on se marie
pour soi, et nous serons trop heureux de te
voir dans quelques jours, ainsi que tu nous
l'annonces. Seigneur! est-il bien possible que
nous entendions de nouveau ton pas dans ta
petite chambre! Nous serons bien honorés si
notre gendre t'accompagne, et nous mettrons
en son honneur dans le parloir le tapis que tu
nous as envoyé. Jusqu'ici il est resté roulé,
car le père aime à voir le plancher bien lavé

couvert de sable fin ; il se rappelle toujours qu'assise à terre, près de lui, tu traças sur ce sable tes premières lettres.

« Pas de nouvelles à t'apprendre, ma chère enfant. Mme Emmerick nous a envoyé l'autre semaine une *couque* dont j'aurais voulu que tu prisses ta part. Van Butten est toujours distrait, mais bon et dévoué. Il mange maintenant avec nous ; cela égaye le père, ils parlent latin ensemble. Van Butten dit que si le père n'avait pas été si modeste et si attaché à son pays natal, il aurait pu devenir un de ces savants auxquels on donne des croix et qui font des discours, je crois que c'est au Collège de France ou à l'Académie. Le père hoche la tête, et dit que tout cela n'aboutit qu'à une chose, c'est qu'il faut un jour mourir. Prie Dieu, ma chère fille, afin que je sois encore de ce monde quand il faudra lui fermer yeux, et qu'ensuite je ne reste pas languir sans lui sur cette terre.

« J'espère que tu vas régulièrement à confesse, que tu ne manques pas de dire ton chapelet, et que tu ne portes pas de ces costumes qui font rougir quand seulement on les voit sur les gravures.

« Adieu, ma très chère enfant; qué Dieu vous garde, toi et ton mari; reçois les tendres baisers de tes parents qui t'aiment.

« Catherine Bertaulx. »

Le bruit sec du bouton de la porte, qu'on tournait d'une manière rapide et impérieuse, fit brusquement relever la tête à la jeune femme.

Presque aussitôt le comte de Stumberg parut.

Il avait environ vingt ans de plus que sa femme; mais sa beauté et son élégance remarquable atténuaient pleinement ce que cette différence pouvait avoir de sensible. Il était très grand, très mince, très blond, et ses traits, surtout dans le bas du visage, offraient bien le type autrichien, adouci et voilé, dans ce qu'il avait de trop prononcé, par d'épaisses et longues moustaches. Une légère raideur, qui ne manquait pas de distinction, se remarquait dans son maintien et

sa démarche; son front était intelligent et
noble, ses yeux d'un bleu froid, ses manières
lentes et calmes; mais on retrouvait chez lui,
encore plus évidente que chez sa femme, une
expression hautaine et inflexible, et un observateur eût reconnu, à la finesse de ses
narines mobiles et à l'éclair métallique que
lançait quelquefois son regard, les indices
d'une nature élevée peut-être, mais orgueilleuse et violente, bien que contenue d'ordinaire par ses habitudes de gentleman. Quand
on avait étudié l'un auprès de l'autre son
visage et celui de la comtesse, on ne pouvait s'empêcher de dire : Ces deux êtres sont
trop semblables; si leurs volontés sont diffé-
rentes, il y aura conflit, et la force fera seule
céder la faiblesse; mais le mot de *persuasion*
et celui de *concession*, cette double science
du bonheur dans un ménage, doivent être
inconnus chez eux.

M. de Stumberg s'approcha de la table près
de laquelle sa femme était assise, et lui tendit
la main. Elle avança la sienne, sans empressement, avec indifférence, puis posa près
d'elle la lettre qu'elle venait de lire.

Le comte jeta un coup d'œil sur l'adresse, et prit un fauteuil.

« Je suis désolé de n'avoir pu dîner avec vous, » dit-il avec courtoisie; « mais ce départ précipité me forçait à arranger quelques affaires urgentes, et j'ai pris un repas sommaire assez loin d'ici. »

Son œil pénétrant ne quittait pas la physionomie de sa femme tandis qu'il parlait, et il la vit s'animer tout à coup.

« Vous partez demain? » demanda-t-elle vivement.

Il inclina la tête.

« Cet événement a été bien subit, » reprit-elle.

— Oui, » répondit-il; « bien que la santé de lady Glanville eût été fort ébranlée par ses malheurs, elle était encore jeune, et j'étais loin de m'attendre à une catastrophe.

— Vous l'aimiez beaucoup? » dit-elle d'un ton moitié affirmatif, moitié interrogateur, où perçait une certaine amertume.

« Beaucoup, » répliqua-t-il d'une voix brève.

Il y eut un instant de silence. Ce fut Mme de Stumberg qui le rompit.

« Et vous ramenez votre fille? » demanda-t-elle avec un léger tremblement.

« Naturellement. En admettant même qu'Ellen Graham m'offrit de la garder, je ne saurais m'accoutumer à l'idée de voir ma fille partager ses soins avec plusieurs autres enfants, et surtout dans la maison d'une femme du monde, absorbée par des obligations de situation et de fortune. Florence a toujours été accoutumée à une surveillance exclusive..., peut-être même trop exclusive. »

Mme de Stumberg se souleva à demi dans son fauteuil, et attacha sur son mari un regard ardent.

« Laissez-la moi, Karl, » dit-elle, posant sa belle main sur le bras du comte.

Un éclair de satisfaction brilla dans les yeux de ce dernier et s'éteignit aussitôt.

« Y pensez-vous, Miriam? » dit-il; « mais votre vie se trouverait forcément bien changée! »

Une expression dédaigneuse se peignit sur le front de la jeune femme, et elle se redressa légèrement.

« Croyez-vous qu'on ne se lasse pas du

bruit et du mouvement? » répondit-elle avec froideur; « ou bien me prenez-vous pour une poupée frivole, sans cœur et sans cerveau? Ne discutons pas de grâce, Karl. Si je vous ai demandé votre fille, c'est pour être sa mère; répondez-moi promptement, oui ou non. »

Il se rapprocha d'elle, et prit sa main fine et blanche, que cachaient à demi les longues dentelles de ses manches.

« Ma chère Miriam, » dit-il d'une voix profonde, « vous savez avec quelle tendresse j'aime ma fille, et quel bonheur ce serait pour moi de la voir de nouveau sous mon toit. Quand nous nous sommes mariés, je n'ai pas osé vous imposer ce fardeau; elle eût contrarié vos goûts, troublé et souvent empêché des plaisirs dont vous vous montriez avide... »

Miriam rejeta la tête en arrière d'un air de fierté.

« Soyez donc vrai, » dit-elle d'un ton ironique; « vous ne saviez pas si, avant de me confier votre fille, vous n'auriez pas à refaire mon éducation. »

Le comte de Stumberg haussa légèrement les épaules.

« Si j'avais eu une telle pensée, » répondit-
il froidement, « vous savez mieux que moi
que peu de jours eussent suffi pour me rassurer et m'édifier à cet égard. Pourquoi ne
voulez-vous pas admettre que j'étais surtout
anxieux de vous voir heureuse et de vous entourer des distractions qui plaisent si naturellement à votre âge? Quoi qu'il en soit,
la situation est changée aujourd'hui, mais
non la liberté que je vous ai toujours laissée.
En vous épousant, je vous ai promis que vous
vivriez à votre guise, me réservant seulement
de guider votre inexpérience; et, malgré le
désir que j'éprouve de voir revenir Florence,
je ne veux pas vous l'imposer. Il m'est facile
de la mettre dans une pension choisie, ou,
mieux encore, de l'envoyer à ma tante de
Horn. Mais, si vous croyez pouvoir, sans vous
en repentir, vous charger d'une enfant qui
a été mal élevée, je dois vous en avertir, si
vous êtes résignée à sacrifier, au moins en
partie, votre liberté et vos plaisirs, je vous
serai profondément reconnaissant, ma chère
Miriam, et cette enfant sera un nouveau lien
entre nous. »

Sa voix s'était adoucie sous une émotion réelle en prononçant ces dernières paroles, et il continua à attacher sur sa femme un regard attentif.

« Amenez-la, » dit-elle, tandis que ses beaux yeux se remplissaient de larmes.

Le comte de Stumberg se leva par un mouvement rapide, et l'embrassa avec tendresse.

« Je n'oublierai jamais ceci, » dit-il lentement; « vous avez du cœur, ma chérie. »

Elle se dégagea de son étreinte, mais le regarda avec une expression plus douce.

« Quand reviendrez-vous? » demanda-t-elle.

« Dès que Florence pourra supporter le voyage. Elle ne saurait manquer de s'attacher à vous si vous lui témoignez un peu d'amour, » continua-t-il, suivant le cours de sa pensée, et se rasseyant près de sa femme avec un sourire : « C'est une jolie petite créature, pleine de grâce et de tendresse, mais gâtée et capricieuse. »

Et il ajouta d'un ton de badinage :

« Vous vous ferez du bien mutuellement;

car vous ne sauriez lui donner l'exemple de l'humeur et de l'insubordination ! »

Ces paroles étaient dites avec trop de douceur pour paraître blessantes ou pour contenir un reproche.

Le visage de Miriam s'éclaira tout à fait, sa réserve se fondit, et elle sourit.

« Vous verrez que je vaux mieux que vous ne l'imaginez, » dit-elle gaiement. « Florence et moi nous serons bientôt amies, et je me réjouis de mes nouveaux devoirs. Croyez-moi, Karl, même à une femme frivole comme je puis souvent le paraître, les jours semblent vides sans une tâche à remplir. Et maintenant, dites-moi quels sont vos plans pour cet été. »

M. de Stumberg prit sur la table la lettre du notaire.

« Mais, » répondit-il, « ils restent à peu près les mêmes. Vous avez lu ceci ? »

Elle fit un signe affirmatif.

« Ma première intention, » reprit-il, « était de rester à Paris quelque temps, et de ne partir qu'en juin pour la Sapinière ; je voulais vous présenter à mes amis. Mais cet événement change naturellement une partie de mes combinaisons. La mort de ma belle-mère m'interdit de sortir avec vous d'ici à plusieurs mois; mais, cependant, je crains de vous imposer un sacrifice en vous demandant de venir tout de suite en Bretagne, où la santé de ma fille se remettrait plus vite qu'ici...

— Je quitterai Paris très-volontiers, » répondit la jeune femme; « j'ai hâte de voir votre pavillon pittoresque, et l'air des grèves sera, en effet, excellent pour Florence.

— Puisque vous êtes si aimable et si bonne, » dit M. de Stumberg, « je vous prierai donc de vouloir bien partir quelques jours avant nous. Rien ne vaut le coup d'œil du maître, et vous aurez ainsi le temps de compléter notre installation afin que, si ma fille arrive un peu fatiguée et souffrante, la maison soit organisée et confortable. Cet arrangement vous permettra, de plus, de vous occuper d'une affaire importante : le choix d'une institutrice pour Florence. Il ne peut être question de vous charger du soin de son éducation : ce serait beaucoup trop assujettissant; mais je ne veux pas d'une institutrice parisienne. Je désire

connaître l'origine, la famille, les habitudes
de la personne à qui je confierai ma fille, et
ces renseignements se peuvent beaucoup
mieux obtenir en province, où tout le monde
se connaît dans une localité. Que cette gouvernante soit honorable, instruite, d'une famille
convenable, cela me suffit; vous suppléerez
auprès de Flo à ce qui pourrait manquer sous
le rapport du raffinement des manières. M. du
Vaulquier, mon notaire, vous aidera dans
cette recherche, et je ne doute pas que vous
ne réussissiez. »

Pendant ce discours, les joues de Miriam
avaient tour à tour rougi et pâli; une certaine inquiétude se lisait dans son regard.

« Cette affaire est-elle donc si pressée? » demanda-t-elle en hésitant un peu.

« Sans doute, ma chère. Il est à désirer que
ma fille voie dès le premier moment les nouveaux visages qui doivent l'entourer. Pourquoi me faites-vous cette question, ma chère
Miriam ?

— J'aurais voulu passer à Dunkerque le
temps de votre absence, » dit-elle, tandis que

de grosses larmes, qu'elle essayait en vain de retenir, roulaient sur ses joues. « Depuis un an que je suis mariée, je ne *les* ai pas encore vus; vous savez que je devais y aller ces jours-ci? »

Le visage du comte de Stumberg prit une expression légèrement glacée.

« Alors, ma chère Miriam, » dit-il avec calme, je dois vous avoir deux fois plus de reconnaissance pour le sacrifice que vous me faites en partant immédiatement. »

Il vit qu'elle pleurait; et, lui prenant la main, il reprit avec plus de douceur :

« Allons, soyez raisonnable; quand Flo sera rétablie, vous irez passer quelques jours là-bas. Un trajet de dix-huit ou vingt heures ne vous épouvante pas, vous, une voyageuse si intrépide!

— Oh! non, » murmura-t-elle avec un soupir.

Puis, désignant la grande lettre carrée, elle reprit :

« Ils m'attendaient; comme ils vont être déçus!... Si j'allais seulement les embrasser?...

Cela leur ferait prendre patience en attendant un plus long séjour, et je n'en serais pas moins en Bretagne avant vous.

— Vous n'y songez pas, c'est impossible. D'abord ce serait du temps perdu, — deux jours qui seront utilement employés à la Sapinière. Puis vous n'êtes pas très-bien ces jours-ci; je vous trouve pâle, un peu nerveuse, et ce voyage précipité vous fatiguerait. De grâce, ma chère, » ajouta-t-il vivement, voyant qu'elle allait parler, « de grâce, n'insistez pas; le soin de votre santé me fait un devoir de m'y opposer de la manière la plus formelle. »

Elle resta quelques instants silencieuse; puis, tout à coup, elle essuya résolûment ses yeux, et lui tendit la main.

« Eh bien, » dit-elle, « j'attendrai; j'attendrai pour *vous* être agréable, Karl. Mais voulez-vous me rendre bien, bien heureuse?... »

Une expression de défiance se lut instantanément sur la figure de son mari.

« Qu'est-ce? » dit-il, souriant d'un air contraint.

8

Elle attacha sur lui son beau regard suppliant.

« En revenant d'Angleterre, faites un petit détour, et allez les embrasser, vous. »

Il détourna les yeux de ce visage, si irrésistible dans sa tendresse.

« C'est encore là une impossibilité, Miriam. Songez que Florence sera fatiguée, et que je ne puis allonger sa route sans inconvénient. »

Le regard de Mme de Stumberg s'assombrit légèrement, et un pli se creusa sur l'ivoire de son front. Cependant, elle se contint avec effort, et reprit en insistant :

« Alors, vous me conduirez à eux dans quelque temps? Oh! vous n'y resterez pas, » ajouta-t-elle vivement : « le temps de leur montrer que vous ne rougissez pas d'eux! Promettez-le-moi. »

Il ne répondit rien.

« Karl, » reprit-elle avec véhémence, en joignant instinctivement les mains, « je vous en supplie! Ne ferez-vous pas cela pour moi?

— Voyons, ma chère, » dit-il froidement, « ne reprenons pas une question qui a occa-

sionné déjà entre nous des dissentiments fâcheux. Pourquoi revenir sans cesse sur un sujet à propos duquel nous ne pouvons sentir
de la même manière? Et alors que vous êtes
libre de voir vos parents quand vous le désirez...

— Libre ! » interrompit-elle avec amertume,
« libre ! C'est bien le moment de prononcer
ce mot, quand vous venez de me défendre d'y
aller !

— Vous employez toujours des expressions
peu parlementaires, » dit-il avec une ironie
glaciale. « Je ne vous *défends* rien, ou, si je
le fais, ce n'est nullement pour jouer un rôle
de tyran, mais parce que j'ai en vue votre
santé, ainsi que je vous l'ai déjà dit. Mais vous
ne m'avez pas laissé achever ma phrase. Je
maintiens que vous êtes parfaitement libre,
à quelques semaines près, de voir vos parents. En échange, je vous demande de ne
pas vous immiscer dans mes actes, et de ne
pas chercher à m'imposer des sentiments que
je ne saurais éprouver avec toute l'ardeur
que vous exigez. »

Une sourde colère s'avivait dans le cœur de

la jeune femme à chacune de ces paroles. Elle essaya pourtant de rester calme.

« Ne soyez donc pas hypocrite, Karl, » dit-elle d'une voix qui vibrait malgré elle; « je vous déclare que, heureusement pour vous, ce rôle ne saurait s'adapter à votre nature; vous êtes trop orgueilleux pour feindre long-temps ! Dites plutôt que la pensée de mon origine est pour vous comme une épine acérée, dont vous voudriez endormir la blessure en me détachant de mon passé, c'est-à-dire de tous mes devoirs de reconnaissance et de tendresse !

— Et quand cela serait? » répliqua-t-il avec hauteur, tandis que son regard s'enflammait au contact de l'irritation de sa femme; « quand cela serait? Quand je voudrais, non pas vous détacher de votre devoir filial, mais en réprimer les exagérations pour vous rapprocher de moi?... Pourriez-vous bien me le reprocher? N'aviez-vous pas songé qu'en acceptant le nom et le rang que je vous offrais, vous rompiez avec une partie de ce passé que vous évoquez sans cesse, et qui vous éloigne de moi?

— Qui m'éloigne de vous? » répéta-t-elle

avec une violence croissante. « Vous n'avez donc pas compris que c'est votre orgueil qui creuse entre nous un abîme chaque jour plus profond, tandis que la condition absolue de l'union dans un ménage, c'est la communauté des sentiments et des affections! Vous n'aimiez pas seulement cette femme qui est morte parce qu'elle était la mère de l'épouse que vous avez pleurée; mais, parce qu'elle s'appelait lady Glanville, vous vous montriez pour elle un fils tendre et respectueux. Quant à ma mère, à moi!... »

Elle s'arrêta, haletante et indignée.

C'eût été un curieux spectacle à étudier, — curieux et terrible, — que ce sentiment de colère qui montait comme une mer dans l'âme du mari aussi bien que dans celle de la femme. Lui, cependant, possédait plus d'empire sur lui-même, jusqu'à ce que la passion eût atteint certaines limites, et, mordant sa lèvre jusqu'au sang, il répondit de sa voix lente et froide malgré un imperceptible tremblement :

« Assez, Miriam! Encore une fois, assez sur

8.

ce sujet! Vous devriez vous rappeler les con- .
flits regrettables qu'il a fait naître...

— Oui! » s'écria-t-elle, perdant toute mesure; « oui, quand je vous demandais à
genoux de leur écrire une ligne, une seule
ligne, un souhait banal à l'occasion de la
nouvelle année, à ce moment où les indifférents eux-mêmes échangent leurs vœux, où
vous répondez aux lettres de vos inférieurs!...
Et vous me l'avez refusé!... Et aujourd'hui,
alors que j'offre de me dévouer corps et âme à
votre enfant, vous refusez encore, vous, de
passer le seuil de mon père!... Non, je n'aurai jamais assez de paroles pour vous répéter
que vous n'êtes qu'un orgueilleux égoïste! »

La colère qui l'animait lui prêtait un éclat
terrible, une nuance pourpre couvrait ses
joues, ses yeux lançaient des éclairs.

Comme si la violence avec laquelle elle avait
parlé eût été contagieuse, M. de Stumberg,
lui aussi, bondit de fureur; et, se dressant de
toute la hauteur de sa taille, il l'interrompit
d'une voix tremblante et profonde :

« Miriam! quels que soient vos griefs contre

moi, et quel que soit le service que vous me
rendez pour ma fille, je vous défends de jamais jeter le nom de cette innocente enfant
dans une pareille discussion!... Je vous défends de le prononcer avec vos lèvres pâles de
colère! Et, tenez-vous-le pour dit, je ne souf-
frirai pas que vous vous targuiez devant moi
de votre dévouement! Jamais on n'a osé me reprocher un service rendu, et je ne permettrai
pas que vous commenciez. Vous êtes fière, je
le sais, et vous vous croyez indomptable;
mais, si vous cherchez à me résister, si vous
me bravez, je vous briserai comme je brise
cette coupe! »

Et, d'un geste insensé, joignant l'action à
la parole, il lança violemment contre un meuble une coupe en pâte tendre de Sèvres, qui
se trouvait sur la table, à la portée de sa
main.

Un des éclats, rebondissant avec force, alla
heurter le petit pied de Miriam, qui, chaussé
d'une légère pantoufle, dépassait sa longue
robe. Elle fit un mouvement en arrière, avec
un faible gémissement.

M. de Stumberg s'arrêta soudain, comme

frappé de stupeur. La voyant immobile, pâle comme une morte, et semblant encore le braver du regard fier de ses grands yeux noirs, il se sentit partagé entre un reste de fureur, la honte d'avoir effrayé une femme, et la crainte de l'avoir blessée involontairement.

« Vous ai-je fait mal, Miriam? » demanda-t-il avec effort, se baissant vers le coussin où elle posait ses pieds.

Mais elle se redressa violemment.

« Laissez-moi! » dit-elle d'une voix étouffée. « Votre seule vue m'est odieuse, et j'aurais voulu mourir avant de devenir le jouet de votre vanité et la victime de votre égoïsme! »

Il se mordit la lèvre jusqu'à en faire jaillir le sang, et, sortant de la chambre sans dire un mot, il referma la porte avec fracas.

Elle le suivit d'un œil plein de ressentiment et de courroux, jusqu'à ce qu'il eût disparu, puis, quand son pas cessa de se faire entendre, elle se laissa aller dans son fauteuil. Une pâleur de plus en plus mate se répandit sur son visage, une sueur froide perla sur son front. Elle fit un effort pour se relever, pour lutter contre cette défaillance, et se traîna vers la sonnette. Mais le cordon échappa à ses doigts crispés; ses bras battirent l'air un instant, et elle s'affaissa sans connaissance sur le tapis.

. . . .

Une heure après, sa femme de chambre descendit à l'office, où les domestiques étaient réunis, et leur fournit un sujet de conversation aussi fécond qu'intéressant, en leur apprenant « qu'il y avait encore eu une scène entre Monsieur et Madame »; en effet, en entrant dans le petit salon, elle avait trouvé la grande coupe bleue brisée, et Madame évanouie sur le tapis.

« Le monstre! » s'écria la cuisinière avec indignation. « La laisser toute pâmée, et à terre, encore!

— Oh! elle serait plutôt morte tout de bon que de se trouver mal devant lui! » dit la femme de chambre, hochant la tête. « Je la connais bien, allez!

— Moi, » reprit le valet de chambre, « je ne défends pas Monsieur; mais Madame est aussi vive que lui, il faut être juste!

— A-t-elle jamais eu un mouvement d'humeur après vous? » demanda brusquement la

cuisinière, se posant en champion décidé de
son sexe.

« Je ne dis pas cela...

— Elle a ses défauts, je n'en disconviens
pas; mais elle a aussi ses qualités : elle est généreuse, elle n'est ni défiante ni exigeante,
et Reine, que voilà, peut le dire, elle ne se
fâche jamais contre aucun de nous.

— Ma foi! » riposta le valet de chambre,
« ceci n'est pas plus gai pour Monsieur; et cela
prouve une chose, c'est que les meilleures
femmes ne sont guère commodes avec leur
mari! »

Il dut se repentir de cette dernière phrase,
car Reine, qu'il courtisait ouvertement, le
bouda toute la soirée.

XI.

Revenons maintenant, s'il vous plaît, chère
lectrice, à une maison plus humble, mais
plus calme, où l'amour et la concorde adoucis-
sent les soucis, où un travail assidu se pour-
suit gaiement, et où un heureux ménage, uni
par les liens de la tendresse la plus vive et

par la pratique d'une condescendance et de prévenances de tous les instants, se soutient mutuellement dans la route parfois ardue de la vie.

L'hiver avait passé dans la maison du juge, rapidement pour les uns, lentement pour les autres.

Les joyeux enfants avaient fait des *bonshommes* de neige, car le froid avait été rigoureux cette année-là; et, pour occuper les loisirs un peu longs que leur occasionnaient la pluie et le mauvais temps, ils avaient été envoyés à l'école, ce qui les enchantait l'un et l'autre.

Le baby avait poussé à merveille; il marchait seul, on le voyait trottiner dans toute la maison, et il essayait déjà de faire comprendre son petit langage informe.

M. Desbarres avait poursuivi le cours de ses paisibles occupations; au lieu de fumer sa pipe dans la tonnelle, il s'asseyait au coin du feu, secouant les cendres dans l'âtre, et faisant babiller ses enfants sur leurs progrès en lecture et en catéchisme.

Mme Desbarres menait une vie trop laborieuse pour que le temps lui parût jamais long; mais,

en sa qualité de ménagère économe, elle sou-
pirait parfois en voyant le bois diminuer dans
la cave, et appelait de tous ses vœux la saison
où la lumière du soleil remplace l'huile, toujours coûteuse, et où la vie matérielle devient
plus facile pour les bourses modestes.

Quant à Marthe, il faut le dire, elle éprouvait, en repassant sa vie durant ces derniers
temps, la même sensation que si les mois eussent été pour elle des années.

Malgré la gaieté de sa nature, malgré l'affection dont elle était entourée, enfin, en dépit de
toutes les distractions qu'on s'ingéniait à lui
procurer, un ennui secret la dévorait, et elle
ne s'était jamais habituée à cette absence complète d'émotions et d'imprévu, ni à la mono-
tonie et au *terre à terre* de cette existence.

Le plus grand inconvénient de certaines si-
tuations est de ne savoir point s'y plier. Après
tout, si Marthe n'était pas heureuse, c'est
qu'elle *rêvait* dans le passé comme dans l'avenir, et qu'une ambition irraisonnée l'élevait
au-dessus du milieu dont l'éloignait, en outre,
je ne sais quelle soif d'action, de mouvement,
de nouveauté.

Il faut reconnaître, cependant, qu'elle était
en proie à une préoccupation pénible, doublement lourde à supporter pour un caractère
généreux comme le sien : c'était la pensée
que sa présence constituait une charge réelle
pour le modeste ménage.

Elle essayait du moins de se rendre utile,
aidant sa tante à confectionner les vêtements,
à raccommoder le linge, et surtout prenant
soin des enfants, qu'elle aimait sincèrement.
Cependant tout cela l'occupait sans la distraire, et l'hiver passa pour elle avec lenteur.

Parfois, quand elle réfléchissait à son sort,
elle s'accusait d'être ingrate envers la Provi-
dence, ainsi que le lui écrivait la Mère Saint-
Paul.

Mais enfin, elle s'ennuyait, et elle envisageait avec effroi les longues années qui devaient s'écouler ainsi, banales, monotones.
Quel changement, en effet, pouvait jamais
s'opérer dans sa situation? Elle ne se marie-
rait sans doute pas. Elle était pauvre; et si
les conditions d'existence en province permet-
taient encore aux amoureux le désintéressement, elle ne se sentait pas la force d'unir

9

son sort à celui d'un des rares jeunes gens
qu'elle connaissait; — prose pour prose, ennui
pour ennui, ne valait-il pas mieux, pensait-
elle, avoir en moins le fardeau d'un ménage
et les soucis de la responsabilité?

« C'est ainsi que je serai, » dit-elle un jour,
pensant tout haut, et ne pouvant retenir un
demi-sourire en voyant passer, devant la fenêtre où elle travaillait, une vieille demoiselle
qui, un tablier de coton bleu dépassant son
châle, et un bonnet tuyauté sous son chapeau,
s'en allait ainsi à l'église, *en voisine.*

Mme Desbarres leva les yeux avec surprise,
suivit la direction du regard de Marthe, et sourit à son tour.

« Ah! c'est de Mlle Marie-Louise que tu par-
les? Une sainte et digne fille! Mais as-tu réellement une vocation si décidée pour le célibat,
Marthe? Je ne puis le croire quand je te vois si
folle des enfants.

— Que voulez-vous que je devienne? » dit
mélancoliquement la jeune fille, laissant retomber son ouvrage sur ses genoux avec un
soupir involontaire.

« Pourquoi ne te marierais-tu pas? » demanda tranquillement Mme Desbarres, tout en enfilant son aiguille. « Tu ferais une bonne mère de famille, ma chère, et aussi une aimable femme, car ton caractère est doux et égal, quoique pas très gai.

— J'étais très gaie autrefois..., » murmura Marthe.

Et elle s'arrêta tout à coup, regrettant d'avoir laissé échapper cette parole. Mais Mme Desbarres ne la prit point en mauvaise part.

« Bah ! » dit-elle, « les enfants le sont tous. On change un peu quand viennent les années ; cela ne dépend pas toujours de nous... D'ailleurs, je sais qu'on t'apprécie beaucoup à Guingamp, Marthe, quoique tu mènes une vie plus solitaire que je ne le souhaiterais pour toi. Tu pourrais fort bien trouver un mari un de ces jours !

— Moi ?... Vous oubliez, chère tante, que je ne possède rien au monde.

— Oh ! quand on est jeune et qu'on s'aime bien, on se contente de peu, et le travail du mari, joint à l'économie de la femme, fait aller la maison. Peut-être ai-je tort de dire cela, » ajouta-t-elle, regardant sa nièce en souriant, « mais je connais un jeune homme qui pense à toi, Marthe. »

Marthe leva ses beaux yeux avec une expression un peu dédaigneuse.

« Ah! » dit-elle, je sais bien de qui vous parlez. N'est-ce pas de ce commis des contributions qui passe et repasse dans la rue à la sortie de son bureau?

— Voyez-vous ces jeunes filles! » s'écria Mme Desbarres; « rien ne leur échappe! Eh bien, je sais qu'il ne t'a pas encore demandée en mariage; mais cela pourrait venir, ma chère! »

La jeune fille ne répondit rien, et se pencha sur son ouvrage.

Par un geste familier, sa tante lui releva gaiement le menton, et, à sa grande surprise, elle s'aperçut qu'elle pleurait.

« Qu'as-tu? » s'écria vivement la jeune femme. « Qu'ai-je pu dire qui te cause de la peine? T'aurais-je blessée par une plaisanterie que je croyais bien innocente? »

Marthe se pencha vers elle et l'embrassa à plusieurs reprises.

« Oh! non, » s'écria-t-elle avec chaleur en

essuyant ses larmes, « vous ne sauriez faire de peine à personne! Je pleure, parce que...

— Parce que?... Dis-moi pourquoi, Marthe; n'importe quel chagrin tu peux avoir, tu dois me le faire partager.

— Eh bien, » répondit la jeune fille, l'embrassant de nouveau, « je pleure de vous être à charge; et je me dis que, si je n'étais pas une égoïste, j'accepterais la première occasion qui se présenterait de vous débarrasser de moi et de la dépense que je vous cause. »

Mme Desbarres resta un moment immobile de surprise. Jamais, jusqu'à ce jour, Marthe n'avait fait allusion à son secret souci.

« Quoi! » s'écria-t-elle enfin, saisissant dans ses grandes mains blanches les petites mains fines de le jeune fille, tu ne te marierais que pour nous épargner le peu de dépenses que tu nous occasionnes! Est-ce là ce que tu veux dire? Est-il possible que tu souffres de ce qui nous rend si heureux? Ne nous paies-tu pas cent fois en bonheur, en affection, en services de toutes sortes, ce que nous faisons pour toi? C'est mal, mon enfant! Sais-tu qu'une pareille fierté est bien près d'être de l'orgueil?

« — Oh! non, » dit Marthe avec émotion; « si vous étiez riches, je recevrais vos bienfaits sans arrière-pensée; je ne souffre que parce que je vous aime, et que je vois toutes vos privations. Je les ai toutes devinées...; et le café de mon oncle, auquel il a renoncé dès le jour de mon arrivée, et ce paletot qu'il a fait teindre pour la seconde fois, parce que vous avez consacré à m'acheter une robe l'argent qui lui eût donné un vêtement neuf! Et vous!... Me croyez-vous aveugle, chère tante Fanny, et pensez-vous que je ne voie pas comme vous vous ingéniez à faire durer vos toilettes, et comme aussi votre pauvre tartan usé vous a mal garantie du froid de cet hiver?

« — Sainte Vierge! » s'écria Mme Desbarres, de plus en plus étonnée, « qui donc lui persuadera que nous avons toujours eu la bourse plate sans être malheureux pour cela, et qu'une créature comme elle, qui mange comme un oiseau et qui n'use pas une paire de bottines par an, ne compte pas dans un budget? Ne me répète jamais ces vilaines choses-là, entends-tu? Et rappelle-toi qu'entre parents tout est commun, et que, quand il y a pour six, comme dit le proverbe (car nous sommes six avec le petit Paul, Dieu le bénisse!), il y a pour sept. Ah! Marthe, pour faire des réflexions pareilles, il faut que nous n'ayons pas su te prouver que uotre maison est la tienne!

— Ce que j'ai compris dès le premier jour, » dit Marthe avec tendresse, « c'est que vous êtes les meilleurs cœurs du monde, et que je ne saurais assez vous aimer!

— A la bonne heure! Eh bien, montre-le donc en ne pensant jamais plus à ces questions absurdes. Et crois-moi, ma chère, » ajouta-t-elle avec affection, en attirant à elle la jeune fille, « crois-moi, s'il s'agit un jour de mariage, souviens-toi, que tu as deux devoirs à remplir vis-à-vis de toi-même : le premier est d'écouter la raison, d'examiner par ses yeux et non par ceux de l'imagination, les conditions dans lesquelles un parti se présenterait à toi; le second est de ne te laisser influencer et décider par aucun motif, si ho-

norable qu'il soit, — fût-ce le désir, respectable dans une certaine mesure, de ne dépendre de personne, — si tu ne te sens pas
capable d'estimer et d'aimer ton mari. Je ne
te parle pas ici d'un amour de roman, mon
enfant, mais de cette affection sérieuse que la
femme doit à celui qui l'a honorée de sa recherche, et qui lui a confié son bonheur. »

Ces paroles furent prononcées simplement,
mais avec un accent sérieux qui produisit sur
Marthe une impression profonde, et les grava
à jamais dans sa mémoire. Elle serra silencieusement la main de sa tante, et essaya
de mettre la conversation sur un autre sujet,
pour se distraire elle-même des pensées qui
l'obsédaient.

XII.

Le printemps arriva enfin, et sa joyeuse
influence se fit sentir à l'esprit alangui de la
jeune fille.

Les arbres du jardin se revêtaient de verdure, les pommiers de leur neige éclatante,
la campagne redevenait attrayante, belle et

et bientôt les longues promenades recommencèrent.

« Tu viens avec nous, n'est-ce pas, Fanny ? » demanda M. Desbarres à sa femme par une belle journée de mai. « Il faut absolument que tu prennes l'air aujourd'hui, je veux vous conduire, Marthe et toi, à la ferme de Plouguerry ; on traira les vaches, et la petite boira du lait chaud.

— C'est fort bien, » dit Mme Desbarres en souriant « allez-y donc tous deux. Pour moi, tu sais que je ne sors que le dimanche; tu m'as donné hier une redingote à réparer, et je veux y mettre une doublure neuve.

— Bah ! ce n'est pas pressé; viens avec nous, pour une fois !

— Mon cher Émile, » répondit la jeune femme avec gaieté, « si je t'écoutais, chaque jour ferait exception à la règle établie. Emmène Marthe, qui est un peu pâle, et dis à Kéruel de m'envoyer du beurre demain, et de mettre deux poulets à part, pour les engraisser.

— Tes commissions seront faites; seulement, mon plaisir est gâté. Tu es trop raisonnable, ma pauvre Fan !... Allons, Marthe, viens-tu ? »

9.

La jeune fille mit son chapeau avec un certain empressement. Elle n'était point blasée sur le charme d'une promenade à la campagn, et ce jour-là, vraiment, il y avait un beau soleil des plus engageants.

Elle marcha quelque temps appuyée au bras de son oncle ; puis, M. Desbarres tira un journal de sa poche.

« Plouguerry n'est qu'à une petite lieue, » dit-il. « Nous avons tout le temps d'arriver, même en marchant doucement. Si tu m'y autorises, je vais lire mon journal. Il faut que je le rende ce soir au curé. »

Marthe accorda gaiement la permission demandée : elle était à l'âge heureux où l'on n'a de meilleur compagnon que soi-même. Elle admira la fraîche et tendre verdure des arbres et des haies, la pureté transparente des petits cours d'eau dont une rangée de hauts peupliers bordaient la ligne argentée au milieu des grasses prairies ; elle cueillit des bouquets d'aubépine et de violettes, et s'étonna d'avoir trouvé le chemin si court, lorsqu'elle fut arrivée au but de la promenade.

La ferme de Plouguerry, qui constituait à

elle seule le modeste avoir de la famille, appartenait à Mme Desbarres. Les bâtiments en étaient peu considérables, mais les terres environnantes offraient un bel échantillon de la richesse du pays.

Les abords immédiats de la maison étaient, comme c'est l'habitude en Bretagne, encombrés de tas de fumier et de meules de paille. Mais l'intérieur, où le fermier fit aussitôt entrer les arrivants, était propre et vaste. Le sol, de terre battue, était soigneusement balayé; les lits *clos*, ces sortes d'armoires où la respiration ne semble pouvoir se produire que par un phénomène étrange, se suivaient à la file, montrant par une étroite ouverture les couleurs flamboyantes de leurs couvre-pieds; les huches et la grande table garnie de bancs étaient d'une blancheur immaculée, et dans l'immense cheminée surmontée d'assiettes de faïence rouge et bleue, un feu clair flambait sous une lourde marmite suspendue à une vieille crémaillère.

Tout cela était nouveau pour Marthe. Elle examina en détail la vaste cuisine, puis, sur la demande de son oncle, fut conduite à l'étable, où les petites vaches bretonnes, brunes ou rousses, aux flancs maigres et aux mamelles gonflées, venaient justement d'être rentrées.

Le fermier appela sa fille, une grande et vigoureuse créature, qui tenait sa maison, et qui à ce moment travaillait aux champs. Elle se présenta toute rouge, toute souriante, essayant de réparer le désordre de sa toilette, et rentrant sous sa petite coiffe courte les cheveux blonds qui s'en étaient échappés dans l'ardeur de la besogne.

« Bonjour, Marie-Yvonne, » dit M. Desbarres; « toujours vaillante à l'ouvrage, je le vois?

— Pour ça, oui, c'est une bonne fille, » dit son père. « Et je ne fais pas un vilain cadeau au grand Jacques en la lui donnant pour femme.

— Comment! elle se marie? s'écria M. Desbarres, tandis qu'une rougeur plus vive se répandait sur le teint hâlé de la jeune fille.

« Oui, à notre garçon, un rude travailleur, lui aussi! Vous viendrez à la noce, monsieur le juge?... Et madame, et les enfants?... Il y

aura gala, je vous en réponds. Quand on n'a
qu'une fille!... Et puis j'ai là, dans un vieux
bas, quelques écus de cent sous qui ne peuvent être mieux employés. On mettra la table
dans la grange neuve... Allons, Marie-Yvonne,
la demoiselle veut du lait ; trais la Noire pendant que je vais montrer à notre maître le
barrage de la prairie. »

Ils s'éloignèrent, et la jeune fermière, prenant un bol colorié, commença à traire une
petite vache noire, tachetée de blanc, qui
tourna tranquillement la tête vers Marthe et
se tint immobile.

Le lait moussa dans le bol de faïence, et
Marie-Yvonne le présenta en souriant à la
jeune fille. Celle-ci but avec délices et la remercia.

« Comme votre vie doit être fatigante ! »
dit-elle, tout en retournant vers son oncle.

La paysanne la regarda avec un peu d'é-
tonnement.

« Oh ! » dit-elle, « je suis forte, Dieu merci,
et je suis habituée à cette vie-là depuis mon
enfance. Il faut que tout le monde travaille,
voyez-vous, mademoiselle ; et maintenant je

me donnerai encore plus de peine qu'avant,
parce que, si le bon Dieu nous envoie des enfants, il faut les élever. Nous sommes sur la
terre pour travailler, » ajouta-t-elle gaiement,
en montrant ses dents blanches et courtes.
« Comme dit notre recteur, on aura bien le
temps de se reposer là-haut! »

N'avez-vous point remarqué qu'il est des
occasions où certaines paroles nous frappent
d'autant plus qu'elles ont été proférées par
des bouches simples et ignorantes?

« Nous sommes sur la terre pour travailler,
« et l'on aura bien le temps de se reposer là-
« haut! »

Marthe médita ces mots en revenant vers la
ville, et elle soupira en enviant la gaieté de
cette humble paysanne, si résignée à son
rude labeur.

Ce fut Mme Desbarres qui, suivie de ses enfants, leur ouvrit la porte. Sa bonne et fraîche figure était épanouie, et elle débarrassa
elle-même son mari de sa canne et de son
chapeau.

« Devine la trouvaille que j'ai faite, » dit-
elle gaiement.

« Oh! je ne devine jamais, Fan! Dis-moi vite ce que c'est. »

Elle ouvrit la main et montra deux pièces d'or.

« Qu'est-ce que cela? » demanda M. Desbarres, surpris.

« C'est une nouvelle preuve de ta distraction, » répondit-elle en riant. « J'ai trouvé cet argent dans la poche d'un vieux gilet que tu ne portes plus depuis un mois et que j'ai réparé tantôt. Il devait y être depuis longtemps, et je ne sais comment je ne me suis pas aperçue qu'il manquait à nos comptes. »

M. Desbarres restait immobile, paraissant rappeler ses souvenirs. Tout à coup il se frappa le front.

« Je suis incorrigible! » s'écria-t-il; c'est le montant de l'assurance de Plouguerry, que j'aurais dû payer il y a un mois.

— Quelle imprudence! » dit Mme Desbarres avec un accent de léger reproche. « Songe donc que cette ferme aurait pu brûler; et, l'assurance n'ayant pas été payée, nous aurions tout perdu!

— Il est trop tard pour y aller aujour-d'hui, » dit son mari, regardant à sa montre ; « mais demain, sans faute...

— Je m'en chargerai, si tu veux.

— Non, non, ma chère ; je passerai par là en allant au tribunal. »

Le lendemain, le temps changea.

Par une de ces brusques variations assez fréquentes en Bretagne, même au mois de mai, une tempête éclata tout à coup, et des rafales de pluie et de vent se succédèrent toute la journée. Les vitres de la petite maison trem-blaient, des sifflements lugubres se faisaient entendre dans les corridors, et, après le souper, M. Desbarres s'étant plaint du froid, on alluma un peu de feu dans le salon.

Ce temps affreux, réminiscence de l'hiver, inspirait une sorte de tristesse aux trois personnes réunies autour de la cheminée.

« Seigneur ! dit Mme Desbarres tressaillant sur sa chaise à un coup plus violent, « quand on pense qu'il y a des malheureux en mer par un temps pareil ! N'oublions pas de prier pour eux Notre-Dame-de-Bon-Secours. »

Le bruit redoubla ; les flammes, avivées par

la rafale qui s'engouffrait dans la cheminée, se tordirent en longues spirales, ou s'étendirent en nappes lumineuses, avec une sorte de sifflement. Tout à coup, Marthe crut distinguer, dans la tourmente, le son du marteau de la porte d'entrée.

« Écoutez ! » dit-elle, « on a frappé.

— A cette heure, et par cette tempête ? C'est impossible, mon enfant ! »

Mais à ce moment même, la servante ouvrit brusquement la porte du salon, et se montra sur le seuil, pâle, les yeux hagards.

« Qu'y a-t-il, Marie-Jeanne ? » demanda Mme Desbarres, se levant instinctivement.

La jeune fille resta muette et terrifiée, et sa maîtresse souleva la lampe.

Dans l'ombre du corridor apparut un enfant de douze à treize ans, la tête nue, la chevelure emmêlée, tenant encore à la main ses sabots, qu'il avait ôtés pour courir plus vite.

« D'où viens-tu, petit ? Pourquoi es-tu dehors à cette heure ? Retourne chez toi, on va te donner un morceau de pain. »

Mais l'enfant, essuyant du revers de sa main

les gouttes de sueur qui coulaient de son front, répondit d'une voix haletante :

« C'est Kéruel qui m'envoie, madame. Le feu est à Plouguerry. »

Deux cris étouffés partirent de l'intérieur dé la chambre, et M. Desbarres se dressa soudain, pâle comme la mort.

Fanny se retourna vers lui, et, essayant de parler avec calme, dit :

« Il faut y aller, mon ami ; je vais te donner ton gros paletot. Bénissons Dieu de ce que ce ne soit pas arrivé hier. »

Mais M. Desbarres ne fit pas un mouvement. Il ouvrit la bouche, et le son mourut sur ses lèvres.

« Hâte-toi ! » répéta sa femme. « Les secours sont-ils organisés, mon enfant ?

— La pompe de la mairie vient, et les voisins font la chaîne. Mais le vent est fort et nourrit la flamme. »

M. Desbarres s'avança enfin vers sa femme, chancelant comme un homme ivre.

« Fanny, » dit-il d'une voix brisée, « je suis un malheureux !... J'ai oublié... »

Il n'acheva pas, mais elle comprit.

Elle cacha un instant sa tête dans ses mains, puis, tournant vers lui son visage qui s'était soudain marbré de plaques rouges, elle se haussa pour l'embrasser.

« Viens à Plouguerry, » dit-elle avec une douceur touchante, « je t'accompagnerai. Mais ne te fais pas de reproches, et résignons-nous en chrétiens. »

Un instant plus tard, ils étaient prêts à partir, et Fanny serra la main de Marthe.

« Je te laisse les enfants, » dit-elle; « ne pleure pas ainsi, ma bonne Marthe; Dieu ne nous envoie jamais d'épreuves que nous ne puissions pas supporter! »

Et elle disparut dans la tempête, s'appuyant sur son mari muet et consterné.

D'énormes flaques d'eau remplissaient la rue mal pavée; mais quand ils eurent atteint la campagne, ce fut bien pis encore. La route s'était transformée en une véritable fondrière sous les torrents de pluie qui tombaient sans relâche depuis quinze heures. L'obscurité était complète; il fallait l'expérience et l'instinct de leur jeune compagnon pour les maintenir dans le bon chemin. Cependant, avancer en droite ligne était impossible, et quand d'immenses nuages noirs, poussés par la tempête, couvraient la faible lueur qui, de temps à autre, provenait du ciel, le couple trempé et transi trouvait devant lui un rude obstacle, arbre ou fossé, et trébuchait sur les tas de pierres de la route.

Cependant, se cramponnant l'un à l'autre, luttant contre la fureur de l'ouragan, avançant avec peine dans l'eau et la boue, ils poursuivaient courageusement leur route.

Tout à coup, le talus élevé qui bordait le chemin se déchirant, le ciel leur apparut embrasé, teint de lueurs sanglantes, des étincelles montant et disparaissant comme des étoiles filantes.

Des clameurs résonnaient dans le lointain, et, à chaque carrefour, on rencontrait maintenant des paysans se rendant en hâte sur la scène de l'incendie.

Hélas! il était trop tard.

Lorsque le terrible fléau éclata, né d'une cause encore inconnue, lorsqu'une épaisse fumée réveilla dans leurs lits clos les habitants de la ferme, ils eurent peine à sauver leur vie, et à sortir, aveuglés et asphyxiés, de la maison en· feu.

Par une disposition providentielle, le vent chassait les flammes vers un terrain vague et marécageux, et les champs, séparés des bâti-ments par une route assez large et une prairie, ne paraissaient pas devoir être atteints.

Mais ni les efforts des paysans, ni le jeu in-suffisant de la pompe ne pouvaient lutter longtemps contre l'incendie ayant pour auxi-liaire la tempête.

Quand M. et Mme Desbarres arrivèrent, la maison, la grange et les étables étaient litté-ralement embrasées. D'immenses panaches rouges s'échappaient des fenêtres et des toits défoncés, et de temps à autre, des bruits si-nistres se faisant entendre, un pan de mur s'é-croulait avec des pétillements terribles, et une gerbe d'étincelles s'élevait comme une fusée dans le ciel rougeâtre.

Kéruel, sombre, immobile, regardait l'in-cendie. Près de lui, le fiancé de sa fille, un homme de six pieds de haut, sanglotait comme un enfant.

Mme Desbarres quitta son mari pour aller

voir Marie-Yvonne, qui, légèrement atteinte par la chute d'une pierre à demi rougie, avait été étendue sur l'herbe et couverte de quelques vêtements.

« Ma pauvre fille ! » dit-elle avec sympathie, oubliant presque son propre malheur devant le chagrin des braves gens qu'elle connaissait depuis son enfance.

La courageuse Bretonne s'essuya les yeux.

« C'est pour vous que je pleure, madame, » dit-elle simplement. « Jacques et moi, nous avons le temps d'attendre..., et puis, on est sur la terre pour se donner de la peine !... »

. . . .

XIII.

La nuit s'écoula lentement pour Marthe.

Le vent ne s'apaisa qu'aux premières lueurs du matin. Elle ne se coucha pas, et resta dans le salon, tremblante, hantée par la douleur muette de son oncle, et croyant voir passer devant ses yeux fatigués de larmes les lueurs terribles de l'incendie.

Il faisait grand jour quand son oncle et sa tante rentrèrent.

M. Desbarres semblait vieilli de dix ans. Ses lèvres tremblaient convulsivement, et ses yeux avaient une expression hagarde qui faisait mal à voir. Il serra sans dire un mot la main que Marthe lui tendait en pleurant, et monta lourdement l'escalier de sa chambre.

« Attends-moi un instant, Marthe, » dit Fanny, le suivant précipitamment.

Quelque temps après, elle redescendit dans le salon, et embrassa la jeune fille.

« Je l'ai décidé à se mettre au lit, » dit-elle, « et le repos va le calmer. Dieu merci, si ses impressions sont vives, elles sont mobiles, et d'ailleurs, nous nous aimons trop pour qu'il puisse longtemps se croire un tort envers moi ! »

Elle ôtait, tout en parlant, ses vêtements saturés d'eau, et, ayant passé une robe de chambre, elle se laissa tomber dans un fauteuil. Ses belles couleurs avaient disparu, et ses traits contractés indiquaient l'effort avec lequel elle contenait son propre chagrin.

« Tous les bâtiments sont perdus, » dit-elle, voyant que Marthe n'osait l'interroger. « Il ne reste que les quatre murs de la ferme, et le champ de froment qui se trouve auprès (le seul, heureusement!) a même été la proie de l'incendie. Il faisait tant de vent!

— C'est affreux! » murmura la jeune fille d'une voix tremblante.

« Il n'y a pas eu de mort d'homme, grâce à Dieu, » reprit Mme Desbarres; « un des garçons a seulement eu quelques brûlures, et Marie-Yvonne a été légèrement blessée. Mais ce ne sera rien... Tu es une bonne fille, » ajouta-t-elle, se penchant vers Marthe qui sanglotait; « calme-toi cependant, ma chérie, nous nous tirerons toujours d'affaire. Nous allons vendre les champs; justement la récolte s'annonce bien, et nous nous arrangerons comme nous pourrons avec le produit de cette vente et la place de ton oncle. Kéruel trouvera, je l'espère, une autre location; mais ses meubles et ses instruments sont perdus; pauvre homme! c'est dur à son âge de recommencer la vie! Quant à nous, je bénis Dieu de ne pas nous envoyer d'épreuves plus cruelles. Oh! si mon mari était malade, ou les enfants! voilà ce qui serait pénible! Mais la pauvreté se supporte toujours quand on est heureux par ailleurs. Nous sommes ici-bas pour souffrir et nous donner de la peine, comme me disait cette nuit la bonne petite Marie-Yvonne; là-haut, nous jouirons à notre aise!

— Elle aussi! » se dit Marthe involontairement. « Oh! si je pouvais me résigner à ce mot qui est, je le sens bien, le mot de la vie! »

. . . .

Dans l'après-midi de ce jour, Marthe mit son chapeau et sortit seule. Elle se dirigea vers l'église, s'agenouilla un instant dans la chapelle de Notre-Dame-de-Bon-Secours, puis alla frapper à la porte d'une maison située presque en face.

« Mme de Kerfaun? » demanda-t-elle à la domestique qui se présenta.

« Madame est dans sa chambre; voulez-vous monter, mademoiselle, ou l'attendre dans le salon?

— Je monterai, » dit vivement la jeune fille.

Quelques instants après, elle était introduite dans une chambre vaste et claire, garnie de meubles anciens, mais riches et confortables, où deux personnes causaient, assises sur un canapé. L'une était une femme d'une soixantaine d'années, petite, mince, au visage délicat et sympathique, encadré, sous une fanchon de dentelle noire, d'une chevelure d'un blanc de neige, légèrement crêpée. L'autre était M. du Vaulquier.

Ce dernier se leva en voyant entrer Marthe, tandis que Mme de Kerfaun lui tendait la main et lui faisait signe de s'asseoir près d'elle.

« Je viens d'apprendre le malheur qui frappe votre famille, » dit-elle du ton le plus affectueux. « Ce qu'on dit est-il vrai? La ferme n'était-elle pas assurée? »

Marthe ne put répondre qu'en secouant la tête.

« Je suis arrivé tout à l'heure, » dit à son tour Raymond; « je vais me mettre à la disposition de votre oncle, s'il a besoin d'argent ou de conseils. »

Marthe lui jeta un regard de reconnaissance. Son émotion l'empêchait de parler :
elle craignait d'éclater en sanglots.

Mme de Kerfaun lui prit la main.

« Vous avez quelque chose à me dire, mon
enfant, » dit-elle avec bonté; « sans cela
vous n'auriez pas quitté votre tante aujour-
d'hui. Vous savez combien je vous aime;
ouvrez-moi donc votre cœur sans crainte. »

Raymond se disposait à sortir.

« Oh ! ne partez pas à cause de moi, « dit
Marthe, faisant enfin un effort sur elle-même.
« Ce que j'ai à dire, je puis aussi bien le dire
devant vous, et peut-être pourrez-vous aider
Mme de Kerfaun à me conseiller.

— Eh bien, » reprit cette dernière, « con-
fiez-nous ce qui vous occupe, ma bonne petite.

— Il y a déjà longtemps, bien longtemps, »
dit Marthe, retenant avec peine les larmes
qui montaient à ses yeux, « que je souffrais
de la gêne qui, grâce à moi, pesait sur le
ménage de mon oncle. Non qu'ils me l'aient
jamais fait sentir ! » ajouta-t-elle en relevant
vivement la tête; « je ne saurais assez dire à

quel point ils se sont montrés tendres et bons pour moi! Mais maintenant il m'est devenu *impossible* de charger ainsi leur budget, si terriblement obéré par l'événement de cette nuit. Les privations qu'ils se sont imposées pour moi jusqu'ici ne porteraient plus seulement sur le superflu ; il s'agit du nécessaire, et je dois les aider si je peux, ou du moins ne plus leur être à charge.

— Ces sentiments sont naturels à une belle âme comme la vôtre, mon enfant, » dit affectueusement Mme de Kerfaun. « Quels sont vos projets? Avez-vous parlé de vos intentions à votre tante?

— Non, pas encore. Elle s'est tellement accoutumée à me regarder comme un membre chéri de sa famille, qu'elle ne songe pas qu'un changement quelconque puisse s'opérer dans ma situation ; mais je vaincrai à tout prix ses résistances. Quant à mes projets, hélas! ils sont bien incertains. Mille idées, mille plans se sont croisés dans mon esprit, et j'ai enfin pris le parti de m'adresser à vous, et de vous demander un conseil. Que puis-je faire ici pour *gagner de l'argent?* Vous connaissez

Guingamp, et vous pourrez, mieux que personne, chère madame, fixer mes irrésolutions,
et aussi m'aider de votre influence N'est-ce
pas que j'ai bien fait de m'adresser à vous? »

Et elle se pencha anxieusement vers la
vieille dame.

« Certes, mon enfant! » dit celle-ci en
l'embrassant, « je suis toute disposée à faire
pour vous ce qui sera en mon pouvoir. Mais
vous vous trouvez dans un milieu où un certain genre de travail est bien difficile. Vous
désireriez sans doute donner des leçons? Eh
bien, outre qu'elles vous seraient très peu
payées, je doute que vous en trouviez un
assez grand nombre pour suppléer à la modi-
cité de la rétribution. Les familles ont l'habitude d'envoyer les jeunes filles dans les
couvents des villes environnantes, couvents
dont la réputation est faite, et auxquels les
mères elles-mêmes tiennent par leurs propres souvenirs d'enfance... Des leçons de musique, peut-être, auraient plus de chance de
réussir... »

Un désappointement cruel se lut sur les
traits de Marthe.

10.

« Je sais trop peu la musique pour l'enseigner, » dit-elle avec découragement; « et quant au dessin, on disait que j'avais de grandes dispositions, mais je n'ai jamais eu les loisirs nécessaires pour acquérir autre chose qu'un talent d'amateur. »

Il y eut un silence pesant, puis la jeune fille reprit la parole.

« Alors, » dit-elle d'une voix tremblante, « vous ne croyez pas que je puisse même défrayer ma tante de mes dépenses personnelles en donnant des leçons?

— Que vous dire, ma pauvre enfant?... Je ne crois pas que d'ici à bien longtemps, peut-être, vous puissiez trouver des élèves.

— Le travail manuel réussirait-il mieux? Je couds bien et très vite. »

Elle se tourna vers Raymond, qui n'avait pas encore parlé, et dit avec un sourire douloureux :

« Vous voyez, je vante mes mérites; ma maîtresse de travail ne se doutait pas que je dusse un jour me proclamer sa meilleure élève! »

Il ouvrait la bouche pour répondre, mais

déjà Mme de Kerfaun avait repris la parole : .

« Si vous le voulez, je puis vous trouver de l'ouvrage, et m'arranger de manière que le secret en soit gardé. Si honorable que soit le travail, il faut entourer de certains ménagements la position de votre oncle, et se souvenir que tout le monde n'envisage pas les choses à un point de vue juste et élevé. N'espérez pas cependant gagner plus d'un franc par jour à l'aide de votre aiguille. La rétribution du travail manuel des femmes ne peut guère, hélas! être considérée autrement que comme une ressource accessoire... Cela ne m'empêchera pas de vous chercher des leçons. Prenez courage, mon enfant; Dieu bénira vos efforts, et moi, je vous aiderai de tout mon pouvoir. »

Marthe ne répondit rien : de grosses larmes s'amassaient dans ses yeux; elle les essuya rapidement, et dit enfin d'une voix qu'elle s'efforçait de rendre calme :

« Ainsi, vous ne pensez pas qu'un labeur de tous les instants puisse rendre à ma tante les quelques centaines de francs qui vont manquer à son revenu?...

— Voulez-vous me permettre, » dit M. du Vaulquier, parlant pour la première fois, « de vous ouvrir une nouvelle perspective, à laquelle vous ne semblez pas avoir songé jusqu'à présent ? »

Mme de Kerfaun l'interrogea du regard, tandis que Marthe tournait vivement vers lui ses beaux yeux, soudain illuminés d'une vague espérance.

« Vous êtes très courageuse, » reprit-il; « cependant l'effort serait peut-être au-dessus de votre énergie. Éprouveriez-vous une trop vive répugnance à quitter votre famille pour occuper dans une maison étrangère une situation rétribuée ?

— Je ferai tout ce qu'il faudra, sans consulter mes propres tendances ni mes attachements, » répondit résolument la jeune fille.

« En ce cas, par une coïncidence vraiment extraordinaire, je puis vous offrir, presque à coup sûr, de remplir les fonctions d'institutrice dans une famille fort riche et, je n'ai pas besoin de l'ajouter, très honorable. Je suis chargé par la comtesse de Stumberg, arrivée tout récemment à la Sapinière (un petit domaine que je gère, comme notaire de son mari), de trouver une institutrice pour sa belle-fille, une enfant de huit ans, je crois, que M. de Stumberg va lui amener incessamment. Je sais que votre éducation vous met parfaitement à même d'entreprendre une œuvre de ce genre. Quant aux émoluments, ils se monteraient à quinze cents francs; mais ce chiffre, on me l'a fait entendre, sera promptement dépassé si l'institutrice choisie se montre en état d'achever complètement sa tâche auprès de la petite fille. »

Marthe avait tour à tour rougi et pâli sous l'effet d'émotions aussi complexes qu'imprévues.

« Merci! » dit-elle chaleureusement, tendant la main à son parent; « je vais obtenir l'autorisation de mon oncle et de ma tante; pour moi, je vous dis *oui* dès à présent, cent fois oui!

— Non, pas si vite, » répondit-il en souriant. « Je n'accepterai une réponse définitive de votre part qu'après des réflexions sérieuses, que vous allez mûrir d'ici à demain

ou après-demain. Il ne faut jamais prendre à
la légère une résolution qui tend à changer
notre existence entière. Vous ne vous rendez
peut-être pas compte des difficultés d'une situation de ce genre. Je puis certifier l'ho-
norabilité de M. de Stumberg et de sa femme,
mais je ne sais rien du caractère de cette dernière, avec laquelle vous aurez des rapports
nécessairement intimes et continus. C'est une
femme du monde qui, d'après ce que j'en
peux savoir, était loin d'être aussi riche que
son mari, et qui jouit maintenant, avec un
entrain des plus grands, de toutes les distractions et de tous les comforts que procure l'argent. Peut-être de tels goûts (remarquez que
je dis *peut-être,* car je n'en sais rien), opposés
aux vôtres, aussi bien qu'à vos habitudes,
creuseront-ils entre vous un abîme profond,
malgré votre propre situation de famille et
malgré la sympathie naturelle que deux femmes presque du même âge pourraient éprouver l'une pour l'autre. Il y a des gens, d'ailleurs bien élevés, qui laissent toujours sub-
sister une ligne de démarcation entre eux et
l'institutrice; cette profession, qui devrait être

placée très haut dans l'estime et la reconnaissance des parents, n'est pas toujours suffisam-
ment considérée. Beaucoup de personnes s'i-
maginent, d'une part, que l'argent peut
acquitter ici-bas toutes les dettes, et, d'une
autre, que tous ceux qui travaillent pour en
gagner font nécessairement partie d'une caste
inférieure. Enfin, songez de plus que mille
tiraillements peuvent surgir quant à la direction à imprimer à votre élève; votre autorité sera plus d'une fois contestée, n'en
doutez pas. Méditez tout cela; si le tableau,
un peu cru, mais vraisemblable, que je
vous ai tracé, ne vous épouvante ni ne
vous décourage, je réponds à peu près de
vous faire agréer. Si vous ne vous sentez
pas capable de supporter mille piqûres d'é-
pingle souvent plus douloureuses qu'une blessure véritable, suivez le plan que vous a développé notre excellente amie.

— Raymond parle très sagement, ma chère
enfant, » dit Mme de Kerfaun. « Ne dites rien
maintenant, et réfléchissez avant d'en parler
à votre famille. Il est dur d'être chez les autres, plus dur que vous ne le pensez. Après

tout, si vous vous en sentez le courage, essayez ; la maison de votre oncle sera toujours
ouverte pour vous recevoir quand vous voudrez y rentrer. »

Marthe se leva.

« C'est décidé dès maintenant, » dit-elle.
« Je suis résolue à tout, et je fais abstraction
de ce que je puis souffrir. Je ne *dois* pas rester ici ; je suis en état de gagner ma vie, donc
je partirai. Merci encore, Raymond ! Vous
aurez la réponse de mon oncle dans quelques
heures ; mais êtes-vous sûr que je plaise à
cette dame ?

— Oh ! très sûr, » dit-il en souriant.
« Vous réalisez tout à fait le programme, jusqu'à la couleur des cheveux. »

Mme de Kerfaun et Marthe firent simultané-
ment un geste de surprise.

« Voulez-vous dire, » s'écria la vieille
dame, « que cette étrangère soit assez frivole
ou assez bizarre pour attacher de l'importance, non seulement au physique d'une institutrice, mais encore à la nuance de sa chevelure ?

— Peut-être l'excuserez-vous, » répondit-il en riant, « quand vous saurez que Mme de Stumberg qui, par parenthèse, est aussi Française que vous, bien que femme d'un Autrichien, possède une quantité prodigieuse de nattes et de boucles parfaitement authentiques, mais d'une couleur... comment dirai-je? cuivrée, ardente, *hasardée*, en un mot, qui lui fait considérer comme essentiellement désagréables le voisinage et la comparaison d'une chevelure blonde.

— Quoi! elle a des cheveux rouges? » demanda Marthe, dont la curiosité féminine s'intéressait à ces détails, en dépit de ses préoccupations.

« Je n'ai pas dit *rouges*. Vous, fille d'un artiste, vous avez peut-être le sens de certaines beautés qui échappent au vulgaire; avez-vous vu, au Louvre, des tableaux du Titien? Savez-vous ce que les peintres entendent par le *blond* vénitien? Eh bien, c'est là la définition qui convient à Mme de Stumberg.

— Mais, » dit Mme de Kerfaun, « comment, si elle est laide et redoute à un tel point une

11

comparaison désavantageuse, osez-vous lu
présenter ma petite Marthe?

— Avez-vous conclu de ce que j'ai dit
qu'elle est laide? Il n'en est rien; elle peut
soutenir le voisinage même des plus exquises
beautés. On peut aimer ou n'aimer point ce
genre de figure ou de physionomie, mais on
l'admirera toujours, et avec raison. Ce que je
puis ajouter, et ce qui vaut mieux pour ma
cousine, c'est que je la crois bonne; — peut-
être inégale et fantasque, mais sincèrement
généreuse. »

Ce fut sur ce mot que Marthe, partagée entre
la crainte et l'espoir, retourna chez sa tante
pour lui faire agréer cette grave résolution.

XIV.

« Quelle robe mets-tu pour voyager, Marthe? » demandait à quelques jours de là
Mme Desbarres qui, les yeux rouges et les
joues humides, allait et venait dans la chambre de la jeune fille, préparant sa malle
avec un soin minutieux.

Car Marthe allait partir. Les enfants avaient obtenu de ne point aller à l'école, afin de la conduire à la gare, et ils se pressaient tristement contre elle, la regardant sans parler, tandis qu'elle tenait dans ses bras le petit Paul, pour lequel elle avait une tendresse toute particulière.

Les traits de la jeune fille étaient altérés. Elle avait beaucoup vécu pendant les trois ou quatre jours qui avaient suffi pour décider de son sort et pour régler les conditions de sa future existence. Elle avait eu grand'peine à triompher de la résistance de ses parents et de la répugnance qu'ils éprouvaient à la laisser partir.

« Tu ne nous quitteras pas, » disait la bonne Fanny, « j'ai trop besoin de ton aide ici; comment irait la maison sans toi?

— Mieux qu'à présent, hélas! » murmura la jeune fille avec amertume. « Ah! chère tante, songez qu'en me gardant vous rendez encore plus sensibles les privations de mon oncle et des enfants. Pensez à eux!

— J'y pense... Ton oncle ne pourrait plus se passer de ta présence maintenant.

— C'est cependant nécessaire, et je compte sur vous pour le décider. »

Mais tout était inutile, et le dévouement de Marthe aurait dû céder devant celui de ces deux bons cœurs, qui, pour la garder, invoquaient leur autorité de tuteurs, si Mᵐᵉ de Kerfaun, que la jeune fille avait appelée à son aide, n'avait eu, pour triompher de l'opposition de Mᵐᵉ Desbarres, une inspiration vraiment lumineuse : elle parla de l'intérêt de Marthe elle-même.

« Songez donc, » dit-elle, « que votre nièce, même en vous aidant, pourra faire dès maintenant quelques économies. Dans peu, vos affaires seront rétablies, car Raymond assure que votre terre se vendra parfaitement et qu'il vous trouvera un placement avantageux; alors, gardant la totalité de ses appointements, elle se fera peu à peu un avenir. Si elle reste fille, eh bien, elle aura un jour quelques milliers de francs que vous ne seriez jamais parvenus à lui donner. Mais qui sait? elle est assez jolie pour trouver un mari, et un mari riche. »

Dès qu'on lui eut fait envisager les choses

à ce point de vue, Mme Desbarres céda. Elle usa même de son influence sur son mari, qui, avec beaucoup de peine, consentit au départ de sa nièce, mais en lui faisant promettre de revenir au premier froissement, au premier regret, et à la condition expresse qu'elle garderait pour elle-même ses émoluments tout entiers.

Fanny vit combien Marthe était déçue à la pensée de ne point les aider. Avec cette délicatesse des belles âmes qui était innée chez elle, elle l'embrassa et lui dit tout bas :

« Nous refusons l'argent, Marthe, mais non pas les présents, pourvu qu'ils soient modestes. Tu me feras grand plaisir en donnant, cet hiver, un manteau au petit Paul, et ton oncle acceptera volontiers une bonne robe de chambre ; il faudra lui en faire la surprise : voici cinq ans qu'il cherche à s'en acheter une ! »

Et le front de Marthe s'éclaira devant cette tendresse ingénieuse qui avait si bien compris sa soif de reconnaissance.

Dès le lendemain elle recevait un billet très poli, bien que très court, de la comtesse

de Stumberg, l'informant que M. du Vaulquier lui ayant parlé d'elle de la manière la
plus flatteuse, elle serait heureuse de la voir
auprès de sa belle-fille. L'enfant étant attendue d'un jour à l'autre à la Sapinière, elle
priait Marthe de vouloir bien s'y rendre immédiatement.

Peut-être le sacrifice que faisait la jeune
fille n'était-il pas aussi pénible que se le
figurait sa famille. Certes, elle souffrait de
quitter les êtres affectueux auxquels elle s'était
sincèrement attachée; ses larmes, qui coulaient chaudes et pressées, en témoignaient
sincèrement. Comment n'eût-elle pas aimé
des parents aussi bons, aussi tendres? D'un
autre côté, elle n'envisageait pas l'avenir sans
crainte; et, bien qu'un sentiment de juste
fierté et de dignité l'empêchât de considérer
comme une déchéance la situation qu'elle
allait occuper, elle ne se dissimulait pas que
c'était la dépendance, sous sa forme peut-être
la plus pénible, parce que la plupart du
temps la position d'une institutrice dans une
famille est fausse, et qu'il y a quelque chose
d'ironique dans le contraste existant entre

une autorité nominale et une servitude dé-
guisée.

Et cependant il y a, à cette époque de la
vie où elle se trouvait, une telle exubérance
de force, d'énergie, de gaieté, de confiance et
d'espérance, et sa nature en particulier avait
un tel besoin de mouvement, d'imprévu, d'é-
vénements et même de changement, qu'une
sensation confuse, où une certaine impatience se mêlait à l'anxiété, faisait battre
son cœur au milieu de son chagrin. Elle
allait voir de nouveaux visages, connaître
dans une certaine mesure les jouissances du
luxe et les douceurs d'une vie facile; elle
voyagerait; Raymond l'avait prévenue que
les Stumberg l'emmèneraient à Paris, en
Allemagne, en Italie. Quelle perspective! Voir
les bords du Rhin avec leurs forêts, leurs
ruines, leurs pittoresques villages, vivre dans
un vieux château féodal perché sur une cime
bizarre, dans les montagnes du Tyrol, —
puis l'Italie... L'Italie! Quel mot magique
pour une âme d'artiste et une imagination de
poète! Quel dédommagement aux désappoin-
tements qui pourraient survenir!

Souvenez-vous que Marthe était très jeune,
— elle n'avait pas dix-neuf ans, — et qu'elle
n'avait jamais su aimer le séjour de la petite
ville où elle se croyait cependant appelée à
vivre.

« Changeons d'ennui, » disait Louis XIV,
alors qu'il n'était *plus amusable*.

« Après tout, » se disait Marthe, quand la
froide raison venait jeter une douche glacée
sur ses vagues espérances, « après tout, ce
sera du moins changer d'ennui! »

Au milieu de ces impressions contradic-
toires, le grand jour était venu, et la jeune
fille oubliait tout pour se livrer à son chagrin,
et se souvenir seulement qu'elle allait laisser
derrière elle des affections incomparables et
une maison hospitalière.

Sa tante avait voulu rassembler elle-même
le peu d'objets qu'elle possédait. Elle avait
emballé les livres, le linge, dans lequel elle
avait glissé un petit bouquet de lavande
parfumée; les portraits chéris des parents de
Marthe avaient été l'objet de soins tout par-
ticuliers, et maintenant, penchée sur la malle
à demi remplie, elle répéta sa question :

« Quelle robe mets-tu pour le voyage, Marthe?

— Oh! je garderai celle que j'ai, chère tante.

— Du noir?... Le voyage est si court, ma chère! Tu seras à Lamballe à quatre heures; ta robe bleue ne courra d'ailleurs aucun risque, puisque la pluie de cette nuit a abattu la poussière.

— Y pensez-vous? » dit Marthe avec embarras; « mais c'est ma plus belle toilette!

— Raison de plus pour que tu la mettes! Je tiens à ce que tu paraisses à ton avantage devant cette comtesse. Songe qu'elle est très élégante; il faudra même que tu t'achètes sans tarder une robe de soie; j'ai entendu dire que dans ces grandes maisons les femmes de chambre elles-mêmes sont mieux mises que toi et moi; tu prendras une jolie soie verte, ou mauve...; non, le mauve serait trop salissant... Allons, mets ta robe bleue, n'est-ce pas?... Et puis, cela me fera plaisir, car c'est moi qui l'ai faite! »

Marthe s'efforça de sourire.

Ce petit incident la contrariait vivement.

11.

Elle n'avait jamais pu s'habituer à cette nuance crue, et la pensée de paraître devant une femme à la mode dans cette toilette qui constituait le crime le plus flagrant de lèse-élégance, cette pensée, dis-je, lui était particulièrement désagréable. Comment, pourtant, se décider à affliger par un refus la bonne et affectueuse Fanny? Marthe se résigna, tout en se promettant bien d'enfouir, dès le lendemain de son arrivée, cette malencontreuse robe au plus profond de sa malle.

Le dîner de midi réunit toute la famille dans la petite salle à manger. Mais les enfants seuls firent honneur à la volaille grasse sacrifiée pour la circonstance, et au gâteau de riz, dont leur mère avait cependant tout spécialement soigné la confection.

Sur le buffet se trouvait une bouteille ternie par la poussière, et rendue respectable par une couche épaisse de toiles d'araignées. Comme le dîner tirait à sa fin, M. Desbarres se leva, la prit, et se mit en devoir de la déboucher avec soin.

« Nous allons boire à ta santé, Marthe, » dit-il, « et à ton bonheur. Ce vieux vin de Constance vient de chez mon père; nous avons bu le pareil la dernière fois que mon pauvre frère est venu ici; mais depuis il a dû encore s'améliorer. »

Il versa, d'une main qui tremblait un peu, le vin aux reflets dorés, et les verres se heurtèrent à la bonne vieille mode. Ce tintement argentin fit rire les enfants; mais Fanny et Marthe pleurèrent...

Enfin, le moment est arrivé. Marthe, vêtue de sa robe bleue et portant sur le bras un tartan écossais, a été conduite à la gare, et attend le passage du train. Sa famille l'entoure, et la bonne Mme de Kerfaun est là aussi.

Les recommandations pleuvent.

« Souviens-toi que tu m'as promis de revenir si tu n'es pas heureuse, » répète pour la vingtième fois M. Desbarres, d'une voix altérée.

« Vous savez que Raymond est de bon conseil et qu'il demeure tout près de la Sapinière, » dit à son tour Mme de Kerfaun. « Ne manquez pas d'aller voir son père et sa tante!

— Et tu nous écriras souvent, » murmure Fanny, tout en larmes. « Couvre-toi lorsque

le train sera en marche, le temps s'est ra-
fraîchi; et baisse ton voile, afin de ne pas recevoir d'escarbilles dans les yeux...

— Voilà le train! » s'écrie Anna, dont la
petite oreille a perçu la première le bruit
éloigné du sifflet.

Les larmes coulent de nouveau, les cœurs
sont pleins d'une émotion douloureuse; on
s'embrasse encore, et bientôt, assise près de
la portière d'un wagon de seconde classe,
Marthe agite son mouchoir et fait des signes
d'adieu au groupe qui la regarde s'éloigner.

La locomotive précipite sa marche; chaque
seconde rapproche la jeune fille de son existence nouvelle et inconnue. Elle essuie ses
yeux et regarde le paysage, tout paré de beautés printanières. Le soleil brille; une légère
brise dissipe rapidement les tourbillons de fumée qui s'élèvent dans le ciel bleu; les champs
sont verts, les haies fleuries, et, çà et là, des
laboureurs se redressent et regardent passer
le train.

Plus vite, plus vite encore! Marthe a hâte
de voir cesser l'angoisse de l'attente, de se
trouver en face de ses nouveaux devoirs, et de

connaître enfin le cadre où va se dérouler sa vie.

Un coup de sifflet retentit, on s'arrête.

Il est quatre heures du soir.

A gauche se déploie une ville riante, au milieu d'un horizon de verdure, et une grosse tour grise domine les maisons blanches...

« Lamballe ! » répète d'un ton monotone l'employé qui court sur la longueur du train.

Le cœur battant bien fort, Marthe ouvre la portière, descend sur le quai, et traverse la salle d'attente.

« Mademoiselle Desbarres? » dit une voix derrière elle.

Elle se retourna, et vit un domestique en livrée fort simple, qui regardait défiler les voyageurs.

« C'est moi, » dit-elle.

« Madame la comtesse me met aux ordres de mademoiselle... Si mademoiselle veut me donner son billet de bagages et monter tout de suite en voiture?... »

Malgré la forme respectueuse de ces paroles, il y avait, dans l'attitude de cet homme et dans la façon dont il l'examinait de la tête aux pieds, quelque chose de légèrement impertinent qui n'échappa point à la jeune fille, et qui lui ouvrit tout à coup les yeux sur un certain côté de la situation : cette espèce de jalousie et d'antagonisme que les domestiques ressentent fréquemment contre une personne qui, supérieure à eux par la naissance et l'éducation, et s'imposant à leurs égards, est cependant *payée* comme eux, à peine un peu mieux qu'eux.

Elle tendit silencieusement son billet, et monta dans un break attelé de deux chevaux, qui attendait à la sortie.

Quelques instants après, sa malle fut posée près d'elle, et, le domestique ayant pris place à côté du cocher, la voiture partit rapidement.

La distance qui sépare Lamballe de Pléneuf est assez courte, et les vigoureux trotteurs devaient la franchir en peu de temps. Si pittoresque que fût la route, Marthe se laissa uniquement absorber par ses pensées qui, à mesure qu'elle se rapprochait du but, s'assombrissaient singulièrement.

La voiture s'arrêta dans un gros bourg, — c'était Pléneuf, — et, après un concilia-

bule entre le cocher et le valet de pied,
celui-ci se retourna sur son siège pour parler à la jeune fille.

« Mademoiselle voudrait-elle rester ici cinq
minutes? Un des chevaux a perdu un fer,
et cela éviterait à André la peine de revenir
demain matin. »

Marthe rougit légèrement. Toute disposée
à l'obligeance qu'elle pût être par nature, elle
pensait que la requête aurait pu être présentée d'une autre façon.

Elle descendit sans rien dire.

« Le maréchal a des fers tout prêts ; ce ne
sera pas long, » dit André en manière d'a-
pologie. « Si mademoiselle voulait voir l'é-
glise, pendant ce temps-là?... »

Ce fut en effet vers l'église que la jeune fille
se dirigea. C'était un bâtiment sans style et
sans beauté, mais qui, cependant, ne manquait pas d'un certain aspect pittoresque,
entouré de son cimetière verdoyant.

Marthe pria quelques instants avec ferveur
dans l'édifice solitaire, puis s'arrêta devant
quelques tombes. Au milieu des croix de bois
et des modestes pierres, un monument plus

riche attira son attention : c'était le caveau
d'une des familles les plus considérées du
pays, et elle y lut le nom du général de Lour-
mel, tué à la bataille d'Inkermann, dans la
force de l'âge, alors que l'avenir pouvait lui
réserver une gloire moins sanglante, et que
l'armée, qui chérissait en lui un chef loyal
autant que brave, fondait sur ses talents
militaires les plus hautes espérances.

Il y avait un contraste à la fois si frappant
et si touchant dans le rapprochement de cette
mort éclatante et de cette paisible sépulture,
que des larmes montèrent du cœur enthousiaste de la jeune fille. Elle murmura une
prière pour ce soldat tombé pour son pays
dans une contrée lointaine, et attendant l'é-
ternelle résurrection à l'ombre chrétienne de
la modeste église bretonne où il avait été porté
petit enfant.

Ce fut l'âme encore émue qu'elle remonta en
voiture, tout impressionnée du néant de la
vie et de la brièveté des gloires aussi bien
que des humiliations de ce monde.

Le break s'engagea dans une route étroite
et cahoteuse, encaissée entre deux hauts

talus, puis dans une vallée pittoresque serpentant entre des collines boisées qui semblaient la borner de toutes parts.

Tout à coup un bruit grave et monotone, une sorte de mugissement lointain, de rumeur solennelle, se fit entendre distinctement. La route tourna brusquement, les hautes collines semblèrent s'entr'ouvrir comme un rideau qu'on écarte, et, majestueusement encadrée entre deux rochers gigantesques, plane, immense, bleuâtre, Marthe vit la mer.

Ce spectacle incomparable vous est peut-être familier, chère lectrice; mais, si vous n'avez pas vécu sur les bords de l'Océan, si votre œil ne s'est pas accoutumé dès l'enfance à ses merveilles, vous ne pouvez avoir oublié le jour mémorable où vous l'avez aperçu pour la première fois, calme et bleu, ou hérissé de vagues écumantes.

Rien pourtant ne peut donner une idée de la surprise de Marthe et de l'impression qui s'empara de tout son être.

D'ordinaire, en Bretagne, la mer s'entoure d'une vaste solitude, d'une tristesse qui ne

manque pas de grandeur. L'air qui s'en
exhale dessèche les prairies, ternit les arbres,
et, avant d'arriver aux grèves rocheuses, on
traverse de longues plaines stériles, brûlées
par le vent salin. Mais, dans ce coin de terre
privilégié, au sortir de ce vallon ombreux,
tapissé de mousse et de gazon, quel saisis-
sement de voir brusquement apparaître ces
énormes rochers, majestueuses sentinelles,
et la mer immense qui, s'étendant sans limites, déferlait alors lentement, au bruit de
sa grande voix émouvante, sur les galets ar-
rondis de la plage !

Les rochers étaient tournés, la route conti-
nuait, longeant la côte, et Marthe oubliait
tout dans son extase.

Devant cet infini, il y a des sensations inex-
primables. L'âme s'emplit d'une adoration
sans bornes pour la puissance divine dont
la volonté marque à cette masse liquide le
grain de sable qu'elle ne doit point mouiller,
et elle se replie dans un sentiment de faiblesse
dont l'angoisse l'étreint jusqu'au moment
où, se dressant de toute sa spiritualité, de
toute son immortalité au-dessus de cette

matière aveugle et périssable, elle s'écrie :
O mer, tu peux broyer mon corps comme
un brin de paille, mais tu disparaîtras, et
moi je vivrai aussi longtemps que le Dieu
qui m'a animée de son souffle immortel!

Et des larmes voilaient les yeux de la jeune
fille, et son cœur battait avec force, tandis
qu'elle regardait les reflets éclatants des
nuages pourpres sur cette immensité, et les
festons d'écume qui s'arrondissaient sans cesse
sur le rivage.

Le break s'arrêta, et elle tressaillit, comme
en sortant d'un rêve.

Sur la grève même, dans une sorte d'en-
foncement profond, s'ouvrait une grille de
fer doré, donnant accès à une plantation de
pins et de sapins qui remontait jusqu'à mi-
chemin de la colline. Une échappée, ménagée
avec art, laissait apercevoir un pavillon de
construction élégante, flanqué de deux petites tourelles au toit aigu et entouré de mas-
sifs verdoyants.

La grille fut ouverte, et l'on prit une large
allée sablée qui serpentait parmi les arbres.
Une odeur un peu âcre, mais saine, se dé-

gageait de ces bois résineux, et une herbe courte et épaisse s'étendait, comme un tapis, sous leur sombre verdure.

Devant la maison, une vaste pelouse descendait en pente douce jusqu'au petit bois, et de tous côtés, protégés par le rideau d'arbres contre les brises trop vives, des rosiers et de riantes corbeilles étaient semés à profusion.

Les rampes du petit perron disparaissaient sous l'étreinte d'une clématite en fleur, et Marthe, tout émue, monta les degrés et pénétra dans un vestibule orné de trophées de chasse, meublé de sièges de cuir et de dressoirs chargés de faïences curieuses.

Le domestique, soulevant une portière en épais tissu indien, l'introduisit dans un salon à demi éclairé par deux candélabres, et où il ne se trouvait personne à ce moment.

Les minutes semblent longues, lors d'une pareille attente. Marthe essaya de calmer les battements de son cœur en se contraignant à prêter quelque attention à ce qui l'entourait.

Il est facile, dit-on, de deviner, par l'examen d'un appartement, les goûts et les tendances de la personne qui l'habite. Peut-être une telle étude est-elle rendue plus incertaine de nos jours par les caprices de la mode, qui remplit d'une multitude d'objets divers les salons actuels, et en fait des espèces de musées, — ou parfois de boutiques de bric-à-brac, — au milieu desquels il est difficile d'asseoir un jugement quelconque, et de décider si la présence de tel *bibelot* est un sacrifice aux goûts du jour ou représente réellement les préférences de l'hôte.

Le salon de campagne de Mme de Stumberg n'échappait pas complètement à l'envahissement des fantaisies modernes. Cependant l'arrangement révélait le tact d'une femme intelligente. Les meubles en ébène offraient des lignes simples et sévères; les tentures en toile camaïeu étaient mariées avec soin aux tapis; des livres et des journaux étaient empilés sur une table, et un petit piano à queue occupait un des angles.

Marthe s'approcha de la table. Le choix des livres était hétérogène : un roman de Georges Sand, *la France* de de Maistre, une comédie de Sardou, un volume du *Consulat* de Thiers et

une *Imitation de Jésus-Christ* en latin, témoignaient d'un esprit orné, mais capricieux
et peut-être mal ordonné. Enfin, une tapisserie commencée gisait sur le tapis, et dans une
vaste corbeille, parmi les laines et les soies,
se trouvait un tricot grossier, évidemment
destiné à une œuvre charitable.

La portière se souleva sans bruit, et Marthe
se retourna vivement en entendant une voix
à la fois pleine et douce.

« Avez-vous fait un bon voyage, mademoiselle ? »

L'aspect de Mme de Stumberg fit sur la jeune
fille une impression si étrange qu'elle resta
un moment sans répondre.

Sa haute taille semblait encore grandie
par une robe flottante en cachemire blanc ;
une dentelle précieuse se plissait par devant,
la garnissant du haut en bas. Ses cheveux
étaient simplement tordus et roulés autour de
sa tête fine et fière, et, quoique la majesté de
sa beauté intimidât Marthe, elle la trouva merveilleuse.

« J'espère que vous n'êtes pas trop fatiguée ;
le trajet n'est pas long, je crois ? » reprit Mi-

riam, lui faisant signe de s'asseoir près d'elle, et l'enveloppant d'un regard rapide.

« Oh ! je ne suis pas fatiguée du tout, madame, » répondit Marthe.

Elle sentait qu'elle était l'objet d'un examen attentif, quoique poli, et ses joues pâlissaient et rougissaient alternativement. Quand une femme est ainsi étudiée par une autre femme, elle n'ignore pas que sa toilette jouera un certain rôle dans l'impression définitive qu'elle produira et, plus que jamais, elle eût voulu anéantir cette affreuse robe bleue, ainsi que le tartan à carreaux rouges qu'elle portait sur le bras.

« Je vais vous faire indiquer votre appartement, » dit Mme de Stumberg, « puis nous nous mettrons à table. Ma fille n'arrive que demain soir, et vous aurez une journée pour vous installer chez vous et vous accoutumer à votre nouvelle demeure. »

Tout en parlant, elle avait sonné, et une femme de chambre pimpante répondit aussitôt à son appel.

« Conduisez Mlle Desbarres à sa chambre,

Reine, » lui dit sa maîtresse, « et mettez-vous
à sa disposition. »

La femme de chambre, elle aussi, examina
la nouvelle venue, et, encore une fois,
Marthe comprit que sa toilette n'inspirait pas
une plus haute idée de son goût que de l'état
de sa bourse.

« Mademoiselle veut-elle me suivre? » dit
Reine d'un ton dégagé en soulevant la portière.

Marthe prit son châle et fut conduite à une
petite chambre simple, mais élégante, comme
tous les appartements du pavillon. Il n'y
manquait aucun des détails du confortable
le plus exquis. Elle remarqua avec joie qu'il
s'y trouvait un bureau muni de tout ce qu'il
fallait pour écrire, et la femme de chambre,
poussant une porte, lui laissa voir le plus
charmant cabinet de toilette, formant l'intérieur d'une des tourelles.

« Mademoiselle a-t-elle besoin de moi?

— Non, je vous remercie.

— On sonnera le dîner dans un quart
d'heure. »

Ce disant, elle sortit, et Marthe ouvrant, sa malle, se hâta d'y prendre sa robe de pensionnaire. Elle était simple, sévère et même un peu étriquée; mais enfin elle lui semblait moins vulgaire et surtout moins prétentieuse que l'autre. Elle passa ensuite dans le cabinet, regarda son joli visage dans la glace inclinée, drapée de mousseline et de nœuds roses, arrangea ses cheveux brillants, et fut prête juste à temps pour répondre à la cloche du dîner.

Mme de Stumberg se leva dès qu'elle la vit entrer, et, lui prenant le bras, la conduisit dans la salle à manger.

Le couvert était élégant, luxueux même; deux domestiques faisaient le service, et, si les grands yeux noirs de la jeune femme eussent moins intimidé Marthe, elle aurait ressenti pleinement le bien-être que fait éprouver un intérieur confortable et riche à des natures qui, comme la sienne, sont portées à jouir du beau sous toutes ses formes.

La conversation ne fut guère animée, quoique Mme de Stumberg l'entretînt avec son aisance de femme du monde. Elle fit

12

causer Marthe sur l'éducation qu'elle avait reçue, sur sa famille ; mais la jeune fille était à peine en état de répondre. L'air légèrement méprisant des domestiques la paralysait, et elle ressentait, avec une exagération beaucoup trop vive, une certaine honte de sa robe modeste.

Peut-être refusera-t-on d'ajouter foi à l'importance extrême de la toilette dans l'esprit d'une femme même fort intelligente et nullement coquette dans l'acception exacte du mot. L'aplomb ou la timidité de beaucoup de femmes proviennent cependant très souvent de la conscience qu'elles ont d'être bien ou mal habillées. Marthe ne désirait certes pas des étoffes coûteuses ; elle n'ignorait pas, d'autre part, que la valeur morale et intellectuelle ne saurait dépendre d'une question aussi frivole. Elle eût, sans souffrir, consenti à porter toute sa vie une robe de cachemire noir, mais non pas *démodée*. Or, elle se sentait démodée ; son corsage était mal taillé, sa jupe sans ampleur, et cette pensée suffisait, non seulement pour lui ôter son aisance accoutumée, mais encore pour glacer son esprit et anéantir la grâce qui la distinguait d'ordinaire.

Tout ceci était bien futile; mais hélas! qui est parfait ?

Le dîner fini, Mme de Stumberg sembla renoncer à soutenir plus longtemps la conversation. Elle prit un livre, invita la jeune fille à en faire autant, et le silence le plus complet régna bientôt dans le salon.

XV.

La vague sensation d'étouffement et de malaise qui, depuis le moment de son arrivée, avait pris possession de l'esprit de Marthe, se dissipa complètement lorsque le lendemain matin, après une nuit paisible, elle vit le soleil remplir sa chambre d'une chaude lumière.

Elle se leva en hâte, et reconnut avec ravissement que de sa fenêtre on apercevait la mer, s'encadrant dans la verdure des pins et des sapins.

De petites vagues bleues s'élevaient et s'abaissaient rapidement, semblant se jouer à la surface de l'eau; sur leurs crêtes brillantes scintillaient des myriades de points dorés : l'effet était magique. Juste devant la fenêtre, un énorme rocher, le Verdelet, se dressait à quelque distance du rivage, et il y avait là un remous, des tourbillons, des jets d'écume folle éclaboussant ses flancs moussus et iné-branlables, et se brisant contre sa sombre masse grise.

Profitant de la liberté qui lui avait été donnée, Marthe fit ses prières, puis sortit pour voir de près ce spectacle grandiose.

Elle s'informa en passant de l'heure du dé-jeuner, et apprit qu'elle avait trois grandes heures à elle.

Tout en traversant la plantation d'un pas léger, elle songeait à sa vie future, et se pro-mettait de se faire au-dedans d'elle-même une retraite inaccessible à tous les déboires, une retraite dans le secret de laquelle elle pût penser, méditer, et aussi vivre de cette vie idéale dont sa jeunesse enthousiaste res-sentait le besoin et méconnaissait le danger, de cette vie qui, se nourrissant avidement d'émotions ardentes et d'impressions développées par l'abus de l'imagination, s'attache à des sommets impossibles, sauf à en être précipitée et à jamais brisée contre le sol de pierre de la réalité.

Mais, quand elle eut ouvert la grille et que, assise sur les galets, tout près de la mer, les légers embruns lui fouettant le visage, elle joignit les mains et resta immobile, tout disparut de son esprit, hors l'admiration dans ce qu'elle a de plus vif. Des larmes mouillaient ses yeux; elle s'enivrait de ce spectacle, de ce bruit sourd, grave et mesuré, s'enflant et mourant comme un soupir de géant. Le temps se passa, et le soleil était déjà haut à l'horizon lorsque, s'arrachant avec effort à sa rêverie, elle se leva et vit à quelques pas derrière elle la comtesse de Stumberg, debout, la tête et les épaules enveloppées dans un châle de dentelle noire.

Elle n'avait point, comme Marthe, les yeux humides, mais il en sortait une flamme d'enthousiasme. Elle détacha son regard de l'océan sans bornes, et tendit la main à la jeune fille.

« N'aviez-vous donc jamais vu la mer ? »

12.

demanda-t-elle, étonnée, en remarquant l'expression demi-émue, demi-recueillie de son visage.

« Jamais! C'est trop beau, cela m'écrase! Il me semble que les limites de mon admiration et ma faculté de jouir sont dépassées! » répondit Marthe, encore sous le feu de sa contemplation et oubliant sa timidité.

Mme de Stumberg la regarda, plus surprise encore, et s'écria tout à coup :

« Je ne saurais vous dire à quel point vos traits me frappent en ce moment! On dirait qu'ils me sont familiers. Vous ai-je vue quelque part, mademoiselle?

— Oh! non, » dit Marthe en rougissant; « si cela était, moi je n'aurais pu vous oublier! »

Miriam sourit à ce compliment naïf.

« Oui, » reprit-elle, « avec l'émotion douce et l'expression mélancolique que je viens de remarquer en vous, vous m'avez rappelé une figure familière. Laquelle? je ne puis le dire, et c'est là ce qui m'étonne, car moi non plus je n'aurais pas dû oublier une physionomie ressemblant à la vôtre. »

Tout en causant, elles se dirigeaient vers la maison. Un char-à-bancs sortait des remises.

« Avez-vous quelque commission à faire, mademoiselle? » demanda la comtesse. « J'envoie un domestique à Saint-Brieuc.

— Je vous remercie, madame, » répondit Marthe en rougissant; « je n'ai aucune commission à donner.

— Alors, partez le plus tôt possible, » dit Mme de Stumberg s'adressant au cocher; « et prenez garde de perdre l'échantillon que je vous ai remis. Je tiens absolument à ce que la couleur, sinon l'étoffe, s'en rapproche de très près. »

Après le déjeuner, la jeune femme demanda à Marthe quels étaient ses projets pour la journée.

« Je voudrais aller voir Mlle du Vaulquier, » répondit-elle; « le trajet d'ici à Pléneuf est très court, ce sera une promenade charmante.

— On vous y conduira, si vous le désirez.

— Oh! je préfère marcher. La route m'a paru délicieuse.

— Cette demoiselle du Vaulquier, dont j'entends parler pour la première fois, est-elle la sœur de M. du Vaulquier, le notaire de mon mari?

— C'est sa tante; je ne la connais pas encore, mais les du Vaulquier sont nos parents éloignés.

— Oui je le sais... Vous connaissez cependant beaucoup M. Raymond?

— Très peu, au contraire; je ne l'ai pas vu quatre fois. Il a été très bon pour moi, car c'est grâce à lui que j'ai pu sortir d'une situation cruelle...

— A la manière dont il m'a parlé de vous, » remarqua Miriam, « j'avais pensé qu'il était tout à fait de vos amis. Vous êtes libre, mademoiselle; mais, si vous préférez faire la route en voiture, dites-le franchement. »

Marthe la remercia encore, et, courant mettre son chapeau, elle prit le chemin de Pléneuf.

Le premier venu auquel elle s'adressa lui indiqua la demeure de M. du Vaulquier, et, peu après, elle se trouva devant une très vieille maison entre cour et jardin, située un peu en dehors du bourg. Un pavillon carré en occupait le centre, et deux ailes percées d'ouvertures irrégulières s'étendaient de chaque côté. Les murailles étaient en pierre de taille, les toits hauts et inclinés, les cheminées monumentales. Le porche ogival et les fenêtres étaient ornés de sculptures bizarres, et rien n'était plus étrange que l'effet produit par les panonceaux dorés sur les pierres grises et moussues de cette demeure quasi seigneuriale. A droite et à gauche de la grille, un mur lézardé bordait la route à une assez grande distance, et par-dessus ce mur, une rangée de magnifiques châtaigniers répandaient une ombre fraîche et épaisse.

Au moment où Marthe, étant entrée dans la cour, soulevait le marteau de la porte, le lourd battant grinça sur ses gonds, et Raymond parut sur le seuil.

Une joyeuse surprise éclaira aussitôt son front sérieux, et il serra cordialement la main que lui tendait la jeune fille.

« Voyez comme nos idées se rencontrent, »

dit-il en souriant, « j'allais justement savoir
de vos nouvelles, et vous demander si ce départ de chez vous ne vous a pas trop affli-
gée. »

Les yeux de Marthe s'emplirent de larmes;
ce mot de *chez vous* lui allait au cœur. Maintenant, en effet, qu'elle en était éloignée, là
petite maison de son oncle lui causait une
impression de regret intime et secret, et il
lui sembla ressentir une atteinte de nostalgie.

« Allons, je suis un maladroit, » dit-il avec
douceur, « je n'aurais pas dû toucher à cette
corde-là. Parlez-moi de Mme de Stumberg,
et dites-moi comment vous la trouvez. »

Tout en parlant, il faisait entrer Marthe
dans un salon antique et froid, meublé de
sièges raides et incommodes, dont la forme
remontait à quelque cinquante ans, et que
recouvrait un drap jaune et écarlate. Des rideaux de coton jaune, bordés d'un galon
rouge, pendaient aux fenêtres, et quelques
portraits de famille, dont il était presque impossible de distinguer les sujets sous leur
couche enfumée, ornaient les murailles.

Marthe s'assit et causa quelques instants avec Raymond. Il parut étonné d'apprendre que Miriam l'intimidait un peu.

« J'aime à croire, cependant, » dit-il, « qu'elle n'a point pris avec vous ses airs d'impératrice?

— Oh! non, au contraire, elle a été parfaite.

— Tout cela s'arrangera. Elle ne peut manquer de vous aimer, et je crois que, lorsque ses sympathies sont en jeu, elle se montre prodigue de tous les dons de sa nature, un peu étrange peut-être, mais riche et généreuse... Vous désirez voir mon père et ma tante? » reprit-il presque aussitôt. « Naturellement, je ne puis m'attribuer la faveur de votre visite. »

Il ouvrit une porte, et Marthe fut introduite dans une pièce qui servait évidemment de lieu de réunion à la famille. Il s'y trouvait un lit monumental, surmonté d'un baldaquin fané, et une cheminée non moins immense dans laquelle brillait un feu clair, malgré la douceur de la saison. La chambre était vaste, mais littéralement encombrée de meubles, tables en marqueterie d'autrefois, commodes ventrues en bois des îles. Tout cela était couvert de livres, quoique déjà les murailles fussent tapissées d'étagères ployant sous le faix de volumes de toutes dimensions.

Près du feu, étendu dans un grand fauteuil de cuir et les jambes enveloppées dans une couverture, un vieillard faisait la sieste. Il était maigre et sec, avait une chevelure blanche, épaisse et hérissée, et des traits encore beaux, malgré le réseau de rides qui les recouvrait.

Dans l'embrasure de la fenêtre, une très petite femme, fluette et courbée, tricotait activement, tout en lisant dans un livre de piété, placé sur ses genoux. Un vaste bonnet entourait de ses gros tuyaux sa pâle figure, et elle portait une longue pèlerine noire, de dessous laquelle sortaient les mains jaunies et transparentes qui maniaient rapidement les aiguilles.

Elle tressaillit quand Raymond ouvrit la porte, tandis que son frère, brusquement réveillé, se redressait dans son fauteuil.

« Je ne savais pas que vous dormiez, mon

père, » dit le jeune homme; « je vous amène
notre parente, Marthe Desbarres, dont je vous
ai parlé.

— Ah! très bien! Votre trisaïeule était une
du Vaulquier, « dit le vieillard d'un ton courtois; « nos familles ont toujours gardé les
meilleures relations, et je suis heureux de
faire votre connaissance.

— Allons, tante Edmée, venez embrasser
Marthe, » dit Raymond, voyant que la vieille
demoiselle restait immobile dans son coin.

« Viens près de nous, Edmée, » ajouta M. du
Vaulquier; « que diable! je t'ai dit assez sou-
vent que la timidité est absurde à ton âge!
Notre jeune cousine ne te mangera pas! »

Marthe s'avança vers elle, l'embrassa avec
son plus charmant sourire, et, chose inouïe pour
ceux qui connaissaient Mlle Edmée, elle réussit
à la mettre à peu près à son aise.

La jeune fille passa là une heure assez
agréable, sauf les moments où Raymond était
réclamé par son clerc; alors M. du Vaulquier,
s'emparant de la conversation, s'étendait avec
un peu trop de complaisance sur le passé, et
lui racontait des anecdotes sans fin, tandis

13

que Mlle Edmée, non moins communicative, s'enhardissait jusqu'à l'initier à ses souvenirs de jeunesse et aux mariages qu'elle aurait pu faire, il y avait de cela bien longtemps, ou lui faisait part de ses recettes pour les brûlures, pour la confection des meringues, etc.

« Ils sont bien bons, » pensait Marthe en reprenant le chemin de la Sapinière; « mais mon oncle avait raison : la vie de Raymond est bien sérieuse... et bien triste! »

En songeant à cet intérieur antique et un peu délabré, elle éprouva une véritable jouissance lorsqu'elle se retrouva dans le salon de Mme de Stumberg.

Celle-ci, qui se promenait de long en large dans l'appartement, s'arrêta en voyant entrer la jeune fille.

« Ne croyez-vous pas que cette pendule retarde, mademoiselle Desbarres? » dit-elle brusquement. « Quelle heure avez-vous?

— Je n'ai pas de montre, » répondit tranquillement Marthe, qui rougit cependant un peu.

« Je vous demande pardon, » dit la jeune femme avec une extrême politesse; « mais le temps me semble si long en attendant l'heure du chemin de fer! Je vais chercher ma fille à Lamballe. »

Elle se plaisait à dire ce mot *ma fille*, et sa voix, en le prononçant, prenait à son insu une intonation pleine de douceur.

« Avez-vous vu la chambre de Florence? » reprit-elle.

« Non, madame.

— Alors, montons; elle se trouve entre la vôtre et la mienne. »

Et elle conduisit Marthe à un appartement délicieusement meublé, tout bleu et blanc. Une main attentive y avait rassemblé des livres amusants, des jouets merveilleux, des gravures ravissantes. Marthe admira tout ce que lui montrait Mme de Stumberg, qui déployait avec un empressement enfantin les richesses de cette chambre de petite fille, faisant parler la poupée, ouvrant les tiroirs de cette élégante personne pour étaler ses robes de soie, son cachemire et son linge garni de dentelles, rangeant le *ménage* doré, feuilletant les livres, et sortant de leur boîte gigan-

tesque les nombreuses pièces d'un mobilier
lilliputien.

« Quelque gâtée qu'ait été Florence par sa
grand'mère, tout ceci lui plaira, n'est-ce
pas? » demanda-t-elle ensuite, rangeant soigneusement les jouets coûteux. « Vous ne
sauriez imaginer, mademoiselle, le plaisir que
m'ont donné ces achats pendant toute une
journée... Vraiment on fait maintenant des
merveilles pour les enfants. Il n'en était pas
ainsi jadis... Si vous aviez vu ma poupée !
Elle avait tout simplement une tête de plâtre,
dont mes baisers avaient enlevé les couleurs,
et cela ne m'empêchait pas de l'aimer, »
ajouta-t-elle avec un soupir.

Elle resta plongée dans une rêverie qui, à
propos d'une poupée, sembla au moins singulière à Marthe; mais celle-ci éprouva une
émotion sympathique quand Miriam, relevant la tête, dit simplement :

« Vous ne pouvez croire comme la moindre
chose me fait penser à la maison. »

« A la maison ! »

Elle dit ces mots avec un accent qui ne

laissait pas de doute sur leur signification. Marthe, dont la pensée s'envolait aussi vers l'humble foyer de son oncle, comprit ce jour-là qu'au sein de la richesse, aussi bien que dans la pauvreté, on songe « à la maison »; et à ce moment un même regret monta du cœur de la femme adulée et fêtée, et de celui de l'orpheline isolée dans une demeure étrangère.

Quand elles redescendirent, l'heure du départ était arrivée; la voiture était prête. Les joues animées de couleurs plus vives, Mme de Stumberg y monta avec Marthe, et une paire de chevaux rapides les entraîna vers la gare.

Miriam semblait transfigurée. La joie et l'impatience étaient peintes sur son visage. A mesure que le moment se rapprochait, une violente émotion s'emparait d'elle, et elle ne rompait le silence que pour dire de temps en temps :

« M'aimera-t-elle? Pensez-vous qu'elle m'aime, mademoiselle? »

Enfin elle vit la lumière rouge de la locomotive; le train arrivait bruyamment. Elle interrogea d'un regard anxieux toutes les portières, et son cœur commençait à battre d'inquiétude, lorsqu'une voiture de première classe s'ouvrant brusquement, le comte de Stumberg sauta à terre, fit descendre une grande femme maigre qui portait un tartan écossais et un chapeau rond, puis enleva dans ses bras une petite fille vêtue de noir, dont le mignon visage disparaissait à demi sous le voile d'or pâle de ses longues boucles.

Il chercha sa femme du regard, et la vit, immobile, tremblante d'attente à travers la porte vitrée.

Un instant, après, il déposait l'enfant entre ses bras en disant d'un ton ému :

« Voici Florence, Miriam ! »

L'enfant, par un mouvement plein d'une grâce native, rejeta en arrière son épaisse chevelure, et regarda celle qui la couvrait de baisers et dont les yeux étaient pleins de larmes, mais elle ne dit rien.

Mme de Stumberg s'assit avec elle sur le canapé de cuir de la salle d'attente, et demanda, avec un accent d'une douceur infinie :

« M'aimeras-tu, Flo? »

L'enfant fit un mouvement pour s'éloigner d'elle.

« Pourquoi m'appelez-vous Flo? » dit-elle d'une petite voix brève; « c'est papa et grand'-mère qui me nommaient ainsi.

— Eh bien ne veux-tu pas que je fasse comme eux? Je t'aimerai tant! »

Florence resta silencieuse et immobile; et son père qui, debout près d'elle, surveillait anxieusement cette petite scène, se hâta d'intervenir.

« Embrasse ta maman, Florence, » dit-il avec douceur; « ne la trouves-tu pas bonne et jolie?

— Elle n'est pas ma maman! Et maman était bien plus jolie; celle-ci a des cheveux rouges! » répondit l'enfant gâtée, de sa même voix brève et hautaine.

Une certaine angoisse se peignit dans le regard que M. de Stumberg reporta vivement sur sa femme, car les paroles de la petite fille avaient dû la blesser cruellement. Mais, à sa grande surprise, au lieu du froncement de sourcils bien connu auquel il s'attendait, il la vit sourire, bien qu'elle eût un peu pâli.

« Allons, » dit-elle gaiement; « ma figure ne plaît pas à Florence, et mes cheveux sont bien laids à côté des siens; mais cela ne nous empêchera pas d'être bonnes amies. Nous allons retourner à la maison, et nous verrons toutes les surprises qui l'attendent.

— Vous ne connaissez pas encore Smith, la *bonne* de Flo, Miriam, » dit M. de Stumberg, désignant d'un geste la femme au chapeau rond. « Elle est très attachée à ma fille, et continuera à lui donner ses soins.

— Et moi, j'oubliais de vous présenter Mlle Desbarres, » dit la jeune femme, après avoir adressé quelques paroles bienveillantes à l'Anglaise.

Elle chercha Marthe des yeux et la vit un peu à l'écart.

M. de Stumberg la salua, Florence se laissa embrasser par elle, et l'on monta immédiatement dans la voiture.

C'était une victoria. Smith avait pris place sur le siège, à côté du cocher; Mme de Stumberg voulut garder sur ses genoux Florence, toujours muette et froide. Au moment où Marthe allait monter, elle s'aperçut qu'elle

avait oublié son châle et retourna le chercher
dans la salle d'attente. Quand elle revint, le
comte de Stumberg s'était assis auprès de sa
femme, et il ne restait de place que sur la
banquette de devant.

Marthe était susceptible; elle avait été accoutumée aux égards dont toute femme est
l'objet dans une société de gens bien élevés,
et une vive rougeur colora ses joues lorsqu'elle s'assit en face de Mme de Stumberg.

Celle-ci jeta à son mari un coup d'œil qu'il
ne parut pas remarquer.

« Mademoiselle, » dit-elle avec une politesse très marquée, tandis que sa voix vibrait
de contrariété, « êtes-vous bien sûre que
vous ne serez point gênée sur cette banquette? Beaucoup de personnes sont incom-
modées par le mouvement de la voiture quand
elles tournent le dos aux chevaux. »

Marthe devina le reproche que ces paroles
contenaient à l'adresse du comte de Stumberg,
et elle rougit encore plus profondément en
répondant qu'elle se trouvait très bien à cette
place. Mais le comte ne lui offrit point d'en
changer avec elle; elle comprit avec une cer-

13.

taine amertume que beaucoup de gens, parmi ceux qui sont considérés comme bien élevés, regardent comme inférieure la position qui était désormais la sienne, et son orgueil en reçut une blessure douloureuse.

Le trajet de Lamballe à la Sapinière fut rapidement franchi; mais Florence s'obstina, malgré la patience de Miriam et les efforts de M. de Stumberg, à garder un silence presque absolu.

Son petit visage maussade ne s'éclaira un peu que lorsqu'elle fut conduite à sa chambre, et que sa belle-mère étala devant elle les trésors qui s'y trouvaient.

« Oh! la jolie poupée! » s'écria-t-elle. « Regardez, Smith, elle est plus grande que Fatma, la sultane que j'ai laissée en partant à Mary Graham... Elle a de bien belles robes... Oh!... et ce ménage! Ce sera très amusant, nous prendrons le thé dans les petites tasses. C'est toi papa, qui m'as acheté tout cela?

— Non, Flo, » se hâta de dire son père, qui l'avait suivie, et dont le visage s'éclairait; « c'est une surprise de ta maman. »

La petite figure pâle de l'enfant se couvrit

aussitôt d'une vive rougeur, et, frappant du pied, elle s'écria :

« Elle n'est pas maman ! Je ne lui donnerai jamais ce nom-là, et je ne veux pas qu'on me le répète !

— Florence!... » s'écria M. de Stumberg d'un ton sévère.

Mais sa femme intervint, et, s'agenouillant près de la petite fille, elle l'entoura de ses bras.

« Ne la contrariez pas, Karl, » dit-elle; « elle me nommera comme elle voudra. Veux-tu m'appeler Miriam, Florence?

— Miriam ! Est-ce que c'est votre nom?

— Oui; te plaît-il?

— Non, » répondit sèchement la petite fille, se dégageant de son étreinte.

« Vraiment, Flo, tu n'es pas gentille, » dit son père d'un ton de contrariété. « J'admire votre mansuétude, ma chère; croyez-moi, laissez cette petite maussade.

— Nous nous reverrons à dîner, et plus tard nous nous aimerons beaucoup, » dit Mme de Stumberg en souriant.

Elle embrassa encore l'enfant, et sortit avec

son mari, après avoir prié Marthe de vouloir
bien rester avec Florence, Smith étant elle-
même montée dans sa chambre.

« Voulez-vous causer un peu avec moi? »
demanda la jeune fille, lorsqu'elle fut seule
avec sa petite élève.

Florence la regarda bien en face, puis inclina la tête, et vint s'asseoir près d'elle.

« Est-ce vous qui êtes mon institutrice? »
demanda-t-elle curieusement.

« Oui, et j'espère que bientôt je serai votre
amie. Savez-vous bien lire?

— Oh! sans doute! J'écris en fin.

— Alors je n'aurai plus à vous apprendre
que de belles histoires qui vous intéresseront
toutes, et vous trouverez un grand plaisir
à vos leçons, j'en suis sûre. J'ai une petite
nièce que vous me rappelez beaucoup, quoiqu'elle soit plus jeune que vous, et je serai
bien heureuse si vous voulez m'aimer un peu.

— Tout le monde me demande cela! » remarqua Florence en souriant. « Oui, je vous
aimerai beaucoup, vous, mais pas cette grande
femme qui me tutoie et qui veut m'appeler
Flo.

— Chut! ne soyez pas méchante. Voyez comme elle vous a gâtée; je vous assure qu'elle est très bonne.

— Mais elle a pris la place de maman! » s'écria l'enfant, répétant évidemment une parole imprudemment lancée devant elle, « et d'ailleurs, elle n'est pas de *notre monde!* »

Marthe, d'abord stupéfaite de ce mot hautain, s'alliant si mal avec ces petites lèvres innocentes, regarda vivement du côté de la porte, craignant qu'une autre oreille que la sienne ne l'eût entendu.

« Taisez-vous! » dit-elle; « si vous répétez d'aussi méchantes choses, vous ferez de la peine à votre père et aussi à moi.

— Oh! je ne voudrais pas faire de peine à papa, » répondit l'enfant, avec une amertume qui n'était pas de son âge; « cependant c'est pour *elle* qu'il m'a quittée, et qu'il est resté un an sans me voir. Il *l'*aime mieux que moi, et moi, je n'ai plus grand'mère... »

Et tout à coup cette petite âme contenue éclata en sanglots, — des sanglots convulsifs et silencieux comme ceux d'une femme. — Et Marthe, qui la couvrait de baisers et lui murmurait de douces paroles, sentit que cette enfant gâtée avait un cœur...

Quelques heures plus tard l'enfant reposait, et le petit cercle se séparait pour la nuit. Presque aussitôt on frappa à la porte de Marthe ; c'était Mme de Stumberg, chargée d'un paquet assez volumineux qu'elle remit à la jeune fille.

« Vous permettrez à Florence de vous offrir un souvenir de joyeuse arrivée, mademoiselle, » dit-elle d'un ton gracieux.

Marthe, surprise et embarrassée, ouvrit le paquet, et trouva une étoffe bleu pâle du goût le plus exquis.

« Vous aimez le bleu, » ajouta Mme de Stumberg avec un demi-sourire ; « celui-ci vous siéra bien, et ma femme de chambre, qui est très habile, confectionnera cette toilette. »

Marthe balbutia quelques mots à peine intelligibles. C'était le malheureux cadeau de sa tante qui lui valait cette humiliation, — car c'est ainsi qu'elle envisageait le don de Mme de Stumberg.

« J'espère que vous me considérerez comme

une amie, » ajouta cette dernière. « Il est très naturel que vous désiriez faire quelques additions à votre garde-robe, et je suis à blâmer de n'avoir pas prévu ce cas. Vous me pardonnerez, n'est-ce pas, mon étourderie, et vous me permettrez de vous remettre le premier trimestre de vos appointements?... »

Et, tout en parlant, elle posait sur la table un petit rouleau.

Marthe se contenait pour ne pas éclater en pleurs. Toujours prompte et entière dans ses impressions, elle s'exagérait les piqûres d'amour-propre qu'elle croyait recevoir, et la pensée d'envoyer quelques cadeaux utiles à sa tante l'empêcha seule de refuser l'avance qu'on lui offrait.

Mme de Stumberg s'aperçut de l'impression causée par son présent; loin de s'en offenser, elle sentit s'éveiller en elle une certaine sympathie pour la jeune institutrice, et, voulant adoucir le mal involontaire qu'elle avait fait, elle resta quelques instants dans la chambre.

Tout à coup, son attention fut attirée par les portraits que possédait la jeune fille. Sur sa demande, celle-ci les décrocha, et les lui remit pour qu'elle les examinât de près.

Un cri de surprise échappa à la comtesse.

« Mais, » dit-elle, « j'ai chez moi le portrait de votre mère!... Et j'y pense, ce nom de Désbarres... M. du Vaulquier ne m'a-t-il pas dit que vous êtes fille d'un artiste? Serait-ce ce peintre sympathique, mort si jeune?... Voilà pourquoi j'ai été frappée de je ne sais quelle ressemblance en vous voyant, car vos traits sont les mêmes que ceux de cette délicieuse image.

— Vous avez un tableau de mon père? » demanda Marthe, d'une voix tremblante.

« Oui, à Paris; une femme et une enfant à une fenêtre entourée de vigne vierge... »

Marthe cacha son visage dans ses mains en sanglotant.

« Oui, oui, » dit-elle; « c'était la fenêtre de l'atelier, et j'avais posé sur les genoux de ma mère! »

Elle pleurait, mais dans son âme s'élevait un hymne mêlé de joie autant que de mélancolie. Elle goûtait ce bonheur si doux pour une fille de voir rayonner, jusque sur elle, l'éclat du nom de son père.

Miriam se prit aussitôt d'une enthousiaste sympathie pour cette enfant qui eût pu voir sous son toit la célébrité et la fortune, et qui, aujourd'hui, était à la merci d'étrangers. Le profond intérêt que révéla son regard détendit complètement le cœur de la jeune fille, qui lui dit ses peines, ses regrets, et lui laissa voir, avec cette heureuse confiance spontanée de la jeunesse, le fond de sa nature fière et tendre, ardente et rêveuse. Lorsque Miriam l'embrassa affectueusement, à la fin de cette longue causerie, Marthe put se dire avec vérité qu'elle avait une amie.

Comme Mme de Stumberg se retirait enfin, elle promena machinalement son regard autour d'elle, et s'aperçut que la chambre n'était point préparée pour la nuit.

Elle tira violemment le cordon de la sonnette, et Reine, qui reconnut l'appel impatient de sa maîtresse, se hâta d'accourir.

« Pourquoi n'avez-vous pas préparé la chambre de Mlle Desbarres? » dit-elle d'un ton bref.

« Je demande pardon à mademoiselle, »
répondit la servante, avec un regard aigre-
doux à l'adresse de Marthe; « je n'y avais pas
songé.

— Vous m'avez souvent trouvée indul-
gente pour des négligences qui m'étaient
personnelles, » reprit la comtesse, « mais je
vous conseille de ne pas oublier vos devoirs
auprès des personnes qui se trouvent chez
moi. En ce qui concerne particulièrement
mademoiselle, rappelez-vous que je n'ad-
mets aucune infraction dans votre service.
Vous pouvez sortir. »

Reine se le tint pour dit; et si, pendant
quelque temps encore, Marthe continua à être
de la part des domestiques un objet de jalousie, elle n'eut plus du moins qu'à se louer de
leurs manières à son égard.

XVI.

Là ne se borna pas l'heureuse influence de
cette soirée pour la jeune fille. Si Mme de
Stumberg avait des défauts, elle était du
moins fidèle dans ses amitiés, et ses rapports

avec Marthe furent dès lors marqués au cachet
de l'intimité la plus charmante. Le comte lui-
même se montra tout autre envers elle, du
jour où il apprit qu'elle était la fille d'un
peintre de talent, et, en outre, alliée à plusieurs familles nobles du pays. En effet, il
avait la passion de ce qui s'élève au-dessus
de la foule, — la naissance et le talent, —
et la position de Marthe dans la maison devint
celle d'une égale et d'une amie.

Lorsque, peu de jours après, elle put relé-
guer dans un tiroir sa robe de pensionnaire,
et revêtir un costume à la fois élégant et
simple, l'aisance de ses manières s'accentua,
et elle écrivit des lettres enthousiastes aux
chers parents qui se réjouissaient de voir leur
enfant d'adoption appréciée et aimée, et qui
n'étaient pas peu fiers du respect qu'inspirait
son nom.

Comme si tout eût voulu sourire à la jeune
fille, la petite Florence se prit pour elle d'une
affection aussi vive que soudaine. Tandis
qu'elle était fantasque et capricieuse avec les
domestiques, avec Miriam et même avec son

père, elle témoignait à Marthe une tendresse
passionnée. C'était une enfant délicate, souvent souffrante, demandant de grands ménagements, et dont l'humeur se ressentait de
cette disposition physique. Au moral, elle
était le portrait de son père : impérieuse,
fière, entière dans ses attachements et ses
antipathies. Mais cette petite nature d'enfant
gâtée avait son côté séduisant et délicieux; le
fond était excellent, et Marthe comprit bien
vite qu'en obtenant sa confiance et en lui
montrant de la douceur et de l'affection, on
en obtiendrait tout ce qu'on voudrait par le
raisonnement.

Chose vraiment extraordinaire pour ceux
qui connaissent Mme de Stumberg, son caractère se transformait véritablement auprès de
sa petite belle-fille. Dès le premier moment,
elle avait senti s'éveiller dans son cœur un
amour vraiment maternel, et, comme les mères aussi, elle se nourrissait de sa propre tendresse, soupirant, sans l'exiger, après un
retour qui semblait impossible de la part de
l'enfant. Marthe avait obtenu de celle-ci quel-

ques égards pour sa belle-mère, mais elle n'avait réussi à provoquer aucun témoignage d'affection ou de reconnaisance.

Mme de Stumberg, cependant, ne se laissait rebuter ni par la froideur ni par les réponses sèches et brusques de Florence; elle respectait jusqu'à ses caprices, et n'avait jamais répété ce nom familier de *Flo*, qui, dans sa bouche, avait choqué l'étrange petite fille. Sa douceur et son dévouement ne se démentaient jamais. Le matin, en s'éveillant, c'était son beau visage que l'enfant apercevait, penché sur son lit; elle l'habillait, peignait avec amour ses boucles blondes, et assistait aux courtes leçons que Marthe avait soin d'intercaler entre de nombreuses promenades et de longues récréations.

Flo était intelligente et ne se lassait jamais d'apprendre; il faut dire que sa jeune institutrice, qui éprouvait un profond intérêt pour ce petit esprit vif et curieux, savait avec un tact infini mettre à sa portée et rendre attrayant tout ce qu'elle avait à lui enseigner.

Jenny Smith, la gouvernante de Florence, la surveillait dans le jardin et sur la grève, et Marthe avait ainsi des loisirs prolongés, agréablement remplis par la lecture, la promenade, les causeries avec Miriam, dont l'esprit brillant, quoique un peu étrange et paradoxal, lui inspirait une admiration sans cesse renouvelée, et sympathisait merveilleusement avec sa propre nature, fine, délicate et un peu rêveuse.

Quant au comte de Stumberg, il adorait Flo, qui avait avec lui des allures tour à tour caressantes et rancunières. Il ne pouvait s'abuser sur la situation; l'abnégation de sa femme et la froideur par laquelle l'enfant y répondait étaient des faits évidents pour tous les habitants de la Sapinière, et il semblait en ressentir un étonnement mêlé de confusion.

Quoique Marthe ne fût pas une observatrice bien expérimentée, et que bien des dissonances et des désaccords dans ce ménage passassent inaperçus pour elle, elle ne pouvait s'empêcher de constater qu'une certaine gêne existait entre le mari et la femme. Souvent le comte de Stumberg était ému de la douceur de Miriam pour sa fille; mais s'il voulait épancher sa reconnaissance et la traduire par des manières plus affectueuses et plus intimes, il y avait aussitôt chez elle quelque chose d'ironique et de glacé qui rétablissait entre eux la barrière qu'il avait cherché à renverser. D'autres fois, le contraire se produisait; Mme de Stumberg semblait faire sur elle-même un effort suprême; elle réprimait son orgueil, adoucissait l'âpreté de son ton... Mais, à quelque allusion mystérieuse dont le sens échappait à Marthe, mais non pas au comte, il se retranchait à son tour dans une froide réserve, et sa femme, comme si elle eût voulu se venger sur lui des avances qui lui avaient tant coûté, redevenait piquante, fantasque, impatiente.

L'un et l'autre, cependant, avaient trop de tact pour étaler à des yeux étrangers la plaie secrète de leur intérieur. Leurs manières étaient toujours correctes, leurs dissentiments ne se trahissaient que par des nuances presque imperceptibles pour les autres, et Marthe, tout en s'avouant malgré elle qu'il y avait beaucoup plus d'union et de tendresse dans le ménage pourtant plus disproportionné de son oncle, ne s'apercevait pas que l'orgueil et la violence creusaient entre le mari et la femme un abîme chaque jour plus infranchissable, que leur affection commune pour la petite Florence ne pouvait réussir à combler.

Mme de Stumberg parlait rarement de ses parents, quoiqu'elle pensât à eux sans cesse et leur écrivît presque quotidiennement; mais elle ne s'appesantissait jamais sur la situation de sa famille, ni sur ses souvenirs d'enfance.

Un jour que Marthe lui demandait d'où elle tenait son nom de Miriam, elle répondit que c'était une fantaisie de son père, qui connaissait l'hébreu et l'aimait de passion, et qui avait voulu lui donner le nom que portait la sainte Vierge dans sa langue natale. Elle ajouta que son éducation avait été bizarre pour une jeune fille; son père lui avait appris le latin; c'était un vieux savant, aussi érudit que modeste...

Mais son mari, l'interrompant brusquement au milieu de sa phrase, lui dit en allemand quelques paroles animées et impérieuses, et elle se tut aussitôt, quoiqu'elle fût devenue pâle comme la mort; car, bien qu'elle bravât souvent le comte de Stumberg, il lui inspirait en certains moments une sorte de crainte, et elle ne lui désobéissait point.

De ce jour-là elle n'ouvrit plus la bouche à ce sujet, si ce n'est à l'occasion de sa fête.

La veille au soir, Florence sortit de sa chambre et vint trouver Marthe qui, assise dans le salon, faisait de la tapisserie.

Elle resta quelques instants silencieuse, regardant les fleurs fantastiques que traçait la jeune fille, puis dit :

« Mme de Stumberg est bien contente; elle a reçu une petite caisse de chez sa mère; cependant, il n'y a rien de beau dedans. »

A ce moment Miriam parut sur le seuil, rose, animée, charmante.

« Venez dans ma chambre, Marthe, » dit-elle. « Je veux vous montrer ce que j'ai reçu. »

La jeune fille la suivit, et vit sur une table une petite caisse en bois, et, à côté, un écrin de maroquin noir.

Miriam ouvrit négligemment l'écrin, sur le velours blanc duquel étincelait un splendide médaillon orné de saphirs.

« Cela, c'est le cadeau de mon mari, » dit-elle avec une indifférence suprême ; « et ceci, » ajouta-elle d'une voix qui se remplit instantanément d'inflexions de tendresse, « ceci vient de chez moi. »

Comme elle avait une manière à elle de dire ces mots : « chez moi », et de faire sentir que son *home* véritable, le *home* de son cœur, n'était pas cette maison somptueuse où le bonheur lui manquait !

Elle tira deux objets de la caisse : un livre et un tricot de laine blanc. Le livre, simplement relié, était une édition très ancienne et très rare des *Lettres de saint François de Sales*.

« Vous voyez cet ouvrage, Marthe ? dit-elle ; « pour un amateur il aurait une valeur inappréciable, et mon cher père s'en prive pour moi ; selon ses goûts et ses idées, il ne pouvait rien me donner de plus précieux. Et c'est ma mère qui a tricoté ce châle pour que j'en enveloppe mes épaules sur la grève... »

Elle se tut brusquement, se détourna, et l'on entendit le bruit d'un sanglot.

Florence se glissa près d'elle, et, par un mouvement spontané, baisa rapidement sa belle main.

Miriam poussa un cri de surprise, et, enlevant l'enfant dans ses bras, la couvrit de caresses.

« Oh! si tu m'aimais, » dit-elle avec passion, « je ne regretterais rien ! »

Mais déjà la petite fille avait honte de son bon mouvement, et, se dégageant des bras de sa belle-mère, elle se montra plus froide que jamais pendant le reste de la soirée.

Encore une fois, il ne faut pas conclure de ce qui précède que Marthe trouvât la comtesse de Stumberg malheureuse ou qu'elle eût pénétré ses secrètes angoisses. La jeune fille avait subi trop profondément les atteintes de la pauvreté et avait vu de trop près la gêne et les soucis qu'elle entraîne, surtout elle était trop désireuse de bien-être, de distractions et de repos, pour ne pas attacher une importance exagérée au luxe et à la richesse. Sa situation avait été de nature à lui faire entrevoir les réalités de la vie sous un jour plus positif, plus prosaïque même qu'il n'est ordinaire à son âge, et cette manière de juger formait une anomalie singulière avec ses tendances généreuses et sa nature d'artiste.

Elle confondait, comme beaucoup d'autres, la joie avec le plaisir, le bonheur avec la richesse. Le sort de Mme de Stumberg lui semblait très enviable, et, après l'existence grave, sévère, monotone, qu'elle-même avait menée jusque-là, elle se lança avec ardeur dans les distractions de sa nouvelle vie et dans les perspectives qu'elle rêvait pour l'avenir.

Le comte de Stumberg ne paraissait guère qu'aux heures des repas. Ses journées étaient remplies par des promenades à cheval, exercice qu'il aimait avec passion, et par des travaux littéraires auxquels il trouvait un grand charme et qui avaient rendu son nom familier dans le monde des lettres, quoiqu'il publiât rarement les études exquises qu'il se plaisait à écrire.

Cette manière de vivre laissait à sa femme une liberté complète. Toujours accompagnée de Marthe, et la plupart du temps de Florence, elle explorait le pays, visitait les villes voisines, faisait des excursions de tout genre, et, en outre, voyait beaucoup de monde. Son nom, sa beauté, sa fortune, la faisaient partout bien accueillir; on se réunissait dans les châteaux des environs, et l'on donnait à la Sapinière quelques dîners intimes, le deuil du comte ne permettant pas de fêtes bruyantes.

Cette année-là, plusieurs familles parisiennes s'étaient établies au Val-André, plage assez rapprochée de Pléneuf, et une femme du monde, pleine d'entrain, avait réussi à révolutionner ce petit pays, si tranquille d'ordinaire; c'était Mme Marcelot, femme d'un auteur dramatique, qui nous est déjà apparue dans le courant de cette histoire. M. de Stumberg connaissait un peu son mari, et elle-même fit à la comtesse les avances les plus aimables. On passait des matinées charmantes, jouant la comédie, organisant des charades, et Marthe, qui était de toutes les fêtes, et que ses relations de famille encore plus que la recommandation de Mme de Stumberg avaient tout naturellement introduite dans la société du pays, était choyée, entourée, et jouissait avec une véritable ivresse de plaisirs aussi nouveaux que charmants.

C'était vraiment une femme étrange que Miriam. Personne n'avait à l'occasion plus

14.

d'entrain et de gaieté, aucun esprit n'étincelait davantage. Mais elle avait aussi des moments de mélancolie d'où rien ne semblait
pouvoir l'arracher, et sa nature offrait les
contrastes les plus singuliers. Tantôt elle se
lançait avec acharnement dans toutes les
jouissances et les plaisirs de sa situation,
comme si elle eût prétendu en composer son
bonheur, tantôt elle en paraissait lasse à mourir.

On la voyait consacrer de longues heures à
sa toilette, faire venir de Paris les costumes les
plus coûteux, inaugurer des modes hardies,
sans cependant jamais dépasser les limites du
bon goût et de la distinction; et ensuite, se
reprendre sans peine aux études les plus élevées, lisant les auteurs latins dans l'original,
et en faisant des extraits qui remplissaient
Marthe d'admiration. Ses belles mains ne tra-
vaillaient guère qu'à des ouvrages de bien-
faisance : elle visitait les pauvres, soignait
les malades comme une sœur de charité;
quelquefois elle passait de longues heures
à l'église.

Puis, le lendemain, sa ferveur d'un jour

était évanouie, elle retournait à ses plaisirs,
lisait des romans déplacés entre les mains
d'une jeune femme, et se relâchait de toutes
ses habitudes sérieuses, hors les soins qu'elle
prodiguait à Florence, et sa visite journalière
aux pauvres du bourg.

Parmi les visiteurs de la Sapinière, Raymond du Vaulquier était le plus assidu. M. de
Stumberg, qui en faisait grand cas, s'était lié
avec lui d'une amitié intime, et leurs esprits,
sinon leurs caractères, avaient certains points
de contact. Il n'avait pas été peu surpris du
changement qui, en quelques semaines, s'était
opéré chez sa jeune parente; mais, à mesure
qu'éclataient l'esprit et la gaieté de Marthe,
et qu'elle s'acclimatait davantage à son nid
doré, une certaine réserve remplaçait chez lui
la familiarité et la cordialité d'autrefois. Il
causait moins souvent avec elle, et son regard
clair et pénétrant semblait l'étudier et chercher à deviner si, sous cette joyeuse et brillante surface, il ne restait plus de traces de
la jeune fille sérieuse et résignée qui n'ac-
ceptait qu'avec douleur la séparation d'avec sa
famille et la tâche nouvelle qui s'offrait à elle.

XVII.

« Que diriez-vous d'un petit, très petit séjour à Guingamp, Marthe ? »

A cette question, posée par Mme de Stumberg, la jeune fille releva la tête de dessus le
métier de tapisserie où elle brodait un écran,
et son beau teint se colora immédiatement.

« Oh ! j'en serais bien heureuse ! s'écria-
t-elle:

— Je vais passer huit jours dans ma famille, » reprit la jeune femme. « Quand je
reviendrai, rien ne vous empêchera d'aller
à Guingamp ; je suis sûre qu'on seras ravi
de vous y voir.

— Je n'en doute pas, madame ; et moi,
j'ai besoin de leur dire quelle délicieuse
vie je mène près de vous, et combien vous
êtes tous bons pour moi.

— Eh, bien ! dès le lendemain de mon retour on vous conduira à Lamballe ou à Saint-
Brieuc, comme vous voudrez.

— J'aime mieux prendre le chemin de fer

à Saint-Brieuc. Je ne veux pas arriver les mains vides, et j'y ferai mes achats.

— J'espère que votre tante voudra bien accepter de ma part quelques jouets pour les enfants... »

Florence, qui avait écouté cette conversation, s'approcha aussitôt de Marthe :

« Bien vrai, vous ne resterez pas longtemps ?

— Oh! bien vrai! » répondit en souriant la jeune fille, qui la prit sur ses genoux. « J'aurai tant de hâte de vous revoir !

— Mais vous aimez mieux votre nièce que moi ?...

— Pas mieux, c'est impossible; ne soyez pas jalouse, chérie.

— Je ne suis pas jalouse; je vous laisserai partir sans pleurer, et je suis bien contente que vous ayez quelques jours à vous. Vous me direz si Charles a été satisfait du fusil que Mme de Stumberg lui a acheté, et si Anna a trouvé la poupée jolie... Mais je m'ennuierai sans vous, mademoiselle Marthe.

— Et moi ? » dit Mme de Stumberg, enlevant impétueusement l'enfant à Marthe pour l'asseoir auprès d'elle, « ne me regretteras-tu pas ? »

Florence ne répondit rien.

Le regard de Miriam se fixa sur elle avec une douceur mêlée de reproche.

« Il viendra un jour, Florence, » dit-elle d'une voix altérée, où tu comprendras mieux que tu ne le fais l'empire étrange que tu as sur mon cœur, et la tendresse que je t'ai vouée... Tu aurais pu me rendre si heureuse ! »

Elle détourna la tête, se leva et sortit de la chambre. Florence regarda Marthe. Celle-ci était grave.

« Vous êtes fâchée contre moi ? » demanda l'enfant d'un ton timide et caressant, portant à ses lèvres la main de la jeune fille.

« Non, je ne me fâche jamais contre vous; mais vous me faites beaucoup de peine. On dirait que vous n'avez pas un bon cœur. Comment pouvez-vous rester indifférente à tant de tendresse, à tant de bonté? Pourquoi n'aimez-vous pas Mme de Stumberg, qui est mille fois meilleure pour vous que je ne le suis moi-même? »

De grosses larmes brillaient dans les yeux de l'enfant.

« Je crois quelquefois que je vais l'aimer, » dit-elle naïvement, « et puis je me rappelle maman, et l'absence de papa... Grand'-mère pleurait toujours en parlant d'elle, je le voyais bien !

— Votre grand'mère est au ciel, où l'on ne pleure plus, et elle bénit, au contraire, celle qui a remplacé votre mère dans ses soins et son amour. Ne le comprendrez-vous donc jamais? Allons, promettez-moi du moins de n'être plus maussade.

— Je tâcherai ! » murmura la petite fille.

Et soudain, se jetant au cou de Marthe, elle fondit en larmes.

. . . .

« Marthe ! est-il possible ! Comme elle est embellie ! » s'écriait à quelques jours de là Mᵐᵉ Desbarres, embrassant cordialement sa nièce, tandis que les enfants la regardaient, tout interdits.

— Eh bien, » dit joyeusement la jeune

fille, « est-ce que vous ne me reconnaissez pas,
Charles, Anna?... Paul est le plus aimable,
voyez comme il rit !

— Est-ce que tu es la même Marthe ? »
demanda timidement Anna, se rapprochant
lentement.

Marthe, pour toute réponse, la prit dans
ses bras, et quelques minutes ne s'étaient pas
écoulées que les enfants avaient retrouvé avec
elle leur familiarité d'autrefois.

« Tu as bonne mine, du moins, » dit
Mme Desbarres. « Comme nous sommes heureux de te voir de nouveau chez nous ! Redis-
nous tout ce que tu nous écrivais; tu es bien
traitée, aimée?...

— Comme l'enfant de la maison, » répondit Marthe en souriant. « On ne peut être meilleurs que M. et Mme de Stumberg ; celle-ci est
pour moi une véritable amie.

— La petite Florence est-elle jolie? » dit
Charles. « Elle sait bien lire ? Elle ne pleure
jamais pour dire sa leçon ?

— Comme tu as de jolis cheveux frisés
maintenant ! » s'écriait Anna, passant sur

ses petits doigts les boucles noires et lustrées de sa cousine. « Et ta robe aussi est bien belle ! C'est de la soie !... »

Marthe déballa ses cadeaux. Elle éprouva une jouissance infinie à voir le plaisir qu'ils causaient. Mme Desbarres s'extasiait sur leur choix heureux et leur utilité; elle ne leur reprochait que d'être trop beaux. Mais la jeune fille s'applaudissait de n'avoir pas consacré à sa toilette, comme elle en avait été tentée, la plus forte part de ses appointements, et elle fut d'autant plus heureuse d'avoir écouté la voix de son cœur que la maison lui sembla plus pauvre que jamais, au sortir de celle des Stumberg.

Faut-il le dire? Le temps lui parut long ! Les visites, les promenades, les causeries étaient plus que jamais dénuées de charme pour elle; elle avait hâte de reprendre sa vie de la Sapinière.

Cette fois-là, aucune larme ne vint à ses yeux quand elle quitta Guingamp.

Florence et sa belle-mère se trouvaient à la gare. Leur joie en revoyant la jeune fille causa à celle-ci une impression délicieuse.

15

Mme de Stumberg, revenue de Dunkerque peu de jours auparavant, parla brièvement, quoique avec émotion, de son séjour dans sa famille, et annonça à Marthe qu'elle allait trouver des hôtes nouveaux à la Sapinière : les Marcelot, qui avaient tout à fait conquis les sympathies du comte, y étaient installés pour le reste de la semaine, et un parent de M. de Stumberg, le baron de Redwitz, jeune attaché d'ambassade, était arrivé le jour même, pour y passer une partie de son congé.

Toute cette petite société se trouvait réunie dans la plantation à l'arrivée de la voiture.

Les voyageurs descendirent, et Mme de Stumberg présenta son cousin à Marthe.

« Otto, » dit-elle ensuite, « Mlle Desbarres, notre amie... Vous êtes épris, je le sais, d'un petit tableau que je possède, la *Fenêtre de l'Atelier,* signé de son père... »

Le jeune homme s'inclina profondément avec quelques paroles courtoises, puis, restant un peu en arrière, il offrit le bras à Mme Marcelot. Il avait déjà remarqué qu'elle n'était jamais à court de renseignements, et qu'on pouvait s'adresser en toute circonstance à une si excellente observatrice.

« Quelle est cette jeune fille, et dans quelles circonstances ma cousine l'a-t-elle connue? » demanda-t-il, portant son lorgnon à son œil et regardant Marthe, dont la robe traînait sur l'herbe, et qui penchait vers Florence sa taille souple et gracieuse.

Mme Marcelot fit entendre un petit rire bref.

« Vraiment, » dit-elle, « cette charmante comtesse est prodigue du nom d'amie..... Mlle Desbarres est tout simplement l'institutrice de Florence. »

Ce mot *institutrice* fut prononcé avec une inflexion de voix légèrement dédaigneuse.

« Ah! » fit le jeune homme d'un ton de désappointement.

Et il laissa retomber son lorgnon.

Quand Marthe descendit, un peu avant le dîner, tout le monde était encore dans le parc. Elle prit un livre qu'elle avait commencé quelques jours auparavant, et s'assit sur une petite chaise basse.

A peine avait-elle eu le temps de s'absorber dans sa lecture que, la porte s'ouvrant, elle vit entrer Raymond.

Depuis quelque temps, ses rapports avec lui étaient devenus un peu contraints. Elle se sentait observée, ce qui lui causait une impression de gêne, et, d'autre part, elle s'apercevait fort bien de la réserve excessive du jeune homme.

« Vous ici, Marthe? » dit-il avec étonnement; « je vous croyais encore à Guingamp.

— J'en reviens aujourd'hui même, » répondit la jeune fille, dont le regard rayonna malgré elle.

« Ah ! c'est une rude épreuve d'avoir quitté une seconde fois ces bons cœurs ! »

Marthe le regarda, un peu interdite.

« Sans doute, » dit-elle avec embarras ; « mais cela ne peut se comparer à mon départ d'il y a trois mois. Alors, j'entrais dans l'inconnu; maintenant, en quittant un logis, j'en retrouve un autre.

— Aussi cher, Marthe ? »

Elle hésita un instant, puis elle répliqua :

« Vous, qui voyez cet intérieur, vous savez comment l'on m'y traite. En tout cas, si ces nouvelles affections ont crû vite dans mon cœur, je cède à un devoir de reconnaissance ; et si la vie que je mène ici me charme et me ravit, c'est bien naturel à mon âge. »

Il resta quelque temps silencieux ; puis, jetant un coup d'œil sur le livre qu'elle tenait à son arrivée :

« Vous lisiez? » demanda-t-il avec effort, et comme pour changer de conversation.

« Oui.

— Peut-on vous demander ce que c'est? »

Une profonde rougeur se répandit sur les traits de la jeune fille.

« Comme vous êtes curieux ! » dit-elle avec un sourire contraint.

Elle posa le livre sur la table, mais il avait vu le titre.

Ses manières changèrent aussitôt ; le sang monta à ses joues, ses yeux s'animèrent.

« Marthe, » dit-il, reprenant soudain tout l'abandon d'autrefois ; « si j'avais une sœur, elle ne lirait jamais une ligne de cet auteur-là... Vous connaissez trop bien notre litté-

rature pour que son nom vous soit étranger,
et l'on a dû vous dire que la magie de
son style n'est malheureusement pas vouée
à la cause du bien.

— On me l'avait dit, » répondit-elle avec
un malaise visible ; « mais j'ai trouvé cet
ouvrage dans la bibliothèque de Mme de Stumberg, et d'ailleurs, jusqu'ici je n'y vois rien
de choquant.

— Quand vous arriverez aux passages dangereux, il sera trop tard ; vous serez séduite
par le talent déployé dans ce livre, et vous
continuerez... Mme de Stumberg, qui est à
peine plus âgée que vous, a tort d'ouvrir de
pareils volumes. Je ne comprends pas du tout
qu'une femme puisse s'attribuer le droit de
tout lire parce qu'elle est mariée. Croyez-moi,
Marthe, ceci n'est pas convenable pour vous...

— Alors, je ne le lirai plus, » murmura la
jeune fille avec un mélange de reconnaissance et d'embarras.

« Merci ! » dit-il d'une voix émue. « Et, dus-
sè-je vous sembler rigoureux, ne lisez pas
de romans... Ils sont dangereux, même les
meilleurs ; dangereux surtout pour les jeunes

filles qui, comme vous, ont en partage des peines, des difficultés, une situation un peu fausse. Ils font envisager la vie sous un jour trompeur, et développent dans un sens fâcheux nos tendances idéales, sauf à nous préparer d'inévitables déceptions...

— Quoi ! » interrompit la jeune fille avec étonnement, « est-ce bien vous qui parlez ainsi, vous que Mme de Kerfaun me dépeignait comme un poëte, comme un enthousiaste de cet idéal que vous semblez maintenant condamner ?

— Le véritable idéal, » répondit-il gravement, « n'est pas celui qui supprime les soucis, les travaux, en un mot, la réalité de la vie; mais celui qui les pare d'un charme surnaturel et qui les ennoblit, celui qui dégage l'âme de tout sentiment personnel et la prépare au sacrifice. Il ne cherche point à se servir des passions pour concourir au bonheur, mais à s'élever au-dessus des passions elles-mêmes et des intérêts mesquins de l'existence.

— Voulez-vous donc dire qu'il ne nous est pas permis de chercher le bonheur ici-bas? » s'écria Marthe avec toute la révolte de sa jeunesse et de sa vive imagination.

« Oh ! telle n'est pas ma pensée. Il nous est permis, dans un esprit de soumission, de poursuivre même le bonheur terrestre, mais à la condition qu'il corresponde à la nature intime de notre âme, et que, loin d'y trouver un obstacle à notre perfectionnement, nous puissions nous en souvenir dans le monde meilleur pour lequel nous sommes créés. En un mot, nous pouvons être heureux, ou du moins chercher à l'être, si nous avons en vue les biens véritables de cette terre, et si nous ne nous concentrons pas uniquement en nous-mêmes.

— Et, » reprit Marthe, « quels sont, selon vous, ceux d'entre les biens terrestres qui sont dignes d'estime ? »

Il la regarda avec la même expression grave et pénétrante.

« Ce ne sont, à coup sûr, » dit-il, « ni le luxe, ni la richesse, ni les plaisirs. »

Marthe resta silencieuse. A ce moment même, les hôtes de Mme de Stumberg rentrèrent, et l'on se mit à table.

Le dîner fut extrêmement gai. M. Marcelot, bien que faiseur de drames très sombres
et très larmoyants, avait beaucoup d'entrain,
et racontait de folles histoires de théâtre
et de coulisses. Sa femme y ajoutait les réflexions les plus drôles et les portraits les plus
piquants. Le jeune Autrichien riait de tout
son cœur, tout en s'occupant de Marthe, qui
était placée près de lui, avec une courtoisie
extrême et une admiration évidente. Il paraissait avoir oublié la déconvenue qu'il avait
laissé voir en apprenant qu'elle n'était que
l'*institutrice;* et en effet, ce soir-là elle était
ravissante. Sa coiffure, très compliquée, lui
seyait peut-être moins bien que le simple
nœud grec qu'elle avait abandonné ; mais
son teint avait un éclat merveilleux, ses yeux
brillaient comme des diamants noirs, et elle
portait avec une grâce et une distinction incomparables la robe bleu pâle que lui avait
donnée la comtesse.

Après le dîner, on alla prendre l'air sous
les arbres ; mais Florence, qui avait obtenu
de veiller un peu plus tard que de coutume,
resta dans le salon, Miriam redoutant pour

15.

elle l'humidité du soir, et Marthe voulut lui tenir compagnie.

Tout à coup des pas se firent entendre au-dessous d'elle, et s'arrêtèrent non loin de la maison, à un endroit où l'on avait disposé quelques sièges de jardin. Une voix de femme parlait; Marthe reconnut le timbre harmonieux de Miriam.

« Jamais je ne vous remercierai assez de nous avoir amené votre parente, » disait-elle. « Quelle nature délicieuse! Si tendre, si féminine, et cependant si forte!

— Oui, Marthe est courageuse, » répondit M. du Vaulquier; « mais voulez-vous me permettre, à son sujet, de vous parler à cœur ouvert?

— Certainement! » dit la jeune femme avec une inflexion étonnée.

Marthe se rapprocha de la fenêtre. Une jalousie baissée l'empêchait d'être vue. Elle ne put résister à la tentation d'entendre ce qu'on disait d'elle; le cœur agité d'une vague émotion, elle écouta.

« Sans doute, » reprit Raymond de sa voix sérieuse, pleine et timbrée, quoique

adoucie en ce moment, « sans doute vous
avez vu dans ces montagnes, dont je vous
ai entendue parler avec enthousiasme, des
plantes alpestres, belles et délicates, dont
la floraison, véritable prodige, a lieu au bord
des glaciers, dans une atmosphère impitoyable, et parmi des rochers où leurs racines,
semble-t-il, ne sauraient trouver de sucs
nourriciers ?

— J'en ai vu, naturellement, » répondit-
elle, plus étonnée encore. « Rien n'égale
la merveilleuse beauté de ces fleurs, un peu
pâles peut-être, mais dont le charme est vraiment incomparable.

— Oui, incomparable au milieu de cet
hiver éternel, de cette nature sauvage, de
ces éléments rigoureux. Mais avez-vous songé
quelquefois à les transplanter ?

— J'ai, en effet, tenté cette expérience.
Malgré ce qu'a pu me dire mon mari, j'ai déra-
ciné quelques fleurs, je les ai fait mettre dans
une bonne terre, et j'ai dû me convaincre
qu'elles languissaient sous les brises molles de
la plaine, et qu'elles perdaient leur pureté
et leur éclat.

— Marthe est une fleur des neiges, » dit
Raymond d'un ton bas, mais distinct. « Le
malheur, l'isolement, la pauvreté l'ont fortement trempée; elle s'est épanouie dans
cette terre en apparence ingrate et dans
cette atmosphère inclémente... Prenez garde!
Ne la mettez pas en serre chaude ! »

Miriam bondit et se leva vivement. Marthe
put voir, derrière la jalousie, le sommet
de sa coiffure élevée.

« Voudriez-vous dire, » s'écria-t-elle, « que,
vouant des créatures de chair et de sang
à la loi d'une impitoyable fatalité, éclose
dans nos propres cerveaux, nous ne devions
pas chercher à soulager les douleurs, à relever les destinées malheureuses, et à doter
d'un peu de bonheur les cœurs déshérités,
sous prétexte qu'il ne faut détourner de
sa triste voie aucune âme souffrante? Mais
alors vous anéantissez la charité, car la meilleure des charités n'est peut-être pas celle
qui nourrit l'affamé et qui vêt ceux qui
sont nus ! Vous plaisantez, sans doute, monsieur, car je ne puis admettre chez vous une
aussi cruelle philosophie! Si le malheur a

trempé l'esprit charmant de votre cousine, elle peut, croyez-moi, subir l'épreuve du bonheur.

— Nous ne nous entendons pas, » dit-il avec calme. « Quelle théorie insensée autant qu'antichrétienne me prêtez-vous là ? Personne, plus que moi, ne porte à Marthe un intérêt sincère ; personne ne lui souhaite le bonheur d'un cœur plus profondément dévoué. J'ai été heureux de la voir aimée et appréciée dans votre maison, où je craignais d'abord, je vous l'avoue, qu'elle ne tînt pas ce rang d'égale et d'amie dont maintenant je me réjouis pour elle. Mais, madame, pourquoi placez-vous le bonheur que vous rêvez de lui donner en dehors de ces témoignages d'affection?... Ne comprenez-vous pas qu'en la faisant jouir de plaisirs aussi variés que nombreux, et si peu en rapport avec sa situation présente et future, vous portez à ses lèvres une coupe enivrante mais trompeuse, puisque vous l'accoutumez à une existence qu'elle ne peut mener toujours et qu'elle regrettera plus tard ?

Voilà l'atmosphère qui ne saurait convenir à cette fleur des sommets et des glaces. Elle eût été assez heureuse de se voir traitée par vous en amie, madame, sans être la compagne assidue de vos plaisirs, et sans se trouver mêlée à un monde où sa position est réellement fausse, où elle ne sera tolérée qu'à cause de vous. »

Mme de Stumberg garda le silence pendant quelques instants.

« Vous êtes sévère, monsieur, » dit-elle enfin. « Je reconnais que jusqu'à un certain point vous pouvez avoir raison : en cédant à la sympathie que m'inspirait Marthe, et au désir bien naturel d'égayer sa jeunesse, si triste jusqu'ici, j'ai peut-être été imprudente. Mais l'épreuve a réussi; Marthe est assez charmante pour être recherchée partout pour elle-même, et assez sérieuse pour que la frivolité d'un certain côté de notre vie ne puisse porter atteinte à l'élévation de sa nature.

— Je veux le croire, madame; mais avez-vous songé à l'avenir? Ne pensez-vous pas qu'un vide énorme peut se produire dans son existence quand tout cela viendra à lui manquer?

— Et pourquoi donc? Pourquoi d'abord un changement aurait-il lieu dans sa situation?

— L'avenir n'est pas à nous, madame. Marthe peut quitter votre maison, et souffrir beaucoup ailleurs. Ensuite, quoi que vous en disiez, cette vie de dissipation doit nuire, dans un temps donné, à ses qualités d'institutrice. Enfin, elle peut se marier, et regretter, dans un intérieur modeste, le luxe et les fêtes auxquels vous l'aurez accoutumée.

— Elle ne les regrettera pas si elle aime son mari. D'ailleurs, n'est-elle pas assez jolie pour être recherchée par un homme riche, qui lui donnerait une position?

— En serait-elle plus heureuse? Sont-elles enviables, les unions amenées par des mobiles de ce genre : l'homme cédant à l'attrait de la beauté, et la femme à celui de la fortune? »

Mme de Stumberg s'éloigna brusquement et

fit quelques pas en avant. Quand elle reprit
la parole, sans se retourner, sa voix était
profondément altérée.

« Que voulez-vous ! » dit-elle. « Peut-être
aurai-je le courage de réformer ma propre
existence. Ce serait le seul moyen de ramener le calme et le sérieux dans la sienne, car
je ne me sens pas capable d'en faire une pauvre petite Cendrillon. »

Marthe resta encore quelques instants
seule, près de la fenêtre, son cœur révolté
battant avec force, ses joues couvertes de la
rougeur de l'indignation. Quoi ! Raymond
était-il donc si endurci par ses propres
souffrances, qu'il blâmât la manière joyeuse
dont elle passait son temps, ou bien éprou-
vait-il pour elle une sorte d'éloignement
qu'expliqueraient à demi sa réserve et sa
froideur des derniers temps?... Un profond
ressentiment naquit dans son cœur, en même
temps que la douleur, l'étonnement presque
enfantin de ceux qui, aimés de tous, croient
se heurter à quelque sourde antipathie.

« Il ne m'aime pas, » pensa-t-elle avec
une impression de souffrance aiguë; « et il

veut détacher de moi Mme de Stumberg, »
ajouta-t-elle avec une sorte de colère.

Mais à ce moment une voix s'éleva immédiatement en elle pour lui reprocher son
injustice. Raymond pouvait être sévère et
envisager les choses à un point de vue plus
élevé, plus *chrétien* que le sien; il pouvait
n'éprouver pour elle que de l'indifférence.
Mais jamais, oh! non, jamais cette noble
nature ne descendrait à un acte de bassesse,
à une parole blâmable prononcée pour nuire
à quelqu'un, s'agit-il même d'un ennemi.

Cependant, c'en était fait du plaisir de
cette soirée. Les mots impitoyables qui n'a-
vaient point été dits pour son oreille lui revenaient à la mémoire; elle était humiliée
à la pensée d'être seulement *tolérée* chez les
riches amis des Stumberg; et jamais peut-
être elle ne se sentit plus subitement relevée
dans son orgueil, flattée et caressée dans sa
vanité, que lorsqu'elle vit le baron de Redwitz s'approcher d'elle et commencer à l'en-
tretenir gaiement, sans chercher à dissimuler l'admiration qu'elle lui inspirait.

Marthe était dans un de ces moments où l'on

arrive facilement d'un abattement excessif à
une extrême excitation. Elle causa, rit, fut
charmante, et, en constatant l'impression
qu'elle faisait sur le jeune étranger, en entendant les compliments voilés qu'il lui adressait, elle eut, peut-être pour la première
fois de sa vie, la conscience de sa beauté,
et ressentit cette satisfaction si féminine, et inconnue jusque-là, d'absorber l'attention d'un
homme spirituel et brillant. Son œil rencontra plusieurs fois celui de Raymond, calme
et attentif. Elle éprouva une sorte de joie
poignante à le voir témoin de son succès,
et la gaieté factice que l'amour-propre blessé
excitait en elle s'éleva à son plus haut diapa-
son.

Mme Marcelot, qui papillonnait dans le salon, ouvrit tout à coup le piano et joua quelques accords.

« Oh! quel délicieux Pleyel! » s'écria-
t-elle s'adressant à la comtesse. « Des sons si
doux, si harmonieux! Ils sont faits pour
votre voix, madame. J'espère que vous allez
nous faire entendre un de ces morceaux dont
Nice gardera longtemps la tradition.

— Quoi ! vous chantez ? » s'écria Marthe avec surprise, et interrompant sa conversation avec le baron Otto.

« N'avez-vous donc jamais entendu ma cousine? » demanda à son tour celui-ci.

« Miriam n'a pas chanté depuis trois ou quatre mois. Je serais bien heureux si vous vouliez vous mettre au piano, ma chère. »

Ces dernières paroles étaient dites par le comte de Stumberg, qui faisait une partie d'échecs avec Raymond.

« J'en suis fâchée, » répondit la jeune femme de sa voix la plus métallique ; » mais je ne saurais faire entendre une note ; il y a longtemps, en effet, que je ne chante plus.

— Voulez-vous dire que vous renoncez à la musique ? » demanda froidement son mari.

« Oui, pour le moment, du moins, » dit-elle d'un ton bref.

Les instances les plus vives ne purent lui arracher un consentement; mais tout à coup elle sentit qu'on tirait sur sa robe, et vit près d'elle Florence qui, timide, défiante, et cependant les yeux brillants d'émotion, lui disait :

« Voulez-vous chanter ? J'en serais si contente ! »

Elle se baissa, embrassa tendrement l'enfant, et, sans répondre un mot, se dirigea
vers le piano, tandis que Flo, pour mieux
entendre, allait se blottir sur les genoux de
Marthe.

Ses mains errèrent d'abord au hasard sur
les touches, puis elle commença une mélodie
de Schubert. Quand la première note s'éleva
dans le petit salon, il y eut dans l'auditoire
un frisson magnétique, et Marthe sentit que
la petite fille tressaillait contre sa poitrine.
Cette voix était merveilleuse ; parfois elle
serrait le cœur d'un sentiment d'angoisse,
parfois elle amenait aux yeux des pleurs
calmes et doux ; mais toujours, ne se bornant
pas à caresser l'oreille, elle remuait une fi-
bre sensible ; et si un professeur exigeant
eût pu l'accuser d'un léger manque de sou-
plesse, les vrais amateurs, ceux qui font de
la musique un *art* plutôt qu'une *science,*
l'admiraient sans réserve, parce qu'elle les
émouvait, ce qui est la véritable pierre de
touche du talent.

Quand elle se leva au milieu des applau-
dissements, ce fut vers Florence que son regard se porta.

L'enfant se glissa de dessus les genoux de
Marthe et lui présenta timidement son front.

« Quoi ! » s'écria Miriam avec surprise, « tu
pleures, ma chérie !

— Cela fait du bien et du mal de vous
entendre, » répondit la singulière petite
fille..

La comtesse l'embrassa ; ses propres yeux
s'étaient mouillés de larmes, et, se retournant vers ses hôtes, elle rejeta fièrement en
arrière sa belle tête fine.

« Je déclare, » s'écria-t-elle, « que je n'ai
jamais entendu d'éloge plus flatteur ! »

Mme Marcelot se pencha à l'oreille du baron, et dit à demi-voix, mais assez haut pour
que Marthe distinguât ses paroles :

« Vraiment votre belle cousine eût été une
prima donna qu'elle ne chanterait pas plus
divinement ! »

Elle attachait sur lui un regard plein de
finesse et d'observation. Il la regarda aussi,
et se mit à rire en franc étourdi.

« Le croyez-vous ? » dit-il; « quant à moi, je déclare que je n'ai jamais rien pu savoir. »

XVIII.

« Voyons, Stumberg, décidons-nous à quelque chose ! » s'écriait quatre ou cinq jours après Otto de Redwitz en jetant plusieurs morceaux de sucre dans sa tasse de café, à la fin du déjeuner. « Chasserons-nous, oui ou non, le sanglier dans la forêt de Saint-Aubin ? Ce serait charmant ! Ces dames suivraient la chasse en voiture, on déjeunerait dans les ruines du château de la Hunaudaye, et dans ce joli pays, en compagnie de chasseurs expérimentés, la journée serait charmante. »

Le comte de Stumberg regarda sa femme.

« Cette petite aventure vous tente-t-elle, Miriam ? » demanda-t-il du ton le plus courtois.

Elle releva négligemment la tête.

« De quoi s'agit-il? » dit-elle avec une sorte de langueur.

« Mais, répondit Otto, d'une battue dans les bois de Saint-Aubin et de la Hunaudaye, où nous sommes allés l'autre jour voir les ruines du château des Rohan...

— Ah ! oui... M. Marcelot nous a dit, je crois, que ce château fut brûlé en 1794.

— C'est cela ! Eh bien, quelques-uns de ces messieurs ont organisé une chasse pour après-demain, et leurs femmes doivent les accompagner.

— Vous devenez singulièrement distraite, » fit observer M. de Stumberg, « car je vous en ai parlé il y a déjà plusieurs jours.

— Cela vous amuserait-il, Marthe ? » demanda Miriam.

« La promenade, beaucoup, » répondit celle-ci en souriant; « mais non la curée.

— Comme je partage votre répugnance à cet égard, nous pourrons nous dispenser de ce spectacle et entendre l'hallali à distance.

— Je dois donc comprendre que vous vous joindrez à nous? » dit le comte.

« Oui. A quelle heure faut-il partir?

— Oh ! de bon matin, ma cousine, » s'écria Otto; « la forêt est à huit lieues d'ici environ, et, comme la journée peut être laborieuse, il faudra déjeuner de bonne heure. Quel dommage que tu n'aies pas ta belle meute de là-bas, Stumberg! Nous ferons piètre figure avec nos deux ou trois chiens, et Jean en guise de piqueur. Comment diable ne t'es-tu pas arrangé pour chasser ici d'une manière convenable? »

Le comte plissa légèrement la lèvre.

« Parce que, dans ce pays, je ne saurais goûter les émotions ni le plaisir de la chasse, » dit-il. « Ah! parle-moi de nos forêts épaisses, ou, mieux encore, de nos montagnes du Tyrol, des *alpes*, où s'ouvre pour vous une hutte hospitalière, toujours bien munie de lait et de fromage, des ruisseaux écumeux où vient boire le chamois, des pics escarpés où l'on va le poursuivre, des bois où un sentier étroit est à peine tracé sous l'ombre des bouleaux, de la solitude qui vous enivre, des glaces éternelles qui se détachent, aiguës, sur le ciel foncé, des dangers qui rehaussent le prix du triomphe... Voilà les vraies, les seules chasses qui soient dignes d'un homme! »

Il s'était animé en parlant, chose rare chez

lui. Le regard de sa femme resta un moment attaché sur le sien.

« Certes, » s'écria Otto, « notre pays de montagnes offre à un chasseur plus d'occasions de déployer son adresse, sa patience, son audace, et j'aime assez ce que dit Karl de l'enivrement de la solitude, quoique, pour ma part, j'aie toujours préféré épier le daim ou le chamois en compagnie de joyeux vivants. Quant aux huttes des *sennerins* (cela veut dire quelque chose comme une bergère, mademoiselle Marthe), j'avoue que je n'y entre jamais qu'à regret, attendu qu'il y fume terriblement, et j'aime mieux les provisions réconfortantes de mon sac que leurs fromages ou leur *shmarn* qui nage dans l'huile ou le beurre fondu.

— Un *shmarn* a son prix quand on est affamé et qu'on s'est attardé sur une alpe à guetter sa proie, » dit en souriant M. de Stumberg. « Otto n'est pas un vrai Tyrolien; il répudie les mets nationaux et parle en enfant du siècle. Vous, Miriam, qui avez vu notre pays, ne comprenez-vous pas les impressions que je

viens de décrire ? Je sais que vous n'êtes pas
enthousiaste, ou du moins que vous cachez
avec soin vos sensations ; mais dites si le Tyrol
ne vous a pas semblé merveilleusement pittoresque et souverainement beau?

— Très beau, » répondit-elle avec quelque froideur ; « mais je suis arrivée à un état
d'esprit ou, si vous le voulez, à une période
de la vie où la nature inanimée n'excite en
moi qu'une admiration complètement dénuée
de transports. »

Le comte haussa légèrement les épaules, et
Marthe s'écria avec surprise :

« Quoi ! vous, si bien faite pour comprendre
les œuvres de Dieu, vous restez froide devant
les merveilles de sa création ? Un beau paysage
ne fait-il pas monter des larmes à vos yeux ?
Pouvez-vous vous lasser d'interroger l'horizon
immense où se noient dans une vapeur bleue
les montagnes, les masses des arbres, les clo-
chers élancés ?... »

Elle s'arrêta, confuse, en s'apercevant
qu'Otto l'applaudissait en riant.

« Bravo, mademoiselle ! Vous parlez en artiste ou en poète, et je voudrais vous voir devant cette nature tyrolienne que ma cousine traite de si haut.

— Vous êtes jeune, Marthe, » dit à son tour Mme de Stumberg; « les années amortiront ce beau feu d'enthousiasme.

— Mais vous êtes presque aussi jeune que moi! » s'écria vivement la jeune fille. « D'ailleurs, j'ai vu au couvent de vieilles religieuses qui pleuraient d'attendrissement devant une fleur ou un effet de soleil, et je sais que Raymond du Vaulquier, qui a bien des années de plus que nous, s'oublie pendant des heures entières devant la mer.

— La mer! Oh! elle peut encore m'émouvoir! » murmura Miriam, dont les yeux se remplirent de larmes; « mais c'est une vieille amie; j'ai été élevée sur ses bords, elle a bercé mes rêves et mes joies, Marthe...; une mer plus sauvage, cependant, plus implacable que celle-ci... »

Le comte de Stumberg repoussa bruyamment sa chaise et toussa avec impatience. La jeune femme se tut, non sans lui jeter un regard plein de fierté et d'amertume, et ne se mêla plus à la conversation, qui se poursuivit exclusivement entre Marthe et Otto, jusqu'à l'heure où les leçons de Florence réclamèrent la jeune institutrice.

Il s'occupait bien décidément de Marthe, ce jeune baron. Le comte de Stumberg était trop absorbé par ses études, trop froid et trop distrait pour accorder à ce fait une attention quelconque, ou même pour s'en apercevoir. Mais Miriam, avec son tact féminin, avait remarqué que son jeune parent était impatient et ennuyé pendant les heures que Marthe consacrait à Florence, et qu'au contraire, lorsqu'elle était présente, son entrain et son humeur folle ne connaissaient plus d'entraves. Il se plaisait à exciter cet enthousiasme de jeune fille, à voir briller son œil noir, à faire naître par ses récits une teinte plus rose sur ses joues, et à éveiller sa gaieté par les histoires et les réflexions les plus amusantes. Enfin, il lui témoignait, bien qu'avec mesure et dans la limite des convenances, une admiration qui, si elle ne se traduisait pas par des paroles, éclatait dans mille petites attentions dont aucune ne devait échapper à celle qui en était l'objet.

Quant à Marthe, il était assez difficile de deviner quelle était son opinion sur le baron de Redwitz. En pareille occurrence, la plus naïve des jeunes filles sait, si quelque motif secret l'y pousse, voiler aux indifférents le sentiment qui la domine. Cependant Mme de Stumberg crut s'apercevoir qu'elle n'éprouvait, dans ses rapports avec le baron, qu'une simple satisfaction d'amour-propre, et que si elle s'amusait de sa conversation spirituelle et enjouée, que si même elle entrevoyait la possibilité d'un mariage, sa vanité, son ambition, ou tout au moins le désir naturel de voir son sort assuré, étaient seuls en jeu en cette occasion.

La question était de savoir si M. de Redwitz songeait à l'épouser, ou si, se bornant à jouir de cette rencontre passagère, il comptait l'oublier et porter ses vœux ailleurs, lorsqu'il aurait quitté la maison de son parent.

Otto ne manquait pas d'excellentes qualités; mais en revanche, il avait de nombreux défauts : il aimait le luxe et était prodigue à l'excès. Passionné pour les distractions de toutes sortes, il n'avait rien de sérieux dans le

16.

caractère. Cependant, si ses goûts semblaient
exclure la possibilité d'une union avec une
personne sans fortune, sans position, sans un
nom aristocratique, c'était sur sa légèreté
même que Mme de Stumberg fondait la chance
de ce mariage; en effet, accoutumé à satisfaire tous ses caprices, ne connaissant l'obstacle que pour le vaincre ou l'écarter, incapable de songer à l'avenir et d'interroger sérieusement ses propres goûts, celle de ses passions
qui était momentanément la plus forte devait
l'emporter sur les autres.

Quelque disproportionné que semblât un tel
mariage, au moins sous le rapport de la fortune, Miriam avait des raisons personnelles
pour croire qu'il n'était pas impossible;
pourquoi, en effet, n'arriverait-il pas à Marthe ce qui lui était arrivé à elle-même? Marthe
n'avait pas de dot, mais ses relations de famille la rapprochaient d'Otto. Seulement, Mme
de Stumberg se demandait si le caractère de
son parent offrirait à la jeune fille des chances
de bonheur, et se prenait à regretter que
Raymond du Vaulquier n'eût jamais songé à
épouser sa cousine.

Elle résolut de veiller attentivement, et, si ses conjectures étaient fondées, c'est-à-dire si Marthe n'aimait pas le baron, de causer sérieusement avec M. du Vaulquier, et d'essayer de nouer entre eux un lien qui, pensait-elle, ne pouvait être qu'heureux et béni.

Le jour de la chasse arriva.

Le temps était terne, un peu couvert, mais chaud et calme, — une de ces matinées d'automne, moins brillantes, mais plus douces que les matinées de printemps, peut-être parce qu'elles cadrent avec ces sentiments mélancoliques qui, à mesure que nous avançons dans la vie, l'emportent dans notre cœur sur les idées joyeuses.

Dans le break, conduit par M. de Stumberg, montèrent les deux dames, vêtues de simples costumes de toile écrue, tandis qu'Otto accompagnait la voiture à cheval, suivi du domestique qui menait la jument alezane du comte.

Le pays qu'on traversait était beau, l'horizon étendu. Marthe jouissait de cette douce matinée, du mouvement rapide qui amenait à ses joues de belles couleurs, et aussi des remarques joyeuses que lui communiquait à

tout moment M. de Redwitz occupé d'elle
comme toujours.

Il était neuf heures du matin lorsqu'on arriva aux ruines. Les chasseurs s'y trouvaient
réunis avec deux jeunes femmes que connaissaient déjà Mme de Stumberg et Marthe, tandis
que les piqueurs, précédés des chiens dont on
entendait au loin les hurlements, cherchaient
à dépister le sanglier, dont les traces avaient
été reconnues peu de jours auparavant, et à le
rabattre sur un point moins éloigné du rendez-
vous de chasse.

Le château de la Hunaudaye, ancienne demeure des Rohan, détruit par le fanatisme ré-
volutionnaire, n'a conservé d'intact que ses
épaisses murailles et ses tours massives. Il
s'élève encore, majestueux, au milieu de la
forêt qui porte son nom, et qui lui fait un
abord grandiose. A l'intérieur, tout n'est plus
que ruines, et il faut l'entrain d'une joyeuse
partie pour ne pas y céder à l'impression mélancolique qu'inspire tout vestige du passé,
portant de plus l'empreinte de la plus cruelle
et de la plus honteuse époque de notre histoire.

Qui de nous, en visitant ces antiques castels,
n'a cherché à arracher aux pierres moussues,
muettes et mystérieuses, le secret de ce qui
n'est plus? Qui n'a repeuplé par l'imagination
ces vastes salles, dont le contour se devine à
peine au milieu des décombres? Qui n'a placé
une jeune et charmante châtelaine aux fenêtres ogivales, dont l'embrasure profonde servait à nos grand'mères de retraits et de *bou-
doirs,* et des chevaliers bardés de fer sur les
hauts donjons? Qui, enfin n'a cherché à tirer
de l'oubli les traditions effacées, les drames
terribles ou belliqueux, les scènes de joie et de
larmes qu'ont abrités ces murailles? Un sentiment de crainte et de tristesse nous saisit
devant ce passé dont témoignent les murs
écroulés et les cours désertes où l'herbe pousse
entre les débris : ce passé a été le présent, ce
passé a été l'avenir!... Et notre vie s'abîmera
ainsi dans « le torrent des âges, » heureux si
nous avons su la remplir de ces œuvres
qu'on retrouve dans l'éternité !

Mais ce jour-là la vieille enceinte retentis-
sait d'éclats de rire et de joyeux entretiens,
et Marthe elle-même, malgré la pente rêveuse

de son esprit de poète, se laissa gagner par la gaieté générale et par le charme rustique d'un déjeuner sur l'herbe.

On s'assit comme on put sur les pierres à demi couvertes de mousse, on déballa le contenu des paniers, on étala sur des serviettes blanches les pâtés aux larges flancs, les volailles dorées, les terrines de Strasbourg et les bouteilles vénérables, convenablement revêtues de toiles d'araignées. L'appétit était aiguisé par l'air du matin et par le trajet assez long qu'on venait de faire; les convives étaient jeunes, animés par la perspective d'une journée de chasse, et le baron Otto, plus fou, plus amusant que jamais, porta la gaieté à son comble par ses saillies originales.

Il y avait des moments où Marthe croyait rêver.

Était-elle bien cette timide pensionnaire qui, une année auparavant, ne connaissait du monde que l'intérieur d'un couvent, et pleurait de n'avoir point la vocation bénie qui l'y eût retenue pour sa vie entière? Était-ce bien elle qui, pendant un long hiver passé

sous un toit modeste, avait gémi de la mono-
tonie de son existence, et désespéré de connaître les plaisirs d'un monde qui semblait
devoir lui rester étranger? — Et maintenant
elle était transportée dans ce monde, plus
radieux encore qu'elle ne l'avait rêvé; pour
le moment, il est vrai, elle s'y trouvait dans
une position quelque peu fausse et inférieure,
mais elle avait déjà goûté le charme enivrant
des éloges prodigués au nom de son père,
elle avait entendu louer sa beauté, et l'a-
venir lui offrait une perspective enchantée,
car Miriam, aussi imprudente que généreuse,
lui avait promis de l'associer à ses plaisirs et
de lui montrer un coin brillant de cette scène
parisienne où, disait-elle, le nom de Desbarres assurerait à la fille du peintre un accueil sympathique et flatteur...

Qui pouvait dire ce que lui réservait la
destinée? Elle se faisait volontiers des illusions
brillantes sur le pouvoir et la fascination
de la beauté. Ne se voyait-elle pas déjà l'objet des hommages du baron Otto? Pourquoi ce
jeune homme, ou quelque autre, ne l'épouse-
rait-il pas?

On le voit, Marthe était bien jeune; mais
elle avait sous les yeux un dangereux exemple : en effet, elle avait deviné que le mariage du comte de Stumberg était une de ces
unions où la passion l'emporte sur la différence de fortune, peut-être de naissance...
Sans avoir la beauté frappante et vraiment
sculpturale de Miriam, n'était-elle pas, dans
un genre différent, aussi séduisante?

Le déjeuner était fini; les chasseurs impa-
tients s'élancèrent dans la direction où l'on
avait relevé les traces du sanglier. Otto resta
le dernier pour faire monter les dames en voiture, puis il courut rejoindre ses compagnons,
non sans adresser en particulier à la jeune
fille un salut à la fois respectueux et familier
qui fit battre son cœur d'un sentiment d'orgueil satisfait.

Les voitures s'engagèrent sous les voûtes
de verdure, laissant derrière elles les ruines,
rendues soudain à leur suprême tranquillité.
Peu à peu l'excitation des jeunes femmes
tomba; sous l'influence de la nature calme et
silencieuse, elles n'échangèrent plus que
quelques phrases brèves. De loin en loin les

aboiements des chiens se faisaient entendre, et le galop des chevaux sur le sol durci par la sécheresse était répercuté sous les arceaux de la forêt.

Une heure se passa, et les détours sinueux de la route amenèrent les voitures au bord d'un vaste étang, sur lequel se réfléchissaient les nuages légers qui passaient lentement sur le ciel d'un gris pâle.

Le bruit de la meute se rapprocha, contrastant par ses hurlements déchaînés avec le calme de ce lieu vraiment enchanteur.

Une des jeunes femmes se leva vivement.

« Ils viennent par ici ! » dit-elle avec un « peu d'effroi, les chevaux ne vont-ils pas s'effrayer ?

— Oh ! ne craignez rien, madame, » répondit le cocher ; « c'est l'effet d'un écho ; nous ne courons ici aucun risque. »

Mais presque aussitôt, comme pour donner un éclatant démenti à ces paroles, un énorme sanglier, bondissant d'entre les arbres avec de sourds râlements, traversa la route comme un éclair, presque sous les naseaux des chevaux, suivi de la meute hurlante, acharnée, et la

17

troupe des chasseurs, Otto en tête, apparut au détour du chemin.

Cette scène avait été instantanée; mais les chevaux des deux voitures s'étaient cabrés, surtout ceux du break où se trouvaient Marthe et Miriam, et leurs mouvements désordonnés, que le cocher ne pouvait plus contenir, les rapprochaient de l'étang. Un double cri partit des voitures et du groupe des chasseurs. Plus prompt que la pensée, Otto, éperonnant sa monture, s'élança au-devant du break, et, sautant à terre, il se suspendit aux naseaux des chevaux emportés, et les maintint avec assez de succès pour permettre à ses amis d'arriver et de s'en rendre maîtres.

Marthe et la comtesse descendirent, pâles et tremblantes, et, comme chacun les entourait, Otto s'approcha de la jeune fille.

« Vous n'avez eu aucun mal? » demanda-t-il d'un ton ému et sérieux qui contrastait avec ses manières habituelles.

« Non, grâce à vous, » répondit-elle encore tout effrayée.

« Ne savez-vous pas que j'aurais donné ma vie pour vous épargner même cette terreur? »

murmura-t-il, tandis que les joues de Marthe se couvraient d'une rougeur subite.

Puis il s'élança en selle.

« Allons, » dit-il gaiement, « il nous faut pourfendre le monstre qui a causé une si vive émotion à ces dames ! Partons-nous ?...

— Retournez aux ruines par la route la plus courte, » dit aux cochers le comte de Stumberg, encore très ému ; « ceci a été tout à fait inattendu, mais le même fait pourrait se reproduire. »

Les voitures s'acheminèrent vers le château, et les dames étaient encore sous le coup de leur terreur, lorsque de joyeuses fanfares, sonnant au loin l'hallali, leur apprirent que leur *ennemi* n'existait plus.

Elles remontèrent vivement en voiture. Dans un retrait touffu, qu'elles ne purent atteindre qu'en mettant pied à terre, le sanglier gisait sur l'herbe, tandis que la meute, tenue à distance, faisait retentir l'air de ses aboiements furieux. Les chasseurs s'élancèrent gaiement au-devant des jeunes femmes, les invitant à venir contempler le terrible animal, désormais inoffensif.

Le retour s'effectua à la tombée de la nuit. Les arbres projetaient sur la route leurs grandes silhouettes, et l'horizon se noyait dans une sombre vapeur.

Au milieu de ce silence de la nature, de cette majesté du soir, de ces poétiques chants d'oiseaux, Marthe restait insensible et distraite. Elle poursuivait un rêve d'ambition...

XIX.

« Il me semble, Raymond, que Marthe Desbarres nous néglige un peu, » disait à quelques jours de là M. du Vaulquier, tout en classant sa collection de médailles sur la table placée devant lui.

Raymond, qui, assis de l'autre côté de la cheminée, envoyait pensivement dans l'espace les bouffées bleues de son cigare, sembla sortir d'un rêve.

« Elle va partir bientôt, je crois? » dit à son tour Mlle Edmée.

« Oui, » répondit Raymond; « nous voici à la fin d'octobre, et les Stumberg vont retourner à Paris.

— Nous la reverrons l'année prochaine, » reprit M. du Vaulquier, en manière de consolation. « C'est une aimable personne, et je la regretterai, pour ma part. »

Raymond se leva brusquement et marcha vers la fenêtre.

L'air était transparent et calme. Son regard suivit quelques instants les feuilles jaunies qui, sans secousse, se détachaient mollement des arbres, et tombaient à terre sans qu'aucune brise les fît tourbillonner.

Tout à coup il tressaillit.

Sur le chemin, marchant rapidement, élégamment vêtue d'une toilette de couleur claire, Marthe s'avançait dans la direction de la Herrandière.

Raymond fit un mouvement pour aller au-devant d'elle, puis, se ravisant, il retourna à sa place.

Quelques instants après la porte s'ouvrait, et la jeune fille apparaissait sur le seuil.

M. et Mlle du Vaulquier poussèrent une exclamation de plaisir.

Marthe s'approcha en souriant, et déposa sur la table, parmi les vieilles médailles, le bouquet d'héliotropes qu'elle tenait à la main.

« Vous aimez les fleurs, n'est-ce pas, mon oncle? » dit-elle, tendant au vieillard sa petite main emprisonnée dans un gant de Suède. « Et j'ai aussi une commission pour vous, tante Edmée, » ajouta-t-elle, tirant de sa poche un porte-monnaie; « Mme de Stumberg m'a chargée de vous remettre ses aumônes de départ. »

Elle posa un billet de banque tout ouvert sur le rebord de la cheminée, et la vieille demoiselle rougit de plaisir.

« Ah! que cela tombe bien! » dit-elle. « Je pourrai acheter un matelas à la vieille Perrotte, un jupon à Marie-Ange, un bon fauteuil au père...

— Ainsi, Marthe, » dit M. du Vaulquier, interrompant cette énumération, » c'est une visite d'adieu que vous nous faites?

— Oui, mon oncle. Je vais demain à Guingamp, et mardi nous serons en route pour Paris. »

Raymond n'avait encore rien dit. Plus pâle que de coutume, les lèvres serrées, il attachait

un regard pénétrant sur le visage rose de la
jeune fille. Elle ne pouvait, elle, réprimer son
joyeux sourire, et ses yeux brillants disaient
tout le plaisir qu'elle se promettait de son
voyage.

Le front du jeune homme devenait plus
sombre à mesure qu'elle énumérait les projets de Mme de Stumberg : l'hiver passé à
Paris, un voyage à Nice en février; — peut-
être verrait-on à Rome les cérémonies de la
semaine sainte, et l'on reviendrait par le
Tyrol...

La visite fut courte. Comme Marthe prenait
congé de ses parents, M. du Vaulquier se
tourna vers son fils :

« Raymond, » dit-il, « fais donc passer
Marthe par le jardin, et tâche de lui trouver
un bouquet en échange de ses héliotropes. »

Raymond ouvrit silencieusement la porte
vitrée qui donnait de plain-pied sur un jardin à l'ancienne mode, où les fleurs bordaient
les carrés de légumes, et il fit passer la jeune
fille devant lui.

Le long de la grande allée s'épanouissaient

des dahlias, des géraniums, des asters et quelques roses tardives.

Se baissant çà et là pour cueillir une fleur, Raymond s'avançait sans rien dire à côté de Marthe, qui semblait légèrement embarrassée et contrainte.

Elle parla la première.

« Merci, Raymond, ce bouquet est assez gros; il faut que je rentre.

— Ne voulez-vous pas venir jusqu'à la tonnelle? » dit-il avec effort.

Et ils continuèrent leur promenade.

L'allée se terminait en effet par une large tonnelle qui, ouverte sur la campagne, dominait la haie de clôture et avait vue sur la mer, qui se trouvait à environ un quart d'heure de marche.

Un vrai paysage d'automne, calme et mélancolique, arrêtait quelques instants les yeux avant la grève blanche et la vaste étendue des eaux : — des champs dépouillés, des bouquets de bois teints de riches nuances cramoisies, un ciel pâle, que traversaient çà et là des vols d'oiseaux, et au delà, les vagues frangées d'écume, expirant sur le sable et battant le Verdelet.

Marthe s'assit, et, prenant les fleurs que lui tendait son cousin, elle commença à les arranger, tout en jetant un regard sur l'horizon qui s'étendait devant elle.

Tout à coup, dans ce silence, dans cette solitude, la voix de Raymond s'éleva, plus contenue qu'à l'ordinaire, et la fit tressaillir.

« Marthe, » dit-il, se penchant vers elle et attachant sur son visage ses grands yeux clairs, « savez-vous ce que c'est que de marcher vers un but qu'on désespère d'atteindre, et de courir volontairement au-devant d'une déception? »

Elle le regarda avec étonnement.

« Je ne sais ce que vous voulez dire, » balbutia-t-elle.

« Sans doute, » continua-t-il, « vous accuserez de folie l'homme qui, ayant au cœur un désir qu'il sait irréalisable, va de lui-même au-devant de l'anéantissement de son espérance? »

Elle éprouva une vague inquiétude, mais ne répondit pas.

17.

Raymond s'appuya contre le tronc du frêne pleureur qui, à lui seul, ombrageait la moitié de la tonnelle, et reprit d'une voix altérée :

« Marthe, je suis cet homme, cet insensé... Voulez-vous être ma femme ? »

Un cri étouffé s'échappa de la poitrine de la jeune fille.

Était-ce possible ? Avait-elle bien entendu ?...

Un sentiment ineffable de fierté fit battre son cœur : il lui sembla qu'elle était grandie à ses propres yeux : il l'aimait, elle qui se croyait l'objet de son antipathie ! C'était l'amour, un amour sérieux et fidèle qui avait inspiré ses conseils, sa conduite, ses paroles à Mme de Stumberg !...

Soudain, ce radieux soleil s'obscurcit... Ses yeux rencontrèrent les murailles sombres de la maison, la fenêtre où travaillait Mlle Edmée, la chambre où deux vieillards faibles et infirmes voyaient s'écouler leur triste vie... Pouvait-elle accepter une telle existence, alors que l'avenir lui souriait ? A son âge, devait-elle ensevelir sa beauté dans ce tombeau ? Échangerait-elle sa vie joyeuse pour ce rôle grave et austère?... Otto lui avait presque dit qu'il l'aimait. Des visions dorées passèrent devant son regard, et lui causèrent un éblouissement...

C'en était fait; dans son cœur, la cause de Raymond était perdue.

Il lut dans ses yeux candides, et reprit avec effort :

« Voulez-vous que je vous raconte mon histoire, Marthe? »

Elle garda le silence, se demandant avec effroi quand elle pourrait échapper à cette angoisse.

« Je ne serai pas long, » continua-t-il. « Je vous dirai seulement que des malheurs de famille m'ont forcé à devenir le soutien de mon père infirme et de mes neveux orphelins, et à abandonner pour eux une carrière que j'aimais, qui réalisait mes rêves, mais dans laquelle, malheureusement, loin de pouvoir espérer la fortune avant de longues années, j'aurais été pendant longtemps à la charge de mon père. J'en ai beaucoup souffert. J'ai essayé de me conduire en chrétien; mais la résignation qui nous courbe sous la volonté divine ne pétrifie pas ce cœur de chair, qui palpite toujours sous l'étreinte de la douleur, et j'ai souvent gémi de voir ma vie, mes aspirations, mes goûts, mes rêves, tout cela meurtri, emprisonné dans cette solitude, dans cette obscurité, dans cet isolement du milieu intellectuel que je n'ai entrevu que pour le regretter davantage.

— Je sais tout cela, » dit Marthe d'un ton de douce sympathie. « Jadis, Raymond, mon oncle m'a arraché des larmes sur votre sort, qui avait alors, plus le dévouement, quelque analogie avec le mien. »

Il la regarda longuement, et reprit :

« Toutes les douleurs s'usent, Marthe, et la première jeunesse, en s'envolant, emporte cette ardeur qu'elle met à toutes choses, même à souffrir. Les pointes aiguës s'émoussent, les blessures se cicatrisent, et je me suis résigné à ma vie ; mais il est un rêve auquel je n'ai pas coupé les ailes et qui m'a soutenu dans mes heures d'abattement : l'espoir d'avoir une famille... Marthe, je vous ai étudiée ; je sais que vous ne pourriez vous contenter de l'existence que j'ai à vous offrir, et

que vous ne voudriez pas vous astreindre aux
devoirs austères qui seraient votre lot sous ce
toit... D'autres que moi, pourtant, ont songé
à vous y attirer : le rêve de mon père était de
vous nommer sa fille; mais je m'étais promis
de ne pas tenter une démarche inutile. Je sais
que vous me refuserez, — je le sais comme je
sais que je vis, et cependant, au moment de
vous quitter, mon cœur insensé se rattache à
une dernière chance, et joue son seul espoir,
si sûr qu'il soit de le voir remplacé par un
chagrin ineffaçable... Il *faut* que je vous dise
que je vous ai aimée, Marthe, de cet amour
sérieux et profond qui peut remplir la vie
d'un homme, et que Dieu bénit d'en haut. Je
vous ai aimée, non pas parce que vous êtes
belle, aimable, spirituelle, mais parce que
vous êtes bonne, parce que mon âme sent
qu'elle touche la vôtre par des points intimes, et qu'elle peut aussi la soutenir dans la
voie qui aboutit à l'autre vie; enfin, parce
que je trouve en moi assez de tendresse pour
vous assurer, non-seulement une situation
honorable, bien que modeste, mais encore
le bonheur, le seul réel de ce monde, — la

paix dans une sainte et profonde affection !... »

Chacune de ces paroles avait torturé le
cœur de la jeune fille. Ah! elles y trouvaient un écho trop fidèle !...

Elle détourna obstinément son regard du
regard suppliant de Raymond, et le tint fixé
sur la maison, endurcissant son âme et se
répétant : « Il n'est pas seul... Dire oui,
c'est me vouer à la vie de ma tante Fanny...
En suis-je capable? Cet amour peut-il m'offrir assez de compensations pour tant de devoirs, pour tant d'ennuis? Non, c'est impossible! »

Elle rappela à sa mémoire le souvenir
d'Otto, comme un allié dans la lutte qu'elle
livrait contre elle-même. Mais elle rougit
profondément; il lui sembla entendre les
paroles de Mme Desbarres : « Tu te dois à toi-
même de ne jamais épouser un homme que
tu ne pourrais respecter et aimer. »

Pourrait-elle respecter ce joyeux étourdi, ce
fou d'Otto? — Pourrait-elle l'aimer?... Oh!
non.

Et cependant elle sacrifia à ce rêve ambitieux, à cette union hypothétique le cœur loyal et fidèle qui s'offrait à elle.

« Raymond, mon cher Raymond, » dit-elle d'une voix qui tremblait, « c'est impossible! N'en parlons plus; si vous avez réellement quelque affection pour moi, n'insistez pas... »

Une pâleur livide s'était répandue sur les traits du jeune homme.

« Un mot, Marthe, un seul! » dit-il, se tenant devant l'entrée de la tonnelle. « Je ne puis accepter votre arrêt sans plaider ma cause, sans vous demander...

— Par pitié, taisez-vous! « s'écria-t-elle, se tordant les mains avec un geste de désespoir... « Et laissez-moi m'en aller... Oh! laissez-moi m'en aller! » ajouta-t-elle en sanglotant du ton plaintif d'un enfant.

Il s'écarta pour la laisser passer, et ne dit plus une parole. Les fleurs étaient éparses sur le sol : elle les foula sans les voir, comme elle avait brisé le cœur de Raymond.

Il la reconduisit jusqu'à la grève, et s'inclina devant elle. S'éloignant sans se retourner, rapide, fiévreuse, elle regagna la Sapinière, monta dans sa chambre et s'enferma.

La haute glace lui renvoya un visage hagard, empreint d'une sorte de désespoir...

« Quelle vile créature je suis! » dit-elle
tout haut. « Et comme je suis lâche!... »

Le son de sa propre voix lui sembla changé
et la fit tressaillir. Elle s'assit près de la fenêtre et se mit à sangloter.

Lorsque, une demi-heure après, la cloche
du dîner la tira de sa sombre rêverie, la nuit
était venue, et un ciel brillamment éclairé
apparaissait entre les arbres.

Marthe baigna son front brûlant et ajouta à
sa coiffure un nœud de couleur vive, puis
elle descendit.

Sa gaieté fut fébrile et forcée ce soir-là;
mais Miriam elle-même ne put deviner ni
même soupçonner ce qui s'était passé.

Deux jours après, l'on partait... Marthe
avait été soumise à une dernière épreuve :
M. du Vaulquier était venu faire ses adieux à
la famille. Il était grave, mais calme; la jeune
fille mit machinalement sa main dans celle
qu'il lui tendait et détourna la tête.

Mme de Stumberg accompagna Raymond
jusqu'à la grille. Quand elle revint, elle

regarda longtemps le visage de Marthe, comme pour provoquer une confidence ou y lire son secret. La jeune fille resta muette et impénétrable, et Miriam soupira en reprenant avec elle une conversation banale.

XX.

« Madame prie mademoiselle Desbarres de vouloir bien aller la trouver dans sa chambre. »

Florence leva les yeux de dessus son livre, et regarda Marthe.

« Puis-je y aller avec vous? » demanda-t-elle.

« Sans doute; vous savez bien que Mme de Stumberg est toujours heureuse de vous avoir près d'elle. »

Miriam était debout sur le seuil de sa porte.

« Te voilà aussi, Florence? Eh bien, tu nous donneras ton avis. Vous savez, ma chère Marthe, que je vous emmène mercredi au bal donné à l'ambassade pour le prince N... Permettez-moi de vous offrir votre toilette. »

Tout en parlant, elle conduisit la jeune

fille vers sa causeuse, sur laquelle était
étendue, fraîche, légère, idéale comme un
tissu de fée, la plus ravissante robe de bal
qu'on pût imaginer.

Mme de Stumberg avait trop de tact pour
faire présent à Marthe d'une toilette luxueuse.
Un œil expérimenté aurait évalué très-haut le
prix de celle-ci, en y reconnaissant le cachet
d'une grande couturière; mais le tissu ni les
ornements ne pouvaient inquiéter la délicatesse de la jeune fille : c'était une robe de
simple tarlatane, d'un rose pâle et élégant,
relevée par quelques touffes de roses sans
feuillage. La coiffure et le bouquet, bien que
d'une extrême finesse, étaient également fort
simples, et aucun détail n'avait été oublié, ni
les longs gants blancs, ni l'éventail d'ivoire,
ni même les petits souliers de satin.

« Vous me comblez, » dit Marthe avec reconnaissance. « Quelle ravissante toilette !...
Mais ne serai-je pas déplacée au bal de l'ambassade ?

— Vous plaisantez, ma chère; vous ne sauriez l'être nulle part. Et toi, Florence, comment trouves-tu cette robe ? »

Pour toute réponse, la petite fille tendit son front à sa belle-mère, sans toutefois se départir de la réserve qui donnait aux rares caresses qu'elle lui accordait une sorte de gaucherie.

Le cœur de Marthe battait bien fort, le soir du bal, lorsqu'elle monta en voiture.

Depuis un mois, sa vie se passait dans une sorte d'enchântement : promenades dans Paris, théâtres, concerts, agréables réunions intimes, Miriam lui avait tout fait partager. Mais elle redoutait un peu son introduction officielle dans le monde. Malgré l'accueil gracieux qui lui avait été fait par les amis des Sturmberg, son tact naturel, aussi bien que sa conscience, lui disait que cette vie de plaisirs ne convenait pas à sa situation, et n'était en rapport ni avec sa mission austère d'institutrice, ni avec sa pieuse éducation. Un remords secret agitait son cœur, que venaient hanter deux fantômes : l'un était celui de la mère Saint-Paul. A son arrivée, Marthe était allée la voir ; mais elle s'était trouvée contrainte en face d'elle, et, en entendant ce langage chrétien, dont ses oreilles étaient dé-

saccoutumées, elle avait éprouvé un tel malaise qu'elle n'avait point renouvelé sa visite.

L'autre était l'image de Raymond.

Une voix intime lui disait qu'elle avait repoussé le bonheur ; et pourquoi ? Parce que,
près de l'homme loyal qui l'aimait, du chrétien sincère qui l'eût soutenue dans la voie
du bien, il y avait des devoirs peut-être en-
nuyeux, une vie obscure et modeste...

Le mot de la jeune fermière de Plouguerry lui revenait parfois à la mémoire :
« Nous sommes sur la terre pour nous donner de la peine... » Elle avait craint le travail, elle qui aspirait à la récompense ! — Et
qu'allait-il résulter de tout cela ? Otto, qu'elle
avait retrouvé à Paris, se montrait, il est vrai,
plus empressé que jamais ; il deviendrait
peut-être son mari, et certes c'était un charmant compagnon pour les heures de plaisir et
de joie. Mais Marthe n'ignorait pas que la vie
ne se compose pas de ces heures-là seulement ; elle savait qu'il y a des peines pour
toutes les créatures humaines ; et même dans
les moments où son âme s'élevait à des pensées sérieuses, elle sentait qu'Otto ne pourrait

jamais sympathiser avec elle, jamais la conprendre...

Et cependant elle se laissait aller au flot doré qui l'entraînait, tant il est vrai qu'alors même que nous raisonnons bien, nous agissons souvent d'une manière toute différente.

Quand Miriam et Marthe firent leur entrée dans les salons de l'ambassadeur, il y eut autour d'elles un murmure de surprise et d'admiration. Elles semblaient vraiment se faire valoir l'une l'autre. Mme de Stumberg, vêtue de satin blanc, couverte de splendides dentelles et de diamants éblouissants, avait autant de majesté et d'éclat que la jeune fille possédait de charme et de grâce.

« Quelle est donc cette jolie personne qu'on voit partout avec la comtesse de Stumberg?» demanda un jeune *attaché* à Mme Marcelot, qui avait la réputation de connaître tout le monde.

« C'est la gouvernante de sa belle-fille, » répondit-elle assez haut pour être entendue des personnes qui l'entouraient.

Peut-être la jalousie avait-elle sa part dans

ce mot, rendu méchant par la manière dont
il était prononcé, — cette jalousie qu'éprou-
vent parfois pour les femmes jeunes et belles
celles qui, ne l'étant plus, n'ont pas appris
à réduire ces dons futiles à leur juste valeur,
et placent dans les succès mondains l'idéal du
bonheur terrestre.

Toujours est-il que la réponse, commentée
avec plus ou moins de générosité, eut bientôt fait le tour des salons, et chacun s'em-
pressa de critiquer la comtesse et de blâmer
d'autant plus la présence de cette jeune fille
chez l'ambassadeur, que la réunion, quoique nombreuse, avait un cachet plus intime
qu'officiel.

Miriam avait dansé plusieurs fois; Marthe
restait à sa place, agitée, inquiète, sentant
vaguement la malveillance dans les regards
prolongés qu'on attachait sur elle. Elle ne savait plus quelle contenance garder; aussi
ressentit-elle un véritable soulagement en
voyant entrer Otto, fort en retard, selon sa
coutume.

Il fit rapidement le tour du grand salon où

elle se trouvait, saluant sur son passage les dames qu'il connaissait, et il arriva enfin devant Marthe.

« Je viens sans doute trop tard ? » s'écriat-il. « Avez-vous encore un quadrille pour moi ? »

La jeune fille rougit profondément.

« Mon carnet est tout blanc, » dit-elle avec amertume.

« Impossible ! La soirée est-elle donc si officielle qu'on ne danse pas ? Ou bien sommesnous transportés dans la brumeuse et formaliste Angleterre, et n'invite-t-on plus que les danseuses auxquelles on a été présenté ? »

L'orchestre se faisait entendre, et Marthe se leva, un peu consolée.

Il avait déjà dansé plusieurs fois avec elle, lorsqu'un de ses collègues, qui passait près de lui, lui prit familièrement le bras.

« Ah ! çà, mon cher, » dit-il, « sais-tu que tu es furieusement aimable pour l'institutrice de ta petite cousine ? »

Un trait de lumière pénétra l'esprit du baron Otto.

« L'institutrice de ma cousine, » répondit-il vivement, « tient aux plus anciennes familles de sa province ; et, en outre, elle est la fille d'un peintre de talent, que chacun eût été fier d'accueillir, s'il eût vécu, pour la présenter dans le monde parisien. »

Son enthousiasme était sans doute communicatif. Quelque temps après, Marthe se voyait l'objet de l'un de ces succès de salon, si capricieux et si souvent inexplicables, et son carnet ne suffisait plus à inscrire ses danseurs.

Quant à Otto, ses dispositions chevaleresques avaient été excitées par cette petite aventure, et comme Marthe le quittait pour remonter en voiture, les derniers mots qu'il murmura à son oreille furent une demande en mariage.

Cette nuit-là, Marthe ne dormit guère. Toutes les agitations auxquelles elle avait été en proie depuis plusieurs semaines lui revenaient à la mémoire. La soirée de l'ambassadeur, avec son tourbillon étincelant, ses flots de musique et de lumière, repassait devant ses yeux éblouis. Toutes les séductions de la richesse, toutes les jouissances qu'elle procure, se réunissaient pour là tenter fortement.

Et cependant elle ne put dire oui, même dans son esprit; au moment de prendre une résolution si grave, elle hésitait encore, et quand, le jour venu, elle se leva, fatiguée de cette longue insomnie, elle fut presque effrayée en voyant dans la glace une image pâle, aux traits altérés, aux yeux inquiets et rougis.

Quoiqu'elle ressentît un mal de tête violent, elle donna ses leçons à Florence comme à l'ordinaire. Un peu avant le déjeuner, Miriam entra dans sa chambre; elle interrompit le devoir commencé sous un prétexte quelconque, et envoya la petite fille auprès de son père; puis elle s'assit près de Marthe.

« Otto est là, » dit-elle gravement, « et il veut vous voir. »

La jeune fille devint encore plus pâle, et, détournant son regard de celui de la comtesse, elle murmura :

« Savez-vous pourquoi il vient, et ce qu'il m'a demandé ?

— Oui, je le sais, il vient de me le dire. Voulez-vous le voir? Pouvez-vous lui donner une réponse ? »

Marthe eut un air d'effroi.

« Oh! non, non! » s'écria-t-elle, « pas encore! Il faut que je réfléchisse; j'ai besoin de vous consulter, de consulter ma famille.

— Alors vous ne voulez pas lui parler?

— Oh! non, je vous en prie!

Miriam sortit, et revint quelques instants après.

« Je l'ai renvoyé à grand'peine, en disant que vous aviez la migraine; et, en effet, je crois que vous souffrez, ma chère, et que vous n'auriez pu le recevoir.

— Conseillez-moi, » dit Marthe d'un ton suppliant.

« Vous conseiller! Ce n'est pas facile, car je n'ai pas votre confiance, Marthe. Pourquoi avez-vous refusé M. du Vaulquier?

— Quoi! » dit-elle, « vous savez cela...

— Je l'ai su par lui-même. J'avais cru que vous et lui pourriez faire un heureux ménage. La veille de notre départ, je me suis décidée à en parler à votre cousin, et il m'a appris que le rêve que je formais il l'avait caressé lui-même, mais que vous lui aviez opposé un refus. »

Marthe se mit à sangloter.

« Je suis lâche, » dit-elle; « la vie calme et
austère de la Herrandière m'effrayait.

— Cela seulement? Si Raymond était à la
place d'Otto, hésiteriez-vous?

— Oh! ne m'interrogez pas ainsi! » s'écria
Marthe en joignant les mains avec angoisse;
« vous me torturez! »

A ce moment la cloche du déjeuner se fit
entendre, et Mme de Stumberg se leva. Son visage portait l'empreinte d'une vive agitation.

« Nous causerons plus tard, Marthe, » dit-
elle. Peut-être, en pesant les choses à nous deux,
parviendrons-nous à démêler ce qui doit vous
rendre heureuse. Vous viendrez me trouver
dans ma chambre quand Florence sera
sortie. »

Et elles passèrent ensemble dans la salle
à manger, où le comte et Florence les attendaient, le premier parcourant ses lettres et ses
journaux.

« Ma tante de Horn nous arrive ce soir à
cinq heures, ma chère, » dit-il après s'être
informé des nouvelles de sa femme et de
Marthe. « Je me suis permis, n'osant pas trou-

bler votre sommeil, de faire quelques invita-
tions pour le dîner; elle aimera à retrouver
deux ou trois amis allemands, et, voyageant
par petites étapes, elle ne sera pas fatiguée. »

Une vive contrariété se répandit sur le visage de la jeune femme.

« Votre tante devance donc son voyage de
Paris? » demanda-t-elle.

« Oui; mais qu'importe?

— Il importe beaucoup. Vous savez que
je dois être à Dunkerque le 11 novembre pour
l'anniversaire de la naissance de mon père,
qui coïncide avec la Saint-Martin. »

Le visage du comte prit cette expression
inflexible qui lui était particulière chaque fois
que Mme de Stumberg parlait de sa famille.

« Nous sommes au 10, » dit-il froidement;
« il est donc impossible que vous exécutiez
votre projet.

— Impossible? Nullement; je fais ce soir
les honneurs de votre dîner, et je pars demain
de grand matin pour être là-bas dans la journée. Votre tante excusera une absence de deux
jours.

— Vous vous trompez, elle ne l'excusera pas.

Je vous répète que la chose n'est pas possible ;
ainsi, ma chère, prenez-en votre parti. Ma
tante est très formaliste, et vous savez que
c'est la première fois qu'elle vient nous voir
depuis notre mariage... »

Il se tut, car les domestiques entraient à
ce moment, et la conversation reprit sur un
autre sujet. Miriam était très calme, et Marthe
ne crut pas devoir attacher à cet incident
une autre importance.

Dans la journée, elle resta chez elle, étendue sur un canapé et essayant de dormir,
autant pour oublier ses soucis que pour dissiper sa migraine. Miriam sortit en voiture
avec Florence, et ne rentra que vers cinq
heures. Son mari venait justement, lui dit-on,
de partir pour aller au-devant de Mme de
Horn.

Quand Marthe entra dans le salon, une
demi-heure plus tard, elle fut présentée à
une grande femme d'une soixantaine d'années,
enveloppée de fourrures et assise sur le canapé à côté de Mme de Stumberg. Celle-ci,
tout en gardant une dignité qui ne déplaisait
nullement à la parente de son mari, se mon-

trait aussi aimable, aussi séduisante qu'elle
savait l'être, et le comte constatait avec une
joie visible que la froideur occasionnée entre
sa tante et lui par son mariage, cédait enfin
au charme de cette sirène qui l'avait fait passer lui-même sur son orgueil de race et tous
ses vieux préjugés.

Il regarda l'heure.

« Je crois, Miriam, » dit-il, « qu'il est temps
de conduire ma tante à sa chambre et de vous
habiller; nos amis doivent être ici à sept
heures.

— Voulez-vous me permettre de vous montrer votre chambre? » dit Miriam, se levant
aussitôt.

« Volontiers, ma nièce. Si Florence veut bien
venir avec moi, elle déballera elle-même la
poupée que j'ai fait venir de Nuremberg à
son intention. »

Et, avec un frou-frou de soie épaisse, la
vieille dame, redressant sa taille majestueuse,
suivit la comtesse et son mari hors du salon.

Marthe demeura seule pendant quelque
temps. Un reste de mal de tête la rendait incapable de lire ou de travailler, et elle se ré-

fugia dans l'embrasure d'une fenêtre, où, à moitié cachée par les larges plis du rideau, elle appuya son front brûlant contre la vitre et ferma les yeux.

La porte s'ouvrit comme la pendule sonnait la demie de six heures, et Mme de Stumberg entra. Elle avait mis une robe de soie noire, très ample et très longue, mais très simple. Le corsage, garni d'un vieux point de Venise, était légèrement ouvert, et elle portait au cou une croix d'or tout unie, suspendue à un rang de perles d'un éclat et d'une grosseur remarquables.

« Êtes-vous là, Marthe? » dit-elle. « On n'y voit pas du tout, dans ce salon. »

Elle sonna et demanda d'autres lampes.

« Ne vous rapprochez-vous pas du feu? » reprit-elle, s'asseyant sur un siège bas.

« Non, je le fuis au contraire ; la tête me fait encore mal. »

Mme de Stumberg ne paraissait pas disposée à prolonger la conversation. Les yeux vaguement fixés sur les flammes qui se jouaient parmi les bûches entassées, elle ne leva pas même la tête quand son mari entra.

Celui-ci jeta un coup d'œil rapide sur la toilette qu'elle portait.

« Quelle robe avez-vous donc mise ? » s'é-cria-t-il d'un air contrarié. « Ma tante va nous arriver en velours nacarat ou en satin bouton d'or, je vous ai dit qu'elle aime la toilette, et vous vous habillez en soie noire, comme une bourgeoise endimanchée !

— Êtes-vous donc à ce point le courtisan de Mme de Horn? » demanda-elle d'un ton de mordante ironie. « Est-ce parce qu'elle a refusé de me voir pendant dix-huit mois, que je dois adopter toutes ses fantaisies?

— Je tiens à vous entourer de l'affection de ma famille, et à la bien disposer en votre faveur, Miriam, et c'est autant pour vous et pour moi que pour le monde, » répondit-il avec un calme un peu forcé.

« Eh bien, j'en suis fâchée, mais je ne changerai pas de robe ce soir. Je suis lasse, et la toilette m'excède !... Songez que je pars demain de grand matin ! »

Il se leva, comme mû par un ressort.

« C'est une plaisanterie, n'est-ce pas? s'é-cria-t-il d'un ton qui fit trembler Marthe.

« Vous ne voulez pas dire que vous allez à Dunkerque?

— Si, » répondit-elle froidement. « Je l'ai promis à mes parents, et assez souvent déjà mes projets ont été contrariés par vous.

— Vous ne mépriserez point mes prières, mes ordres, les égards dus à ma tante?...

— Quels grands mots! » dit-elle, haussant les épaules. « Si nous parlons d'égards, veuillez vous souvenir de ceux que je dois à mes parents.

— Vous les avez pourtant quittés avec assez d'empressement il y a dix-huit mois! » répliqua-t-il, martelant ses paroles avec une rage concentrée. « Vous aviez honte de leur situation, alors, et vous accueilliez avec enthousiasme le nom et la fortune qui s'offraient à vous. »

Elle poussa un cri de colère, mais bas et étouffé, et se leva à son tour.

Marthe, blême de terreur, n'osait sortir, car il eût fallu passer devant eux, et elle craignait tout ce qui eût ajouter à cette scène quelque chose de plus pénible encore.

.« Oui, » reprit Miriam, semblant braver

son mari dans l'exaltation de son courroux,
« oui, j'ai été folle, un jour en ma vie ! Mais je
suis aussi orgueilleuse que vous, et vous m'a-
vez abreuvée de vos dédains ; vous avez mé-
prisé ma famille, et votre égoïsme m'a appris
à apprécier sa tendresse. Oh ! je hais votre
maison, votre nom, et tout ce qui me vient de
vous !....»

Et, hors d'elle-même, elle saisit son collier
d'une main fiévreuse. Le fil se rompit, il
tomba à terre, et son petit pied, qui frappait
e tapis avec force, écrasa quelques-unes des
précieuses perles.

La colère du comte, plus longtemps con-
enue, était arrivée à son paroxysme.

« Malheureuse ! » balbutia-t-il d'une voix
étranglée, saisissant ses poignets et l'ébranlant
tout entière dans cette violente étreinte.

Mais elle, subitement rendue à la raison, le
regarda en face avec une expression de sar-
casme impossible à dépeindre.

« Nous ne sommes pas seuls, monsieur ! »
it-elle.

M. de Stumberg tressaillit, et promena au
tour de lui un regard terrifié.

Marthe, à demi évanouie, les mains jointes, était retombée sur sa chaise.

Il resta immobile, muet, plein de honte et de regret.

Avec un sang-froid inouï au sortir d'un tel accès de fureur, Miriam tira le cordon de la sonnette.

« Reine, » dit-elle tranquillement à la femme de chambre qui se présenta, « apportez-moi mon coffret à bijoux ; puis, vous tâcherez de retrouver les perles de mon collier, dont le fil s'est brisé. »

Reine obéit. Elle apporta à sa maîtresse un petit coffret en ébène, incrusté de filets de cuivre, et la comtesse le renversant sur ses genoux, chercha d'abord un large velours noir qu'elle attacha à son cou ; ensuite, prenant indistinctement plusieurs bracelets, elle s'avança vers son mari, silencieux et sombre.

« Karl, » dit-elle, lui tendant ses deux bras et rejetant d'un geste les dentelles de ses manches, « voulez-vous attacher mes bracelets, pendant que Reine cherche ces perles ? »

Elle le regardait en face ; il pâlit et comprit que c'était une vengeance. Sur les bras délicats qu'elle lui montrait impitoyablement, il vit les marques bleuâtres qu'y avaient imprimées ses doigts nerveux.

Réprimant un tressaillement, il attacha les bracelets.

« Encore ! » dit-elle d'une voix incisive ; encore, Karl ! Vous voyez bien qu'il en faut encore ! »

Et elle ajouta à voix basse :

« Ne comprenez-vous pas qu'il faut cacher ces meurtrissures ? »

Elle poussa un éclat de rire strident, en agitant ses dentelles sur cette étrange exhibition de bijoux : cercles d'or mat, serpents aux yeux d'émeraudes, cordons de perles, avec une profusion de médaillons pendant et s'entre-choquant avec un bruit sec.

A ce moment Mme de Horn entrait avec Flo.

« Je tâcherai de vous faire oublier ce qui s'est passé, » dit le comte, rapidement et à voix basse, « mais à la condition que vous m'obéirez. Je vous défends de partir demain ! »

Elle ne le regarda même pas, et s'avança au-devant de la vieille dame.

Jamais Marthe ne l'avait vue plus gaie, plus charmante que ce soir-là. Elle fit les honneurs du dîner avec une amabilité exquise, et mena la conversation avec un entrain éblouissant.

« Mon neveu, » murmura Mme de Horn à l'oreille du comte de Stumberg, « tu avais raison; ta femme est née comtesse, elle nous fait honneur! »

On se sépara fort tard; et Miriam, un instant après, entra dans la chambre de Marthe.

« Je vous ai accusée de manquer de confiance envers moi, » dit-elle; « mais vous pourriez me faire le même reproche, si le secret de ma vie n'avait regardé que moi. Aujourd'hui qu'un malheureux hasard vous a initiée aux orages de mon intérieur, je puis vous laisser lire ces petits cahiers, mon journal de jeune fille et de femme. Peut-être vous sera-t-il utile; peut-être y trouverez-vous le mot de votre vie... Bonsoir, Marthe, aimez-moi toujours et ne me jugez pas trop sévèrement... »

Elle embrassa la jeune fille avec effusion, et poussa la porte de la chambre de Florence.

L'enfant était paisiblement endormie, un bras replié sous sa tête, et la masse de ses cheveux blonds éparpillée sur l'oreiller garni de dentelles.

Elle s'agenouilla près du lit, et la regarda longuement, fixement.

Une seule fois elle tourna vers Marthe son œil sec, brillant, fiévreux.

« Si Florence m'avait aimée, » dit-elle avec une sorte d'égarement, « tout eût pu tourner autrement. Mais je ne lui suis pas seulement indifférente : elle éprouve pour moi une véritable répulsion... »

Elle effleura de ses lèvres brûlantes le front calme de l'enfant. Flo ne se réveilla pas, et Miriam reprit, sans regarder derrière elle, le chemin de sa chambre.

XXI.

Il semblait à Marthe que les émotions de la soirée eussent chassé à la fois sa migraine et le sommeil. Elle s'assit près du feu, et prit d'une main impatiente le paquet que lui avait apporté Miriam. Il contenait plusieurs petits

cahiers, très simplement et uniformément reliés, couverts d'une écriture à la fois fine et
ferme, et un album en maroquin, orné d'une
couronne de comtesse, dont quelques pages
seulement se trouvaient remplies.

Le caractère et les manières de Mme de
Stumberg avaient inspiré à la jeune fille un intérêt très vif ; elle n'en avait jamais bien
compris les anomalies, les contrastes, les bi-
zarreries ; aussi commença-t-elle immédiatement une lecture qui devait l'initier à la vie
intime de la comtesse, et peut-être contenir
pour elle-même un enseignement qui fixât ses
irrésolutions.

La première page datait du jour où Miriam
accomplissait sa seizième année. Je ne sais
quel besoin, ordinaire à la jeunesse, l'avait
poussée à confier au papier ses naïfs souvenirs
d'enfance et le trop plein de son âme fraîche
et neuve. C'était d'abord un bonheur sans
mélange, et son style plein de vie et d'originalité mettait en relief, d'une manière vraiment saisissante, un intérieur patriarcal et
des usages pittoresques.

Elle avait été élevée dans une humble bou-

tique de librairie et de papeterie au détail, pour
laquelle le mot même de *magasin* eût vraiment été trop prétentieux ; mais son père était
un savant.

Modeste, doux et patient, attaché de cœur
aux lieux où avaient vécu avant lui son père
et son aïeul, il était connu de tous les col-
lectionneurs et de tous les gens instruits
de la ville. Souvent, le soir, il y avait autour du comptoir une réunion d'hommes distingués, discutant un point d'histoire douteux,
un texte obscur ou une question d'archéolo-
gie, et écoutant avec déférence l'humble
érudit dont le jugement était si droit et si sûr.
Il s'était instruit à peu près seul, lentement,
patiemment, ne se laissant rebuter par aucune difficulté, consacrant à un travail aride
et ingrat les longues heures de la nuit; mais,
loin de nourrir chez lui un sentiment d'orgueil, sa science n'avait servi qu'à élever
son esprit dans une sphère idéale, et à le
rendre meilleur, plus indulgent pour autrui, plus sévère pour lui-même. Tout le
monde le connaissait et l'aimait. Il inter-
rompait sans murmurer ses travaux favoris,

non seulement pour rechercher dans ses
rayons noircis les éditions antiques, chères
aux amateurs, qu'il avait découvertes à
grand'peine, mais aussi pour vendre à un
jeune garçon du papier, un porte-plume, une
image d'Épinal. Il fallait le voir, alors, étalant
complaisamment les cahiers jaunes ou bleus,
les histoires illustrées de Cendrillon ou de
Peau-d'Ane, ne s'impatientant jamais des
longues indécisions de l'enfant, et le grati-
fiant souvent d'un don modeste, sous la forme
d'un crayon rouge ou d'une image supplé-
mentaire.

Ce caractère d'un autre siècle, vivant en
dehors du courant d'ambition qui, aujour-
d'hui, accompagne presque toujours le mé-
rite, se peignait d'une façon à la fois vive
et touchante dans le journal de Miriam. On
voyait quel respect, quel enthousiasme lui
inspirait le doux vieillard qui l'initiait à sa
science et se plaisait à lui enseigner le latin
et l'algèbre.

Il y avait aussi des lignes émues pour la
mère, une vraie ménagère flamande, paisible
et forte, dévouée et laborieuse. C'était la prose

de la maison. Mais quelle union dans ce ménage! Comme elle entourait de soins le savant insouciant de la vie! Comme, à son
tour, il lui montrait une affection respectueuse et tendre, comme il la consultait,
et quelle confiance il avait en son esprit
pratique!

Un vieux commis, qui était de temps im-
mémorial dans la maison, complétait ce tableau intime. C'était l'admiration incarnée;
il ne pouvait se consoler de ne pas voir connus
et exaltés les mérites de son maître, et quand
il entamait ce chapitre, Miriam ne se lassait
jamais de l'écouter. Il l'aimait comme sa fille,
ce bon Van Butten; il l'avait fait sauter sur
ses genoux, et jamais un anniversaire ne se
fêtait sans lui dans la maison. A force de
vivre aux côtés du vieux libraire, il avait,
lui aussi, recueilli quelques bribes de savoir,
et était devenu pour M. Bertaulx, un interlocuteur précieux autant qu'un ami fidèle.

Puis, avec le temps, on sentait poindre
dans les pages du journal un vague ennui.
Une ambition incertaine s'éveillait dans le
cœur de la jeune fille. Elle devenait de jour

en jour plus belle; quand elle allait entendre la musique dans le parc, ou que, la
ducasse revenue, elle passait devant les longues files de boutiques, elle remarquait les
regards qu'on lui jetait et recueillait les
louanges qui retentissaient à son oreille. Bientôt elle préféra le parc aux tranquilles promenades sur l'estacade solitaire, et bientôt
aussi elle commença à penser que, belle
comme elle l'était, elle pouvait viser à une
situation plus haute.

On pouvait suivre, page à page, cette tran-
sition presque imperceptible, mais rapide.
Les simples plaisirs, les relations modestes
de sa famille ne lui suffirent plus. Elle était
humiliée de travailler près du poêle de la
boutique et d'entendre résonner la clochette
des chalands.

Douée de remarquables instincts artistiques,
elle avait, à l'aide du vieil organiste de sa
paroisse, mélomane passionné, développé
sa voix puissante et étendue, et était arrivée à posséder un talent en harmonie avec le
timbre merveilleux qu'elle possédait. Une
élégance, une distinction innées se remar-

quaient dans toute sa personne. Elle le sentait, et s'irritait de son avenir borné, du cadre modeste où semblait devoir se dérouler sa vie.

Elle refusait invariablement les partis qui se présentaient pour elle, et sa mère, sage et prudente, s'inquiétait de cette humeur inégale, qui tantôt éclatait en une gaieté fébrile, tantôt se traduisait en un ennui invétéré et en une mélancolie profonde.

Elle avait vingt ans lorsque le comte de Stumberg la vit dans tout l'éclat de son étrange et rare beauté. C'était dans une chapelle où elle chantait un motet au salut du Saint-Sacrement.

Il devait repartir le soir même : il resta.

Elle le revit au parc quelques heures après. Il la regardait avec une admiration qui l'émut d'orgueil. Le lendemain, il apprenait son humble origine, et il quittait la ville pour fuir une tentation si contraire à son orgueil.

Mais l'image de la jeune fille le poursuivit partout. Ni ses voyages ni ses études ne purent l'en distraire ; toujours cette femme, fière et belle, douée d'une voix si admirable, hantait sa pensée et se glissait dans ses rêves d'avenir.

Il peut sembler invraisemblable qu'un homme très infatué de sa naissance, et très disposé à reconnaître la souveraineté de l'opinion du monde, commît, surtout à quarante ans, c'est-à-dire à l'âge où la raison semble en possession de tous ses droits, un acte qui, d'après ses théories, était simplement insensé. Mais combien d'exemples n'avons-nous pas vus de ces étranges contradictions de la vie humaine! Sous des dehors glacés, le comte de Stumberg cachait des passions extrêmement vives, et auxquelles il n'avait jamais été accoutumé à résister. Après une lutte d'une année entre l'orgueil et ce nouvel amour, il céda au sentiment qui s'était emparé de sa vie, et un soir, Miriam, pâle d'émotion, apprit qu'elle était demandée en mariage par un comte autrichien et par un jeune négociant qui l'aimait depuis plusieurs années, et qu'elle-même connaissait depuis son enfance.

Elle avait à peine parlé à M. de Stumberg, et elle l'avait vu seulement trois ou quatre

19.

fois dans la boutique de son père; cependant, elle n'hésita pas. Malgré les instances de sa mère et la tristesse de son père, malgré leurs représentations, en dépit des tableaux trop réels qu'ils lui faisaient de l'avenir, le jeune marchand fut éconduit, et le comte reçu dans la maison comme son futur époux.

Ce qu'il dut souffrir, lui, patricien habitué au luxe et aux usages d'un monde si différent, en se trouvant dans le petit parloir sablé de M. Bertaulx, serait impossible à décrire; mais il n'en laissa rien voir.

Profondément épris de sa fiancée, ravi de la trouver aussi instruite que belle, délicieusement surpris de voir briller dans un intérieur bourgeois cette fleur d'élégance suprême, il hâta les préparatifs du mariage, qui fut célébré sans pompe dans la modeste église de la Basse-Ville, au grand désappointement de Mme Bertaulx, qui eût voulu inviter le ban et l'arrière-ban de ses connaissances, et qui jugeait contraire à toutes les traditions de la Flandre hospitalière et joyeuse cette espèce de solitude et de mystère au pied de l'autel et autour de la table du déjeuner.

Miriam avait appuyé le désir du comte en cette occasion, mais elle souffrit un peu de ne voir assister à son mariage aucun des membres de sa nouvelle famille.

Le soir même elle partait, ivre de joie, trouvant à peine une larme pour les vieux parents qu'elle laissait derrière elle, avide de se jeter dans le tourbillon étincelant où sa beauté et sa fortune devaient la faire briller au-dessus de toutes les autres.

. . . .

Une lacune de plusieurs mois existait dans le journal. Interrompu sur ce cri de triomphe, il se rouvrait par quelques lignes mélancoliques.

Les premiers temps de son mariage avaient été heureux. Elle aimait son mari, qu'elle avait cependant épousé par ambition, et elle jouissait avec ivresse des plaisirs qu'il lui procurait.

Peu à peu, une pensée douloureuse pénétra son esprit comme un trait aigu; le comte n'avait pas cessé de lui porter une affection

vive et tendre, mais elle s'aperçut qu'il rou-
gissait de sa naissance, et qu'il écartait avec
soin tout ce qui pouvait rappeler son origine
et la situation de ses parents.

Il eût voulu au moins les voir quitter cette
boutique modeste, qui le choquait si profondément. M. Bertaulx répondit simplement que
l'oisiveté le tuerait, et qu'à son âge il ne
pouvait se résoudre à quitter la maison qui
l'avait vu naître.

De ce jour, le comte de Stumberg n'écrivit
plus, et Miriam, blessée à la fois dans son
orgueil et sa tendresse pour ses parents, se
laissa aller à une irritation d'autant plus vive
qu'elle aimait sincèrement son mari. Or, il
faut le dire, notre rancune n'est jamais plus
forte que quand elle s'adresse aux préférés
de notre cœur; ce que nous pardonnerions
aisément à des indifférents, parce que leurs
offenses ne nous atteignent pas, nous le res-
sentons péniblement de la part de nos amis.

Mme de Stumberg, en se voyant refuser
obstinément des concessions qu'elle réclamait
avec tant d'instance, douta de l'affection de

son mari, et sentit avec douleur qu'elle ne lui était pas assez chère pour triompher de sa vanité.

Alors commença dans ce ménage une lutte, sourde en général, mais éclatant parfois en scènes violentes. Profondément séparés sur un point qui tenait de si près au cœur de Miriam, ce mari et cette femme, qu'avaient portés l'un vers l'autre des motifs frivoles et l'estime exagérée de la beauté et de la fortune, virent se creuser entre eux un abîme réel. Le bonheur déserta le toit où étaient rassemblées toutes les jouissances du luxe et de la richesse. M. de Stumberg ne pouvait se résoudre à sacrifier l'opinion du monde à la paix intime de son foyer, et Miriam ne lui pardonnait pas la double injure faite à ses parents et à elle-même.

Une froideur constante régnait entre eux, et le cœur de la jeune femme, dans son besoin de tendresse, se reporta vers son enfance heureuse, et vers les parents dont l'amour, lui, n'eût pas reculé devant un sacrifice.

Dans la nuit soudaine où sombraient ses espérances joyeuses et ses brillantes illusions,

la lueur douce et vive du foyer paternel apparut de nouveau à ses yeux, et elle comprit,
mais trop tard, hélas ! que le bonheur ne se
trouve point dans l'éclat et les plaisirs.

Elle avait été élevée chrétiennement, mais
elle n'eut pas le courage de demander à la religion les consolations en échange desquelles il
eût fallu sacrifier son ressentiment envers son
mari, et sa vie s'écoulait ainsi, tantôt livrée
à une activité fébrile et à des distractions
bruyantes, tantôt s'éloignant de la foule pour
s'isoler dans sa secrète douleur.

. . . .

Marthe ferma l'album. Ses joues étaient
couvertes de larmes, et son regard s'attacha
distraitement sur le feu qui flambait devant
elle avec un pétillement joyeux.

Elle demeura longtemps ainsi, absorbée,
immobile, et elle releva la tête seulement
quand le timbre argentin de la pendule sonna
trois heures. Son front était brûlant, et elle
ouvrit la fenêtre.

Aussitôt un ciel plein d'étoiles vint s'y
encadrer, et, malgré le froid aigu qui frappait son visage, elle resta debout, admirant

ce calme suprême et ce spectacle grandiose. Ses souvenirs la ramenaient à un moment solennel de sa vie, celui où la mère Saint-Paul lui avait fait ses adieux... Par la petite fenêtre de sa cellule apparaissait cette même voûte étincelante, et, comme une vision de paix, Marthe revit la religieuse, majestueuse et recueillie sous sa longue robe blanche, dans le pauvre réduit où elle avait enseveli des bonheurs dont elle était lasse.

Les battements précipités de son cœur se calmèrent : elle avait soudain compris quel était son devoir. Peut-être en était-ce fait du bonheur de sa vie; peut-être les joies graves et pures qui lui avaient été offertes ne se présenteraient-elles plus devant elle. Mais que Raymond l'aimât encore ou qu'il eût abandonné à jamais la pensée de l'appeler sa femme, elle ne se vendrait pas, elle n'accepterait pas le nom d'Otto uniquement parce qu'il était riche et noble, alors qu'elle ne le respectait ni ne l'aimait.

Elle s'endormit paisiblement après une longue prière où elle retrouva la ferveur d'autrefois.

Quelque chose au fond du cœur lui disait que la bonté de Dieu avait peut-être attaché à l'accomplissement de son devoir le bonheur même de son existence, et qu'elle avait trouvé le *mot de sa vie*.

XXII.

Quand Marthe s'éveilla, il était près de huit heures. Elle s'habilla précipitamment, et, comme elle achevait, Reine entra, lui apportant son chocolat. Elle avait hâte de voir Miriam et de lui faire part de sa résolution; aussi demanda-t-elle avec empressement à la femme de chambre si sa maîtresse était éveillée.

« Éveillée? » répéta Reine avec surprise; « mais Madame est partie! Ne le saviez-vous pas, mademoiselle? » ajouta-t-elle, attachant sur la jeune fille un regard curieux.

Marthe, frappée de stupeur, essaya néanmoins de rester calme, et répondit avec effort :

« Je ne savais pas qu'elle dût prendre un train si matinal.

— Madame est venue m'éveiller elle-même, »
reprit la femme de chambre, « et elle m'a
ordonné d'aller lui chercher une voiture de
place. Elle m'a dit qu'elle ne voulait déranger
personne, surtout Monsieur, qui était fatigué,
et elle m'a donné un mot pour lui. Je pense
qu'elle reviendra dans peu de jours, car elle
n'a emporté qu'une petite valise.

— M. de Stumberg est-il levé ? » demanda
Marthe avec le plus de sang-froid qu'elle
put montrer.

« Je ne sais pas, mademoiselle ; Jean s'est
chargé de lui remettre la lettre de Madame. »

En proie à une vive émotion, la jeune fille
restée seule essaya de se rendre compte des
suites de ce brusque départ.

Comment Miriam avait-elle osé braver la
défense de son mari ? Quelque violentes
qu'eussent été la veille les manières du comte
de Stumberg, ne devait-elle pas respecter un
ordre si formel ? Par quelles scènes son retour ne serait-il pas accueilli ?...

Mais tout à coup elle frissonna, car une
pensée terrible venait de s'implanter dans
son cerveau, malgré ses efforts pour l'en

chasser. Si Miriam était partie pour ne plus
revenir!... Son adieu de la veille, son attitude
étrange devant le lit de Florence endormie,
les paroles énigmatiques qu'elle avait prononcées, tout cela revenait à la mémoire de
la jeune fille, et elle conçut une crainte terrible, douloureuse, insupportable : celle de
ne plus revoir la comtesse. Fière comme celle-
ci l'était, elle ne pardonnerait peut-être jamais
à son mari son emportement de la veille.
Il l'avait presque *maltraitée*... Quel mot!
S'effacerait-il jamais de sa pensée, à la fois
généreuse et vindicative?

Marthe attendit avec anxiété le moment où
elle verrait M. de Stumberg, désirant et redoutant à la fois une entrevue qui dissiperait
ou confirmerait ses craintes, et, dans l'état
d'esprit où elle se trouvait, elle ressentit une
espèce de soulagement en entendant la voix
de Florence qui l'appelait :

« Bonjour, mademoiselle Marthe ! Comme
il est tard! Je n'ai entendu aucun bruit. Mme de
Stumberg n'est donc pas venue dans ma
chambre ce matin? »

Marthe ne sut que répondre.

« Fait-il beau? » reprit l'enfant. J'espère
bien que la neige ne tombera pas aujourd'hui,
et que Mme de Stumberg pourra m'emmener
chez la couturière de ma poupée; elle m'a
promis de lui faire faire une toilette garnie
de fourrures. Où est-elle? Pourquoi ne vient-
elle pas? Dites-lui de préparer vite mon verre
d'huile de foie de morue. Hier, il était très bien
arrangé, et ces bonbons à la menthe qu'elle
m'a donnés ensuite ont tout à fait chassé ce
goût affreux.

— Voulez-vous que je vous habille? » dit
Marthe, essayant de détourner le cours des
idées de l'enfant, « ou bien appellerai-je
Smith?

— Oh! habillez-moi, je vous prie; seulement, il faudra que Mme de Stumberg ar-
range mes cheveux; ils sont très emmêlés ce
matin, et personne ne les peigne ·plus doucement qu'elle. »

Jamais, peut-être, Marthe n'avait aussi bien
compris quelle place tenait Miriam dans la
vie de cette petite fille, qui elle-même ne
s'en apercevait pas, et qui s'était accoutumée

à ses soins sans lui montrer d'expansion ni de reconnaissance.

Elle rassemblait en silence les vêtements de Florence, quand, la porte de la chambre de la comtesse s'ouvrant brusquement, M. de Stumberg se montra sur le seuil, pâle comme la mort, les dents serrées, et ses mains, qui qui tenaient une lettre, agitées d'un tremblement nerveux.

« Bonjour, père ! » s'écria Florence, se soulevant sur son oreiller. « Viens m'embrasser ! »

Mais il ne l'entendit pas, et, montrant à Marthe, d'un geste hagard, le papier qu'il tenait, il balbutia d'une voix rauque :

« L'avez-vous vue avant... son départ ?

— Non, » répondit la jeune fille tremblante.

Et comme effrayée du silence du comte et de l'air interrogateur de la petite fille, elle se hâta d'ajouter :

« Elle n'a emporté qu'une valise, je pense qu'elle sera ici après-demain soir.

— Vous avez été témoin de ce qui s'est passé hier, » dit-il, tandis que ses dents s'entre-choquaient. « Lisez ceci. »

Elle prit la lettre. C'était un court billet, aux lignes irrégulières, à l'écriture altérée. Il contenait ces mots :

« J'ai pu supporter beaucoup de choses, « parce que je sentais que, moi aussi, j'avais « des torts envers vous. Mais jamais je n'oublie- « rai qu'hier, devant une étrangère, vous « avez porté sur moi une main dont je vois « en ce moment sous mes yeux la brutale « empreinte. Vous n'êtes pas un *gentleman*. « Rien ne me retient plus sous un toit où j'ai « tant souffert, pas même l'enfant ingrate « que, cependant, mon cœur saigne de quit- « ter. Je ne vous demande rien, que le repos « et l'oubli chez mes parents que vous mé- « prisez... Je me sens devenir folle en pensant « que je quitte votre maison pour toujours, « et que nous aurions pu être heureux !... »

Marthe releva la tête, et ses yeux inondés de larmes rencontrèrent les yeux secs et fié- vreux du comte.

« Oui, » s'écria-t-elle avec chaleur, « elle était folle quand elle est partie ; mais atten- dez que son cœur et sa raison reprennent sur elle leur empire !...

— Elle aurait dû savoir, » dit lentement M. de Stumberg, sans lui répondre, « que j'ignorais votre présence dans le salon, hier. Mais eussè-je été seul avec elle dans les profondeurs d'un abîme, que jamais, non, jamais, si elle ne m'avait rendu insensé par sa propre violence, je n'aurais levé un doigt sur une femme!

— Laissez-moi lui écrire, » dit vivement Marthe; « je suis sûre...

— Non! » s'écria-t-il avec force. « Jamais, moi non plus, je ne pardonnerai ce départ, cette injure! Elle ne franchira plus mon seuil! »

Dans son égarement il avait oublié la présence de Florence. L'enfant était devenue horriblement pâle.

« C'est... c'est *elle* qui est partie? » dit-elle avec effort, fixant tour à tour sur son père et sur Marthe des yeux agrandis par l'angoisse.

Et comme elle ne recevait pas de réponse, M. de Stumberg et la jeune fille virent tout à coup ses traits se contracter d'une manière effrayante, et une écume rose monter à ses lèvres.

« Maman! » cria-t-elle d'une voix déchirante.

Et elle retomba sur son lit, en proie à d'affreuses convulsions, ses membres frêles tordus sous l'influence nerveuse.

Une sorte d'hébètement sembla s'emparer du malheureux père, tandis que Marthe, comme par miracle, recouvrait toute sa présence d'esprit. Elle sonna vivement, ordonna d'aller chercher un médecin, et essaya de faire revenir à elle la pauvre petite. Elle n'avait pas l'expérience des malades, mais un instinct heureux lui suggéra ce qui pouvait soulager l'enfant et remédier à la dangereuse tension des nerfs. Elle la plaça dans un bain, frictionna ses membres raidis, et vit enfin les mouvements convulsifs céder peu à peu, et l'œil devenir moins vitreux.

Une torpeur profonde succéda à cet état violent, et à ce moment, Marthe vit entrer Mme de Horn.

« Qu'y a-t-il ? » s'écria celle-ci, marchant vers le comte agenouillé, immobile, au pied du petit lit.

« Florence a été prise de convulsions nerveuses, » dit rapidement la jeune fille ; « mais la voici déjà mieux, et nous attendons le docteur.

— Et où est sa belle-mère? »

M. de Stumberg tressaillit et leva la tête.
Marthe lui jeta un regard suppliant, et s'em-
pressa de reprendre la parole.

« Elle sera ici demain, » dit-elle. « Rien
ne faisant prévoir ce triste événement, elle
est allée remplir une promesse faite à sa famille; elle m'avait chargée de l'excuser auprès
de vous pour cette absence de deux jours.

— Il est au moins singulier qu'on ne m'en
ait rien dit hier! Il faut lui expédier une dépêche télégraphique, » dit Mme de Horn,
s'asseyant près du lit.

Le comte de Stumberg agita les lèvres,
mais sans proférer aucun son.

« Sans doute, » répondit Marthe; « nous
attendons l'avis du médecin, pour ne pas
l'effrayer sans nécessité. »

Enfin il arriva, ce docteur si impatiemment
désiré. Qui de nous, hélas! n'a connu cette
anxieuse attente au chevet d'un être chéri, et
ce soulagement irraisonné qu'apporte la seule
présence du médecin?

Florence avait recouvré sa connaissance,
mais sa faiblesse était excessive; elle ne

pouvait parler et, ses grands yeux avaient une expression déchirante.

« Je ne m'explique pas ce mal subit, » dit le docteur après avoir entendu le récit de M. de Stumberg, à qui son arrivée avait soudain rendu son énergie. « S'il ne s'agissait pas d'une enfant, je l'attribuerais sans hésiter à une violente commotion morale, et je prescrirais le repos d'esprit comme le remède le plus sûr. Il lui faut, dans tous les cas, un calme et un silence absolus. Je reviendrai tantôt; je vais vous laisser une ordonnance que vous exécuterez minutieusement. »

Marthe se hâta de placer devant lui ce qu'il fallait pour écrire. Il traça rapidement quelques lignes, puis se disposa à sortir. M. de Stumberg le suivit, et Mme de Horn prit l'ordonnance.

« Voulez-vous que j'envoie chez le pharmacien? » dit-elle. « Ensuite nous nous remplacerons près de la chère petite. »

Marthe s'inclina en signe d'acquiescement; son cœur était gonflé, elle n'osait parler de peur d'éclater en sanglots, car elle avait deviné l'inquiétude dans l'examen prolongé

20

du docteur, et il avait parlé en termes vagues qui, au lieu de la rassurer, la glaçaient de terreur.

Elle s'assit près de l'enfant qui avait fermé les yeux, et prit sa petite main sans rien dire.

La portière se souleva; M. de Stumberg rentra dans la chambre, plus sombre que jamais, le front plissé par l'effort d'une violente lutte intérieure, et, s'approchant de sa fille, il se pencha sur son petit visage pâle et anxieux.

« Tu veux la revoir? » dit-il tout bas.

Le regard de l'enfant s'illumina d'un feu étrange, et ses lèvres balbutièrent un oui étouffé.

« Il faut que Marthe aille la chercher... Toi, reste; mais que Marthe la ramène, oh! qu'elle la ramène!... »

Il fut seul à entendre cette prière touchante; mais, après avoir embrassé Florence, il se tourna vers Marthe, qui s'était éloignée pour lui faire place près du lit.

« Vous êtes pour nous une amie, » dit-il d'un ton grave et ému. « Allez la chercher, et que votre cœur vous inspire! »

Et, baissant la voix, il ajouta :

« Le danger n'est pas imminent, mais il est réel. Une seconde crise pourrait l'enlever, et une nouvelle émotion provoquerait cette crise. Miriam est nécessaire ici. Je ne puis espérer qu'un télégramme froid et bref triomphe de sa résistance. Il est des choses, d'ailleurs, qu'on ne livre point à la connaissance des étrangers. Il *faut* la ramener, et il *faut* aussi que ce soit pour toujours. Il y a désormais entre ma fille et elle un lien auquel tient la vie même de Florence! »

Marthe consulta vivement un indicateur, puis embrassa la petite fille avec effusion.

« A demain », dit-elle. « Il faut que je parte tout de suite, mais je ne reviendrai pas seule, ma chérie.

— Dites-lui que je ne serai plus méchante, et qu'elle pourra m'appeler Flo, » murmura la petite voix faible de l'enfant.

« Je lui dirai que vous l'aimez et que vous voulez la voir, » répondit la jeune fille, s'efforçant de lui sourire.

Comme elle sortait de la chambre, on vint la prévenir qu'Otto la demandait.

Si absorbé par son chagrin que fût le comte, il ne put retenir un mouvement de surprise.

Marthe se tourna vers lui.

« L'heure me presse, » dit-elle d'une voix grave, « je dois partir sans retard. Voulez-vous voir pour moi M. de Redwitz? Il vient chercher la réponse à une demande en mariage qu'il m'a adressée, et dont Mme de Stumberg était instruite. Je suis touchée de son désintéressement, et je le remercie de sa recherche, mais je ne puis être sa femme. »

Et, ayant ainsi scellé sa résolution, elle fit en hâte ses préparatifs, d'ailleurs fort sommaires, et monta en voiture pour se rendre à la gare du Nord.

L'hiver était venu de bonne heure, cette année-là, et le temps était froid par cette matinée de novembre, quoique le soleil éclairât de ses rayons le manteau de neige sous lequel disparaissait Paris. Les toits des maisons, les tours et les dômes des églises tranchaient sur l'azur du ciel par la blancheur éclatante de leur revêtement glacé, qui contrastait lui-même avec la neige souillée sur laquelle les voitures roulaient moins bruyamment, et que des armées de balayeurs s'empressaient d'enlever de la chaussée.

Quoique ce soleil d'hiver fût trompeur et qu'il répandît plus d'éclat que de chaleur, les passants saluaient gaiement son apparition et marchaient d'un pas vif. Les trottoirs des boulevards et des rues commerçantes étaient déjà encombrés de piétons, les omnibus et les voitures se croisaient en tous sens; les commis des boutiques, soufflant dans leurs doigts, venaient sur le seuil pour faire enlever la croûte de glace ou la buée épaisse qui se reformait sur les vitres, et de temps en temps, si un passant apercevait une figure de connaissance, il s'écriait joyeusement : « Un bon temps pour la marche, si la neige ne reprend pas cette nuit! »

Serrant autour d'elle son épais manteau, Marthe regardait machinalement le rapide panorama qui se déployait à ses côtés pour disparaître encore plus vite. Mais sa pensée inquiète était loin de cette scène de vie et d'activité ; elle errait du lit de l'enfant malade

20.

à cette maison inconnue où elle allait se présenter en messagère de paix et de conciliation. Dans quel état retrouverait-elle Florence? Sa constitution débile se relèverait-elle jamais du choc qu'elle avait reçu? — Et, d'autre part, comment elle-même serait-elle accueillie par Miriam? Celle-ci accepterait-elle saŋs incrédulité ce récit étrange? Céderait-elle à la prière de l'enfant hautaine qui avait, jusque-là, lutté contre la pente de son cœur, et repoussé l'affection si tendre de sa belle-mère? Pardonnerait-elle à son mari ce moment de violence, cette injure infligée devant une étrangère, et consentirait-elle à rentrer dans ce logis où, derrière un masque trompeur, elle avait versé tant de larmes amères? Ses parents, justement blessés des dédains de leur gendre, n'épouseraient-ils point les griefs de leur fille, et n'essayeraient-ils point de garder auprès d'eux celle qui était leur joie et leur consolation?

Pour se rassurer, Marthe rappelait à sa mémoire l'abnégation et l'étrange douceur dont Miriam ne s'était jamais départie envers la fille de son mari.

Le danger où se trouvait Florence la ramènerait à son chevet; mais pour combien de temps? Quel espoir fonder sur cette trêve, en admettant qu'elle s'établît? Quel avenir pouvait exister pour ce ménage, où luttaient des passions identiques et également vives? Lequel des deux ferait les concessions nécessaires à la paix?

Et ainsi, quelques efforts que fît la jeune fille pour calmer son angoisse et accueillir l'espérance, elle retombait toujours dans ce terrible inconnu qui l'effrayait pour la frêle petite créature qu'elle aimait, pour la femme affectueuse et attachante à qui elle avait donné le nom d'amie et dont elle désirait le bonheur, pour elle-même enfin, qui, si sa mission échouait, allait se trouver forcée de quitter une demeure qu'elle avait appris à considérer comme la sienne.

La voiture s'arrêta, et Marthe courut au guichet où l'on délivrait les billets. Il était temps, et si elle eût eu des bagages à faire enregistrer, elle eût certainement manqué le train.

Peu d'instants après elle était installée

dans un wagon de première classe, où, brisée de fatigue et d'émotions, elle s'endormit avec cette heureuse facilité qui est un des privilèges de la jeunesse, et qui suspend ses chagrins, plus vifs, sinon plus durables, qu'à tout autre âge de la vie.

XXIII.

Il était près de dix heures du soir quand Marthe arriva enfin au terme de son voyage, après une longue et pénible journée que son impatience et son angoisse lui avaient fait trouver interminable.

Un brillant clair de lune répandait une lumière vive et fantastique, prêtant une nouvelle beauté à ce poétique manteau de neige, jeté sur la campagne et sur la ville. Le froid était aigu, mais Marthe ne le sentait pas; son cœur battait avec violence, son sang circulait rapidement, et il lui semblait qu'elle vivait d'une vie étrange, tenant plus du rêve que de la réalité.

Les voyageurs se hâtaient de descendre des voitures, et les exclamations joyeuses des pa-

rents et des amis qui attendaient la plupart
d'entre eux formaient un contraste saisissant
avec l'isolement de la jeune fille dans cette
ville inconnue. Elle se dirigea vers la sortie
et chercha une voiture. Les conducteurs des
omnibus s'empressaient sur son passage en
offres obligeantes, mais elle aperçut un coupé
de louage, et tendit au cocher la carte que lui
avait remise le comte de Stumberg.

« Chez M. Bertaulx? — C'est bon ; montez,
madame. »

Le cheval prit une allure tranquille, et Marthe, baissant la glace pour rafraîchir son visage enflammé , essaya de calmer son anxiété
en regardant le chemin qu'elle suivait.

Les rues étaient en général larges et propres, bordées de maisons peu élevées. Comme
on pénétrait dans les quartiers plus fréquen-
tés, la jeune fille vit avec étonnement qu'une
foule joyeuse et bruyante parcourait la ville ;
une multitude de petites lumières se croisaient
dans tous les sens, et elle reconnut qu'elles
provenaient de lanternes, en papier de couleur pour la plupart, portées par des enfants.
Chaque fois qu'une bande nombreuse passait

près de la voiture, ses oreilles étaient frappées d'un refrain répété en chœur, et d'ailleurs fort peu musical, où elle distinguait le nom de saint Martin. Malgré le froid et l'heure avancée, les enfants poussaient de frais éclats de rire, et ne paraissaient nullement disposés au sommeil : les uns emmitouflés dans de chaudes fourrures, d'autres modestement ou même pauvrement vêtus. Les plus indigents, ceux qui n'avaient pu faire les frais de ces brillantes lanternes, avaient creusé une carotte gigantesque ou un navet monstre, hissé au haut d'un bâton et contenant un lumignon, et les propriétaires de ce singulier mode d'éclairage n'étaient pas les moins joyeux. Des marchandes de *couques* et de *croque-en-bouche* remplissaient les rues et semblaient avoir un succès prodigieux auprès de cette jeune clientèle.

Marthe se pencha à la portière.

« Qu'est-ce donc qu'on célèbre aujourd'hui ? » demanda-t-elle.

« C'est la Saint-Martin, » répondit le cocher.

Et malgré sa préoccupation, elle ne put

s'empêcher de regarder avec un vif intérêt cette population flamande, si placide d'ordinaire, mais si folle et si bruyante en ses fêtes, si fidèle à ses traditions, si passionnée pour ses réjouissances.

En effet, les villes méridionales pourraient seules offrir un entrain plus grand en ces occasions, et dépasser l'ardeur des Flamands pour les plaisirs populaires ou les mascarades. Le carnaval venu, les jeunes mères revêtent d'un déguisement jusqu'à leurs enfants au maillot, et maint homme grave, pris d'une sorte de délire, parcourt les rues sous un costume excentrique. Toutes les autres fêtes, soit religieuses, soit profanes, portent l'empreinte d'une imagination et participent d'une expansion qui sembleraient tout d'abord manquer à cette race, si paisible et si flegmatique.

Mais le bruit s'éloigne et les lanternes deviennent plus rares. La voiture s'engage dans des rues désertes, où le joyeux écho ne résonne plus qu'à de longs intervalles, et de plus en plus affaibli. La belle et tranquille lumière de la lune éclaire un quartier étrange :

on dirait la campagne, succédant au mouvement d'une cité. Voici des arbres dont les
branches chargées de givre étincellent sous
un rayon argenté, une petite église presque
champêtre, des corderies, des maisons à l'aspect rustique, et un horizon plat, sur lequel
s'élèvent les silhouettes bizarres et immobiles des grands moulins à vent. C'est la Basse-
Ville.

La voiture prend une petite rue étroite, silencieuse et solitaire, et s'arrête devant une
maison basse et exiguë, dont la façade est
presque entièrement occupée par une modeste boutique faiblement éclairée, et aux vitres de laquelle s'étalent des livres, des
images aux couleurs rubescentes, des porte-
plumes argentés et des bâtons de cire rouge
ou verte.

Marthe descend, pouvant à peine se soutenir, tant son émotion est vive, tant elle
sent que des intérêts sérieux, poignants,
sont attachés aux paroles de ses lèvres, à
l'inspiration de son cœur. Elle paie la voiture, qui s'éloigne aussitôt, et dont le rou-

lement devient de plus en plus sourd, et reste tremblante, indécise, devant la porte de la boutique.

Bien des fois, dans le cours de la journée, elle a cherché à se représenter son arrivée dans cette maison, et à préparer le discours qu'elle doit tenir. Elle a aussi relu et médité le journal de Miriam, et elle reconnaît presque le petit magasin, la vieille maison, la rue étroite.

Elle regarde entre les rayons de la devanture. Une lampe à vaste abat-jour est posée sur le comptoir, éclairant imparfaitement un groupe de quatre personnes, — un vieillard à la longue chevelure blanche, au teint vermeil, au front tranquille, fumant sa pipe et souriant d'un bon sourire, un homme un peu plus jeune, aux traits bizarres et heurtés, mais largement épanouis par une expression d'admiration et de plaisir, une femme au visage placide, dont les cheveux grisonnants sont couverts d'un bonnet de mousseline, et près d'elle... Oh! Marthe ne voit que sa taille penchée sur un livre, et son cou blanc et flexible; mais elle ne peut se méprendre aux

21

lourdes boucles qui tombent comme de l'or sur sa robe de cachemire gris... C'est Miriam; et le cœur de la jeune fille se met à battre plus fort encore.

Entrera-t-elle? Tournera-t-elle ce bouton de cuivre que ses doigts effleurent? Interrompra-t-elle la lecture dont quelques fragments lui arrivent, portés par cette voix pure et harmonieuse qui résonne comme une musique aux oreilles de ces vieillards?... Tout son courage lui manque, et, poussée par un mouvement instinctif, elle s'éloigne de quelques pas, et soulève le marteau de la porte d'entrée voisine...

Il retombe avec un bruit sec qui retentit jusqu'au fond de son âme. Quelques instants s'écoulent, puis un pas se fait entendre dans l'allée, et la porte s'ouvre, laissant voir une femme de haute taille, dont la figure bénigne, mais non sans beauté, est entourée comme d'une auréole des tuyaux de son bonnet. C'est celle que Marthe a vue auprès de Miriam, celle que lui ont rendue presque familière les écrits de la jeune femme, c'est Mᵐᵉ Bertaulx elle-même.

La surprise se peint sur ce bon visage honnête qui attire la confiance. Quelque chose comme un soupir de soulagement s'échappe de la poitrine de Marthe.

« Je suis l'institutrice de Florence de Stumberg, » dit-elle, « et je viens chercher votre fille, car l'enfant est très malade.

— Seigneur!... » balbutia Mme Bertaulx, projetant sur la jeune fille la lumière de sa bougie, « Entrez ici, » ajouta-t-elle vivement, il faut d'abord que je vous parle. »

Elle poussa la porte d'une cuisine, véritable miracle de propreté flamande, où les ustensiles de cuivre étincelèrent dans l'ombre, et, en vraie ménagère qui passait dans cette pièce des heures longues, mais nullement désagréables, elle ne songea même pas à s'excuser d'y introduire sa visiteuse inattendue. Il y avait un fauteuil dans l'embrasure de la fenêtre; elle le poussa près de la cheminée où une lourde bouilloire chantait près d'un feu brillant, et fit signe à Marthe de s'asseoir.

« Qui est là, Catherine? » dit à travers le corridor la voix de M. Bertaulx.

« C'est quelqu'un pour moi, père; ne t'inquiète pas, je vais revenir.

— Quelque pauvre, » murmura-t-il. » Continue, Miriam. »

Et la voix de la jeune femme se fit de nouveau entendre; mais Mme Bertaulx ferma la porte. Son œil calme et pénétrant se fixa pendant quelques instants sur la nouvelle venue.

« Je ne voulais pas vous voir parler à Miriam devant le père, » dit-elle. « Maintenant, répondez-moi : qui vous envoie?

— M. de Stumberg. »

Un nuage obscurcit le front tranquille de la vieille dame.

« Il n'a donc pas eu l'idée de venir lui-même chercher sa femme? » dit-elle.

« Je vous le répète, Florence est très mal. »

Le regard de Mme Bertaulx exprima une soudaine compassion.

« Seigneur mon Dieu! que va-t-elle faire? s'écria-t-elle d'un ton d'angoisse. « Savez-vous ce qui s'est passé entre eux et dans quelle résolution ma fille a quitté sa maison?

— Je sais tout, » répondit Marthe; « mais

je la supplierai de revenir. Son mari est fou de chagrin, et Florence se meurt de ne plus la voir. »

Une expression de doute se peignit sur le visage de la mère.

« Elle ne croira jamais cela, » dit-elle, hochant la tête. « L'enfant ne l'aime pas. Depuis son arrivée, je la supplie de retourner près de son mari, et, s'il le faut, d'implorer son pardon. Quand on a fait un serment devant l'autel, ce n'est pas seulement pour les jours heureux. Je lui ai dit qu'elle brisait sa vie et qu'elle brisait nos cœurs, car nous sommes la cause innocente de tous ces dissentiments et de cette rupture. Mais nos prières ne peuvent rien sur elle. Elle est arrivée presque folle, son mari a été violent envers elle.... J'ai vu des marques bleues sur ses pauvres bras... »

Elle s'arrêta un instant; une larme roula sur sa joue, puis elle reprit avec calme :

« Elle ne veut pas lui pardonner. Elle ne fera pas d'éclat, » dit-elle, « mais elle ne nous quittera plus. Seigneur! notre fille sé-

parée de son mari!... Heureusement le père
n'était pas là quand elle est arrivée ; j'ai obtenu qu'elle ne lui annoncerait pas encore
une détermination qui peut le faire mourir
de chagrin. Que dira ce pauvre vieillard en
la voyant abandonner sa maison et son devoir?... »

L'honnête et dévouée créature essuya ses
yeux, et reprit :

« Voyez-vous, je savais qu'elle ne serait
pas heureuse ; elle ne m'a pas écoutée. Mais
maintenant c'est fini, elle est mariée, et peut-
être que si elle voulait nous sacrifier, la paix
reviendrait dans son ménage. Ce serait assez
pour nous de la savoir aimée et de la voir de
loin en loin. Quelquefois le père me dit :
« C'est dur, sais-tu, de ne pas recevoir notre
« gendre à notre table, et de n'être jamais
« entrés dans la maison de notre fille pour
« bénir son foyer! » Mais je lui réponds : »,
« Qu'importe? Avons nous vécu autrement
« que pour elle? Est-ce aujourd'hui que nous
« commencerons à songer à nous? »

Marthe pleurait. Tant d'abnégation jointe

à tant de simplicité lui allait au cœur. Elle embrassa avec effusion l'excellente femme.

« Il faut que je lui parle, » dit-elle; « priez Dieu qu'il m'inspire.

— Prions ensemble, » répondit la mère. « Disons un *Ave Maria* pour que ma fille se conduise en chrétienne. »

Et, s'agenouillant sur les dalles de la cuisine, elle récita d'une voix fervente la courte prière, à laquelle Marthe s'unit du fond du cœur.

Ensuite elle ouvrit la porte intérieure du magasin.

« Miriam, » dit-elle, « une visite pour toi. »

La jeune femme s'était retournée vivement. A la vue de Marthe, un monde d'émotions se révéla sur son visage expressif; mais aussitôt il prit quelque chose d'inflexible, comme si elle se fût préparée à une résistance obstinée.

Marthe, pâle comme une morte, s'approcha d'elle. Elle avait longuement songé à ce moment; mais, à présent qu'il était venu, elle oubliait tous les discours qu'elle avait préparés.

Elle tendit à Mme de Stumberg une main qui tremblait : .

« Florence est malade, » dit-elle, « et elle vous demande. »

Miriam tressaillit violemment et se leva toute droite.

« Mon Dieu !... » balbutia-t-elle d'une voix étouffée.

Et, se tournant vers son père, elle reprit avec agitation :

« Quand puis-je partir? Y a-t-il un train cette nuit? »

Tout était oublié dans ce sentiment d'étrange abnégation. Il n'y eut pas un combat en elle. Florence la demandait, et elle obéissait à son appel, sans même songer qu'elle lui sacrifiait son ressentiment.

La mère chrétienne et dévouée murmura une silencieuse prière de reconnaissance, et M. Bertaulx, feuilletant rapidement un indicateur, désigna le train du matin comme le plus prochain.

« Ainsi, vous partez! » dit avec douleur le vieux commis, que cette scène avait terrifié.

« Mon Dieu! attendre! Quelle torture! » murmura Miriam, sans l'écouter.

Et entraînant Marthe dans sa chambre, où sa mère la suivit, elle l'interrogea fiévreusement sur l'état de l'enfant. Elle écouta sans dire un mot le récit de la jeune fille, seulement son visage devint de plus en plus pâle.

Quand Marthe se tut, elle joignit les mains avec angoisse, et se tourna vers sa mère :

« Ainsi, » dit-elle d'une voix saccadée, « si elle meurt c'est moi qui l'aurais tuée ! Oh ! si Dieu voulait prendre ma vie au lieu de la sienne !...

— Espère, » dit Mme Bertaulx d'un ton grave et ému, « espère en la bonté de Celui qui peut guérir. Mais, s'il ne demande pas le sacrifice de ta vie, il en exige un autre plus difficile encore, — celui de ton orgueil, de ton ressentiment, de ta violence, et même, ma très chère enfant, celui de ta tendresse pour nous, en ce qu'elle a de contraire à la volonté de ton mari. Promets de ne plus oublier pour nous tes devoirs envers lui

promets de lui *rendre le bien et non le mal tous
les jours de ta vie,* comme la femme forte
de l'Écriture. Le sacrifice qui plaît au Seigneur, c'est celui de notre volonté, c'est l'of-
frande d'*un cœur contrit et humilié.* »

Une majesté simple et douce animait l'excellente femme, tandis qu'elle traçait à sa
fille son devoir de chrétienne. Miriam resta
un instant debout, frémissante, d'ardentes
rougeurs passant sur son visage, et une
lutte intime et poignante se lisant dans ses
yeux.

Tout à coup elle se jeta à genoux.

· « Sainte Vierge Marie, » dit-elle d'un accent déchirant, « vous qui êtes mère !... Ren-
dez-la-moi, et je pardonne tout, et je domp-
terai mon orgueil..., et je refoulerai ma
tendresse!... »

Elle n'en put dire davantage; d'abondantes larmes vinrent baigner ses yeux et soulager son cœur torturé.

. . . .

Une heure plus tard, comme le comte de
Stumberg veillait seul et morne auprès du

lit de sa fille, plongée dans un sommeil lourd et fiévreux, on vint lui apporter une dépêche télégraphique.

Il la décacheta d'une main tremblante, et lut avidement l'unique ligne qu'elle contenait :

« J'arrive demain et ne vous quitterai plus.

« MIRIAM. »

Les minutes s'écoulaient, et son regard ne quittait pas le télégramme. Il pesait chacune de ces paroles, il cherchait à leur arracher le secret de la pensée de sa femme offensée, et cependant tant aimée !

« J'arrive... » Tout n'était donc pas fini ? Les longues angoisses de cette journée étaient effacées ! Encore quelques heures, et il reverrait son beau et fier visage !...

« Je ne *vous* quitterai plus... » Elle n'avait pas dit : « Je ne quitterai plus Florence. » Il avait sa part dans ce *vous* dont son œil ne pouvait se détacher, car ce mot semblait exprimer un regret, — qui sait ? — une pensée d'affection...

Le comte de Stumberg n'avait pleuré qu'une fois dans sa vie, — le jour où il avait mis au cercueil l'épouse de sa jeunesse, la mère de Florence.

Mais, quand il eut replié le précieux papier, il cacha sa tête dans ses mains, et sanglota comme un enfant.

XXIV.

Il était cinq heures du matin quand Marthe, réveillée d'un lourd sommeil, s'habilla en hâte, et descendit dans le parloir, où Mᵐᵉ Bertaulx avait allumé un feu brillant et préparé un déjeuner sommaire.

Elle trouva la famille réunie. La mère allait et venait, fermant la valise de Miriam, préparant son chapeau et ses gants, tandis que la jeune femme causait tout bas avec son père, essayant de dominer pour lui l'inquiétude qui la dévorait.

« Travailles-tu quelquefois avec ton mari? » demandait-il. « Il est instruit, et il t'expliquerait maint passage difficile. Tu m'as dit qu'il possède de précieuses et vieilles éditions des poètes latins. Et puis, à Paris on peut si bien employer ses loisirs dans les musées et les bibliothèques ! »

Il regarda pendant quelques instants les charbons embrasés qui se consumaient dans le poêle, et reprit, passant la main sur son front :

« Voici bientôt vingt ans que je ne suis allé à Paris. »

Miriam tressaillit douloureusement, et elle se tourna vers sa mère d'un air d'angoisse.

« Bah ! » dit Mme Bertaulx, « nous sommes trop vieux pour voyager maintenant !

— N'importe, Catherine, je retrouverais bien mes jambes pour stationner dans les vieux monuments... D'ailleurs ta maison est un vrai musée, à ce qu'il paraît, Miriam ?

— Oui, » répondit-elle faiblement, tandis que son cœur se révoltait à la pensée qu'elle n'était pas libre de le recevoir chez elle.

« Allons, » dit Mme Bertaulx, « voici le café servi. Prends-en, père, car tu t'es levé plus tôt que d'habitude, et il n'est pas bon de sortir à jeun.

— Dis-moi comment est ta chambre, Miriam, » reprit le vieillard, dont la voix tremblait un peu, pendant qu'il rapprochait sa chaise de la table.

Miriam s'efforça de sourire.

« Ma chambre est celle d'une princesse, n'est-ce pas, Marthe? Mais je ne me trouve jamais mieux que dans ce cher vieux parloir, où tout me rappelle d'heureux souvenirs.

— Et votre pavillon de la Sapinière? On dit que la Bretagne est un beau pays. J'ai souvent rêvé de la voir. »

Mme de Stumberg détourna brusquement la tête, et l'on entendit le bruit d'un sanglot.

« Père ! » dit Mme Bertaulx d'un accent de reproche.

Il se tut, regarda longuement sa fille, et soupira.

Comme on se levait de table, il prit la main de Miriam

« Ton mari t'aime, n'est-ce pas ? » demanda-t-il. « Tu es heureuse? »

Elle ne put répondre qu'en l'embrassant et en essayant de sourire; son cœur était près de se briser.

Quelques instants après, un omnibus s'arrêta devant la maison, et Mme de Stumberg, ayant tendrement embrassé sa mère, y monta avec son père et Marthe.

« Aie confiance, » dit la bonne Mme Bertaulx, retenant courageusement ses larmes. « Je ferai brûler un cierge à Notre-Dame-des-Dunes pour ta petite Florence; et toi, souviens-toi de tes promesses ! »

L'omnibus parcourut le chemin que Marthe avait fait la veille; mais une obscurité profonde régnait encore à cette heure matinale, et, de loin en loin, quelques réverbères éclairaient seuls les rues silencieuses.

Comme Miriam entrait dans la gare, elle aperçut la bonne et laide figure de Van Butten.

« Quoi! mon ami, » dit-elle avec affection, « vous vous êtes levé si matin?

— Je voulais vous dire adieu, » répliquat-il d'une voix altérée, « et vous promettre de *leur* tenir compagnie et de parler de vous avec *eux*... »

Elle lui serra la main sans rien dire. Mais, quand elle eut embrassé son vieux père et qu'elle fut montée en wagon, ne sachant pas quand il lui serait donné de revenir, ce fut pour elle une consolation de penser à l'ami humble et dévoué qu'elle laissait près de ses parents.

Le jour se leva peu à peu sur ce paysage flamand, plat et monotone, qui n'est pas sans beauté quand ses richesses s'étalent sous les feux de l'été, mais auquel l'hiver donne un aspect morne et désolé. Miriam, après s'être fait redire vingt fois tout ce qui concernait Florence, restait silencieuse, dévorant son inquiétude et son impatience, et les pensées de Marthe, comme les siennes, étaient absorbées par la petite malade dont on se rapprochait trop lentement, à leur gré.

Comme on arrivait à Paris, Mme de Stumberg se retourna tout à coup vers la jeune fille :

« Et vous? » dit-elle. « Pardonnez-moi, je suis une égoïste, et cependant, vous m'avez donné une preuve d'affection que je n'oublierai jamais. Qu'avez-vous décidé ?...

— Je ne me marierai pas, » répondit Mar-

the d'une voix émue. « J'ai compris le vide
et le mensonge de mes rêves... »

Miriam lui serra la main.

« Vous trouverez, j'espère, » dit-elle,
« un mari digne de vous. Mais, si bon que
soit le cœur d'Otto, il ne pouvait vous donner
le bonheur. Il ne faut se marier ni pour
de l'argent, ni pour un nom... »

Elle baissa vivement son voile, et Marthe
comprit qu'elle pleurait.

. . . .

Il parut long aux deux jeunes femmes, le
trajet de la gare du Nord au parc Monceau!
Le comte n'avait pu quitter sa fille, et le
domestique envoyé au-devant des voyageuses
ne donnait pas de nouvelles bien rassurantes.
Depuis la veille, la fièvre n'avait pas cédé un
instant, et le médecin était revenu trois fois.

Les chevaux brûlaient le pavé, et, peu de
minutes après, la voiture s'arrêta devant la
maison.

Le timbre de la porte d'entrée ne résonnait
plus, car le moindre bruit faisait tressaillir la

petite malade. Jean frappa doucement, on ouvrit, et Miriam se retrouva chez elle.

« Puis-je la voir tout de suite? Qu'on prévienne vite mon mari. »

Elle entra dans sa chambre, suivie de Marthe, et resta debout, agitée par une anxiété douloureuse, et les yeux ardemment fixés sur la portière de soie qui la séparait de l'enfant.

L'épais tissu fut soulevé, et M. de Stumberg parut.

« Florence?... » balbutia-t-elle, faisant un pas vers lui.

« Elle vous attend; seulement, au nom du ciel, soyez calme. »

Une seconde après, elle était agenouillée près de la petite malade, dont l'œil enfiévré s'était illuminé de joie.

« Tu m'aimes donc? » murmura-t-elle, la couvrant de baisers et de larmes.

« *Dearest mamma!* » dit Flo de sa voix affaiblie, retrouvant avec un sourire fugitif les douces appellations de son enfance.

Pâle d'émotion, Miriam se tourna sans se

relever vers son mari, et lui tendit la main. Sur son visage, on devinait la lutte qu'elle livrait contre son orgueil.

« Pardonnez-moi! » dit-elle tout bas.

C'était la première fois qu'elle prononçait ce mot, et M. de Stumberg sentit combien il avait dû lui coûter. Il la releva dans ses bras, et murmura à son oreille :

« Moi aussi, j'ai besoin de pardon, Miriam; mais je vous ferai oublier ce qui s'est passé.

— Vous avez dit un jour que Florence serait un lien entre nous, » dit-elle gravement. « Pour l'amour d'elle, je veux expier mes torts envers vous, Karl. Je vous reviens changée. »

De ce moment, elle s'établit dans la chambre de la petite fille et ne la quitta plus. De longs jours se passèrent avant que le danger fût écarté. A la fièvre nerveuse avait succédé une langueur d'autant plus inquiétante que la mère de Florence était morte de la consomption. Des prières ardentes s'élevaient de toutes parts pour l'enfant malade. Son père lui-même avait retrouvé la foi de son enfance; quand son cœur se brisait d'angoisse, il allait porter

dans des sanctuaires vénérés de riches of-
frandes, et, agenouillé sur les dalles, il im-
plorait pour sa fille la protection de la Vierge
miséricordieuse.

Dieu se laissa toucher, et conserva l'objet de
tant d'amour et de tant de larmes.

Miriam ne s'était pas laissé arracher un
seul instant au lit de la pauvre petite patiente.
En vain Mme de Horn et Marthe la suppliaient
de prendre quelque repos, en vain son mari
la conjurait de se ménager un peu. Les yeux
inquiets que l'enfant tournait alors vers elle
la retenaient irrésistiblement, et elle refusait
de quitter sa place. On eût dit que son corps
était de fer, et que l'affection touchante de
Florence avait doublé ses forces vitales. Seulement, quand le docteur déclara que le
danger était conjuré, et que M. de Stumberg
lui dit qu'après Dieu c'était à elle qu'il devait
la vie de sa fille, elle défaillit devant cette joie
immense, et tomba évanouie entre les bras
de son mari.

On avait recommandé à Florence un air plus
doux, et, ses forces revenant peu à peu, le

départ pour Nice fut fixé au 2 janvier. Quelques jours auparavant, Mme de Stumberg dit à Marthe :

« Vous m'avez souvent parlé du couvent où vous avez été élevée, et de la supérieure qui, dites-vous, est à la fois une sainte religieuse et une femme distinguée. Voudriez-vous me présenter à elle ? »

Pendant le peu de temps qui s'écoula jusqu'au départ, Miriam fit de longues visites au couvent. Elle en revenait toujours plus calme, plus sereine. Si différents que soient les devoirs et les occupations d'une religieuse et d'une femme du monde, elles ont le même Dieu à aimer et à servir, le même ciel à gagner. On ne comprend peut-être pas assez la puissante et salutaire impression qui se dégage du cloître, ni le bien que fait à toute chrétienne l'exemple de ces hosties vivantes qui s'offrent et se consument en austérités, en bonnes œuvres et en prières. Devant cette pauvreté sainte et volontaire, on apprend à mépriser la richesse ; devant cette solitude, on sent le néant des joies bruyantes du monde, et devant ce renoncement de toutes les heures, enfin, on

puise la force pour le sacrifice qui se présente
à toute âme humaine, même dans les régions
où les esprits superficiels croient la vie uniquement douce et facile. Non seulement ces
pieuses filles du cloître accomplissent des
œuvres utiles à la société, non seulement elles
forment la cour terrestre du Roi des rois, non
seulement leurs prières retombent en rosée
fertilisante sur les aveugles mêmes qui les
accusent d'inutilité, mais encore il est bon,
il est salutaire, il est admirable de voir s'élever
dans le monde corrompu des âmes d'élite qui
cultivent la fleur précieuse de la perfection,
qui montrent ce dont est capable la nature
humaine soutenue par la grâce divine, et dont
l'exemple, enfin, encourage les cœurs fragiles
en leur présentant des types à admirer et à
imiter.

Miriam fut fidèle à la promesse faite à Dieu
dans un moment solennel : elle fut fidèle dans
sa reconnaissance. La paix régnait maintenant
dans cette maison qu'avaient si longtemps
troublée de profonds et sourds orages. D'a-
bord, il y avait entre Florence et sa belle-mère
une tendresse intime et vive ; elles ne pou-

vaient plus se passer l'une de l'autre. Ce petit
cœur d'enfant s'était donné sans réserve, et
cherchait, à force d'expansion, à faire oublier
ses longues préventions et son ingratitude.
Mais aussi Miriam avait dit vrai quand elle
avait assuré à son mari qu'elle revenait changée. Les progrès qu'elle faisait chaque jour
dans la voie d'une piété sincère affermissaient
sa résolution, et elle se montrait douce, égale,
soumise, non pas comme une victime apa-
thique, mais comme une chrétienne généreuse, apportant à ses devoirs de maîtresse
de maison, à ses relations sociales, à ses conversations avec son mari, un entrain joyeux
et constant, au lieu du caprice qui, jadis,
présidait à sa vie.

M. de Stumberg était trop fin observateur
pour ne pas voir le travail intérieur auquel se
livrait sa femme ; il devinait aussi les peines
que ce combat lui coûtait. On ne dompte pas
en un jour une nature irascible et orgueilleuse ;
souvent l'effort et la fatigue de la lutte se
laissaient apercevoir ; mais il l'en aimait plus
chèrement, et lui-même, n'ayant plus à se
tenir en garde contre des accès de violente

susceptibilité, lui rendait son œuvre plus facile en lui montrant l'affection profonde qu'il éprouvait pour elle, et en mêlant à leur vie l'élément d'intimité et de confiance qui y était resté étranger jusque-là.

La veille du jour de l'an, il entra dans le boudoir où elle travaillait avec Marthe, tandis que Florence, assise dans son fauteuil, jouait à la poupée.

« J'ai fait une trouvaille, Miriam, » dit-il, lui montrant un mince paquet.

« Qu'est-ce? » demanda-t-elle, s'efforçant de faire disparaître une certaine tristesse, empreinte sur ses traits.

Il tira du papier un livre très ancien, simplement relié en maroquin, mais rempli de précieuses enluminures, dont l'âge n'avait point terni l'azur et l'or. Les caractères gothiques, très nets et très fins, remontaient évidemment aux premiers temps de l'imprimerie, et Miriam déchiffra, sur la première page, la date de 1490.

« Où avez-vous trouvé cela? » demanda-t-elle, vivement intéressée.

« On est venu me l'offrir. Remarquez ces

vignettes ; — voyez, c'est l'Évangile selon saint Mathieu ; il n'y manque pas une page, et le dessin est d'une finesse qui surpasse tout ce que j'ai vu en ce genre. La reliure seule est moins ancienne ; mais c'est un détail.

— Combien l'avez-vous payé ? » demanda-t-elle, car les goûts de collectionneur de son mari trouvaient chez elle une véritable sympathie.

« Ceci est mon secret, » répondit-il en riant ; « je ne vous le dirai pas, car je compte en faire un cadeau.

— Ce sera un cadeau précieux ! » s'écria Miriam. « Et quel est l'être privilégié auquel vous le destinez ?

— Ne pensez-vous pas qu'il ferait plaisir à votre père ? » dit-il doucement.

Elle tressaillit, et son regard révéla une joie soudaine.

« Je suppose que vous n'avez pas encore envoyé votre lettre ? N'est-elle pas là, sur votre bureau ? Et me permettez-vous d'y ajouter une ligne ? »

Il y avait peut-être quelque chose d'un peu contraint dans ses manières. Mais Miriam ne

22

lui en fut que plus reconnaissante, et quand, lui tendant la main, elle attacha sur lui son beau regard expressif, il se sentit amplement récompensé de cette petite victoire remportée sur son orgueil.

XXV.

Lettre de Mme Desbarres à Marthe.

« La Herrandière, 16 mai 18...

« Ma bonne Marthe, voici sans doute la dernière lettre que je t'écrirai, puisque nous allons bientôt nous revoir. N'es-tu pas étonnée d'apprendre que je suis à la Herrandière? Je suis sûre que si je ne l'avais pas mis au haut de mon papier, tu n'aurais jamais deviné que nous nous trouvons chez les du Vaulquier, quand je te l'aurais donné en cent!

« Oui, ma chère, j'avais rêvé toute ma vie d'aller à la campagne, et ce désir est réalisé. Depuis que le petit Paul a été malade, le médecin me disait toujours : « Faites-lui respirer le grand air, cela le remettra. » Mais où aller?

Et comment concilier avec le bien de ce cher enfant les nécessités qui nous imposent une stricte économie? Au plus fort de mes embarras, notre bon cousin du Vaulquier est venu à notre aide, et voici quatre jours que nous usons de son hospitalité. Déjà Paul mange mieux. Mais aussi comme il court, comme il s'amuse! Nous passons nos journées sur la grève; j'ôte les bas et les souliers des enfants, et ils courent parmi les rochers, dans les petites flaques d'eau où ils cherchent des coquillages. Je craignais qu'ils n'importunassent M. du Vaulquier et tante Edmée. Oh! quels excellents vieillards! Si bruyante que soit ma chère couvée, ils n'ont pour elle que des sourires et des gâteries. Tu les connais, Marthe, tu sais combien ils sont bons. Les infirmités de l'oncle ne lui ont enlevé ni sa gaieté ni sa bonne humeur; c'est un causeur aimable, et il est si heureux de parler de l'ancien temps que, même lorsque ses récits sont un peu longs, on est bien aise de l'écouter et de lui faire plaisir.

« Tante Edmée est une chère créature qui passe sa vie à s'oublier pour les autres, et

dont l'unique défaut, qui ne fait souffrir
qu'elle seule, est la peur de ne jamais faire
assez bien, de ne jamais assez se prodiguer.
Cette crainte la rend timide, et même souvent
un peu triste. Mais comme elle est bonne !...
Et habile aussi ! Elle m'a donné des recettes de
cuisine tout à fait économiques ; elle veut
tricoter des chaussettes pour ton oncle cet hiver, et elle fabrique pour mes petits gour-
mands tous les bonbons imaginables.

« Quant à Raymond, que t'en dirai-je ?
C'est le dévouement incarné. Tu le trouveras
un peu maigri et pâli ; Mme de Kerfaun dit qu'il
a eu des chagrins. Ton oncle et lui causent de
toutes sortes de choses auxquelles je ne connais
rien ; mais quand nous nous promenons ensemble dans cette belle campagne, ils se met-
tent à ma portée. Hier Raymond nous a dit
des vers qui m'ont fait pleurer, quoique je ne
sois pas romanesque, comme tu le sais. Nous
passons des soirées délicieuses, remplies par
la lecture, le travail, les bonnes conversations
intimes.

« Et quel repos pour moi ! A te vrai dire,
Marthe, j'en avais un peu besoin. J'aime à

m'occuper de mon ménage, Dieu merci, et la besogne ne m'effraie pas; mais quand, par hasard, on mène une vie de princesse, cela semble bien bon pour quelques jours. Je fais la paresseuse; je ne me lève qu'à six heures. Je vais à la messe, et c'est une grande joie pour moi. Tu te rappelles comme j'étais heureuse quand je trouvais moyen d'y assister dans la semaine? A cette heure-là les petits oiseaux chantent, il y a de bons parfums dans les sentiers, et l'église est tout inondée de soleil. Puis je fais lire les enfants, j'aide un peu tante Edmée dans les soins de la maison, je travaille sur la grève et je me promène avec mon bon mari, qui me dit que depuis notre première année de mariage il n'a jamais autant joui de moi.

« Comme la vie est calme et douce ici! On n'a qu'un regret, celui de voir les journées passer si vite. La femme qui deviendrait la maîtresse de ce vieux logis serait bien heureuse; mais Raymond ne veut pas se marier. Hier, nous lui en parlions, et il nous a regardés d'un air un peu étrange.

22.

« Ne savez-vous pas que j'ai été refusé par une jeune fille que j'aimais ? » nous a-t-il dit.

« Lui, refusé ! C'est à peine croyable ! Un si grand cœur, une si vaste intelligence ! — Non, nous ne le savions pas. Il ne nous en a pas dit davantage, mais je l'ai plaint, car il a dû être bien malheureux.

« Je ne te parle que de nous, ma bonne Marthe. Et cependant je t'assure que je pense sans cesse à toi. Nous calculons le jour où tu peux arriver. J'espère que ce sera pendant notre séjour ici, d'abord parce que ce serait bientôt, puis parce que je voudrais connaître la chère petite Florence, pour laquelle j'ai fait une neuvaine à Notre-Dame-de-Bon-Secours, et aussi Mme de Stumberg, si bonne pour toi. Cependant, je suis sûre qu'elle m'intimidera ; une femme si belle, si riche et sachant le latin ! — Je lui demanderai de te donner à nous pour quelques jours, ma chère amie ; nous avons besoin de te revoir à notre aise, de causer avec toi, d'entendre le récit de tes voyages. Ton oncle a acheté une vue de Nice, et Raymond m'a montré des croquis des montagnes du Tyrol, où tu te trouves en ce moment. C'est bien beau, mais rien ne vaut la mer, à mon avis.

« Adieu, ma bonne Marthe ; nous t'embrassons tous, et les du Vaulquier te disent mille choses. Charles et Anna parlent souvent de leur grande cousine, et Charles a lu couramment ta dernière lettre.

« Ta tante qui t'aime de tout son cœur,

« FANNY DESBARRES. »

Cette lettre trouva Marthe chez Mme de Horn, où la famille Stumberg passait quelques jours avant de ramener à la Sapinière Florence, complètement rétablie et fraîche à faire plaisir.

La vieille dame s'était prise d'une affection sans bornes pour Miriam, dont le dévouement à sa belle-fille lui semblait au-dessus de tout éloge. Mais, si bien que se trouvât la jeune femme dans ce milieu sympathique et dans ce pays pittoresque, elle avait hâte de revoir la France et de jouir de la paisible solitude de la Sapinière.

Ce fut par une belle soirée du commencement de juin que la grève bretonne apparut aux Stumberg dans toute sa splendeur. Florence parcourut la maison avec un entrain joyeux. Marthe revit avec bonheur sa petite chambre, et ouvrant la fenêtre, elle jeta un regard plein d'émotion sur le paysage familier, et cependant toujours nouveau, qui se déployait devant elle. Tout à coup elle poussa une exclamation de plaisir : dans une des allées sinueuses qui encadraient la pelouse, elle venait de reconnaître son oncle et sa tante, s'avançant vers la maison.

Un instant après, elle était serrée dans leurs bras, et les remerciait avec effusion d'être accourus sitôt.

« Nous avions hâte de te revoir, mon enfant, » dit M. Desbarres. « Ne la trouves-tu pas embellie, Fanny?

— Embellie, c'eût été difficile ; mais son expression semble changée, et je l'aime encore mieux telle qu'elle est maintenant.

— Marthe, Otto se marie ! » s'écria gaiement la voix de Miriam.

Et la comtesse, une lettre à la main, parut à la porte du salon.

« Oh! pardonnez-moi, je vous croyais seule, » dit-elle aussitôt.

« Restez, chère madame! Ce sont mes excellents parents, que j'avais tant de hâte de vous présenter. »

Miriam fit la conquête de M. et de Mme Desbarres. Elle se montra si simple, si bonne et si affectueuse pour leur nièce, qu'ils ne tarirent pas en éloges sur son compte en revenant à la Herrandière.

« D'abord, » disait Fanny, « elle m'a un peu intimidée, mais elle a été si aimable, que j'ai oublié mon embarras. Elle m'a parlé de mes enfants comme si elle les connaissait, et m'a dit que Marthe lui lisait la plupart de mes lettres.

— Et Marthe? » dit Raymond, d'un ton qu'il essayait de rendre indifférent.

« Oh! Marthe est charmante, et bien plus simple que lors de sa visite à Guingamp, en août dernier. Ah! à propos, Mme de Stumberg m'a chargée de vous inviter à dîner demain chez elle, avec nous tous, et de vous annoncer le mariage d'un parent de son mari, que vous avez vu chez elle l'an dernier, le baron...

— De Redwitz, » dit M. Desbarres, qui avait la mémoire des noms.

Raymond tressaillit.

« Qui épouse-t-il donc? » demanda-t-il pour cacher son émotion.

« Oh! je serais incapable de vous le dire, » répondit-elle en riant. « Émile lui-même a dû oublier ce nom allemand, si dur et si long. Mme de Stumberg a trouvé la lettre à son arrivée, et est venue en faire part à Marthe.

— Qu'a-t-elle dit? » s'écria vivement Raymond.

« Qui cela?

— Marthe!

— Marthe? Elle a regardé Mme de Stumberg en riant, et a dit qu'elle lui souhaitait beaucoup de bonheur. Il paraît que c'est un jeune homme un peu étourdi, mais très amusant et très-spirituel. »

La journée du lendemain sembla longue à Raymond. Quelque irrévocable que lui semblât le passé, je ne sais pas quelle vague espérance s'emparait de lui, presque à son insu.

« Je suis fou, » se dit-il, comme il entrait à la Sapinière. « Elle m'a refusé pour M. de Redwitz, j'en suis certain. Le voici marié; mais que m'importe! Me résignerais-je à être pour elle un simple pis-aller? »

Ses grands yeux pénétrants cherchèrent à lire sur le visage de sa cousine, comme elle mettait sa main dans celle qu'il lui tendait. Une couleur plus vive couvrit les joues de Marthe, mais elle détourna son regard.

Il la trouva encore plus jolie. Quelque chose de sérieux s'était insinué en elle. Ce n'était plus la jeune fille éblouie qui considérait la vie comme une fête, mais la femme mûrie par les leçons de la réalité, et ayant compris, peut-être par une pénible expérience, l'inanité des joies terrestres.

Le dîner fut non seulement gai, mais bruyant, car les enfants, que Mme de Stumberg avait fait chercher dès le matin, avaient obtenu de rester avec Florence. Le comte trouvait en M. Desbarres un interlocuteur instruit et intelligent, et Fanny inspirait à Miriam une vive sympathie.

« Marthe, » dit-elle tout bas à la jeune fille,

« votre tante me fait penser à ma mère. »

Après le dîner, qui avait eu lieu de bonne heure, les enfants reçurent la permission de jouer quelques instants devant la maison, et les parents se dirigèrent vers la grève. Raymond, qui avait été silencieux et distrait pendant le repas, se trouva alors rapproché de Marthe, et fit un effort sur lui-même pour l'interroger sur son voyage. Mais elle lui répondait à peine ; une émotion de crainte, de regret, d'espérance peut-être, s'était emparée d'elle.

Bientôt ils se turent tous les deux, regardant la scène magnifique qui se déployait sous leurs yeux. Les teintes empourprées du ciel se reflétaient sur la mer, et, à l'horizon, le soleil couchant semblait l'embraser de ses feux rougeâtres. La grève s'étendait en un vaste demi-cercle, tantôt ceinte de rochers bizarres, tantôt abritant dans un renfoncement un nid de feuillage, — l'entrée riante d'une vallée, ou la masse de verdure d'une villa. Le silence n'était troublé que par le bruit des flots sur les galets, et la nature s'endormait dans un calme étrange.

Tout à coup Raymond s'arrêta, et d'une voix altérée et émue, il dit :

« Marthe, peut-être vais-je réveiller en vous des souvenirs pénibles ; peut-être vais-je vous sembler indiscret, — pis que cela, cruel. Rien ne m'autorise à vous interroger, et cependant, voulez-vous me permettre de vous adresser une question ?

— Laquelle ? »

Elle dit ce mot sans le regarder, et mit sa main sur son cœur, comme pour en comprimer les battements.

« Ce que m'a dit Mᵐᵉ de Stumberg est-il vrai, ou bien l'ai-je mal comprise ?... M. de Redwitz vous a-t-il demandée en mariage ? »

Elle garda ses yeux fixés sur l'horizon.

« Oui, » répondit-elle d'une voix faible.

« Et vous l'avez refusé ! » s'écria-t-il vivement. « Pourquoi ? Oh ! Marthe, dites-moi pourquoi !

— Parce que je ne l'aimais pas, et que son caractère ne m'inspirait pas d'estime.

— Mais il était riche, et vous eût donné une vie brillante.

— Qu'importe ? Vous m'avez dit une fois

23

que le bonheur ne se trouve pas dans la fortune ni dans les fêtes. J'ai beaucoup vécu pendant ces derniers mois, et j'ai tâché de comprendre la leçon de la vie.

— Marthe! » s'écria-t-il, regardez-moi! »

Elle leva un instant les yeux sur lui.

« Regardez-moi! » répéta-t-il avec plus d'insistance, « laissez-moi voir si je ne me trompe pas. »

Elle obéit silencieusement, et le laissa lire dans son beau regard candide, tandis que son visage devenait plus rose.

Un soupir profond s'échappa de la poitrine du jeune homme, et il prit doucement sous son bras la petite main qu'elle lui abandonnait sans résistance.

« Enfin!... » murmura-t-il.

Pas une autre parole ne fut prononcée; mais, seuls et immobiles en face de cette mer solennelle, une même prière de suprême gratitude s'éleva de leurs âmes, implorant la bénédiction de Dieu sur leur chaste tendresse.

XXVI.

La Herrandière a pris un air de fête. Des
rosiers ont été plantés à l'entrée contre les
murailles grises, des rideaux s'agitent à toutes
les fenêtres, la cour est nouvellement sablée,
et dans le vieux salon, des fleurs en abon-
dance, quelques meubles modernes, des
tentures gaies et brillantes ont suffi à méta-
morphoser l'aspect jadis sombre et triste des
sièges démodés et des portraits ternis.

La vie et la joie sont partout, et le soleil
matinal étend sur le parquet de chêne de
grandes bandes de lumière. Raymond pousse
la porte de son cabinet, et sourit en pensant
qu'elle s'ouvrira souvent, cette porte, quand
une femme aimée sera là à l'attendre. Il prend
un petit tableau richement encadré, et, après
avoir cherché le jour favorable, le suspend
au milieu d'un large panneau. Ce tableau
représente une fenêtre entourée de vignes,
— une jeune mère et son enfant. Il est signé
Desbarres. C'est le présent de noces du comte
de Stumberg à Marthe, dont les plus chers

souvenirs se trouveront ainsi mêlés à ses joyeuses espérances.

Oui, Marthe se marie. Les Desbarres sont revenus à la Herrandière pour assister aux noces, et dans quelques heures, l'heureuse fiancée fera son entrée dans la vieille maison.

Tandis que Raymond achève ses derniers préparatifs, et que tante Edmée, agitée et inquiète, relevant autour d'elle sa robe de soie, promène son plumeau sur les meubles et fait les nœuds de cravate des jeunes pupilles de son neveu, l'un, brillant enseigne de vaisseau, l'autre sous-lieutenant d'artillerie, arrivés pour le mariage, on n'est pas moins occupé à la Sapinière, où Mme Desbarres et Miriam aident la jeune fille à revêtir sa blanche toilette.

La voilà prête, plus jolie qu'elle ne l'a jamais été, sous le voile de tulle vaporeux et la légère guirlande d'oranger. M. Desbarres et le comte de Stumberg sont enfin admis à la voir et l'admirent sincèrement.

Le regard de Florence se reporte de Marthe à Miriam avec une gravité triste.

« Tu regrettes notre amie? » dit son père

en l'embrassant. « Elle va te manquer, ma pauvre Flo?

— Oh! oui, » murmure l'enfant, « et à maman aussi! »

Car elle a vaguement compris le vide que laissera à la comtesse celle qui a reçu la confidence de ses chagrins et qui la soutient dans ses luttes.

M. de Stumberg s'approcha de sa femme.

« Il faudra nous efforcer de distraire notre solitude, » dit-il avec douceur. « Nous aurons des visiteurs... Ce vieux commis de votre père peut bien le remplacer pour quelque temps, n'est-ce pas? Si nous invitions vos parents?... »

Un cri de reconnaissance passionnée lui répondit, et un instant après, sa femme sanglotait sur son cœur. Le dernier nuage qui fût entre eux s'était dissipé, et le comte de Stumberg ne devait jamais regretter d'avoir enfin placé le bonheur de son foyer au-dessus de l'opinion du monde.

Chacun fut heureux ce jour-là. Lorsque le joyeux dîner de noces fut achevé, les convives se séparèrent. Marthe, appuyée au bras de Raymond, s'achemina lentement vers la tonnelle où elle lui avait jadis refusé d'être sa femme.

De nombreuses lumières illuminaient au loin la façade grise de la vieille maison, la lune se levait sur la campagne endormie, et sa lueur argentée s'étendait en nappes brillantes sur la mer tranquille.

« Marthe, » murmura doucement Raymond, « serez-vous heureuse? »

Elle ne répondit rien, car son cœur était gonflé de joie, mais son mari lut dans son regard tout ce qui remplissait son âme...

Donner le bonheur à cette nature si haute et si loyale, — se dévouer et faire du bien, — être aimée, enfin, d'un amour auquel Dieu sourit d'en haut, c'étaient là maintenant les « rêves de Marthe »...

A LA MÊME LIBRAIRIE

BIBLIOTHÈQUE
DES MÈRES DE FAMILLE

FORMAT IN-18 JÉSUS

PUBLIÉE SOUS LA DIRECTION

DE Mme EMMELINE RAYMOND

Rédactrice de La Mode Illustrée

Le cartonnage en percaline, tr. dorée, se paye en sus 1 fr. par vol.

Typographie Firmin-Didot — Mesnil (Eure).